PRIVATE LESSON

Samanthe Beck

PRIVATE LESSON

Roman

Traduit de l'anglais (États-Unis)
par Lucie Delplanque

&moi

Ouvrage publié sous la direction éditoriale
de Marie Chivot-Buhler

Titre de l'édition originale :
PRIVATE PRACTICE
Publiée par Entangled Publishing

Maquette de couverture : Evelaine Guilbert
Photo : © A_N / Thinkstock

ISBN : 978-2-7096-4843-1

Première édition mars 2017.

Pour Charles

1

— Pour être honnête, je suis presque soulagée que Rog' et moi ayons rompu nos fiançailles…

Le docteur Ellie Swann leva brusquement le nez de sa revue médicale. Se tournant vers la grande baie vitrée à côté de laquelle elle était assise, elle tenta de déterminer d'où provenaient ces bribes de conversation. Le reflet lui offrait une belle vue sur tout le café DeShay's, y compris sur le box situé juste derrière le sien, où Melody Merritt et Ginny Bocca papotaient autour d'une part de tarte.

Ellie se força à revenir à son journal, guettant la suite de la conversation. Certes, les affaires de cœur de Melody ne la regardaient pas du tout, et c'était vraiment très mal d'écouter aux portes. Mais c'était plus fort qu'elle, car les deux femmes parlaient de l'objet de son affection secrète depuis des années : Roger Reynolds.

— Nous n'étions pas faits l'un pour l'autre. Je sais qu'on avait l'air du couple parfait et qu'on était ensemble depuis le lycée et tout ça... Mais depuis l'université à Manhattan, puis la fac de droit et son stage à Washington, il n'est plus le même. Il a... comment dire... Il a développé des goûts de citadin dans... certains domaines intimes.

Bon sang. Ellie s'empara de sa serviette en papier pour essuyer la sueur qui perlait sur sa lèvre supérieure. *On peut avoir des précisions ?*

— Comment ça ? demanda Ginny, qui semblait presque déjà baver de curiosité.

D'un air détaché, Ellie tourna une page de sa revue, feignant un profond intérêt pour cet article présentant les résultats d'un essai clinique récent sur la libido féminine. Rien que ça.

— Il voulait que je...

Melody s'interrompit. Ellie jeta un œil vers la vitre : dans le reflet, elle vit la jeune femme blonde regarder autour d'elle pour s'assurer qu'aucune oreille indiscrète ne traînait. Sage précaution, car à Bluelick, petite bourgade perdue sur la carte du Kentucky, la rumeur était presque une discipline olympique. Le rouge au front, Ellie devait d'ailleurs bien admettre qu'elle ne faisait pas elle-même preuve d'une discrétion exemplaire. Le plus comique, cependant, restait la confidente que Melody s'était choisie pour dévoiler ses secrets : si les commères locales devaient élire leur reine, Ginny remporterait le titre haut la main.

Apparemment rassurée, Melody se pencha pour chuchoter quelque chose à Ginny, qui en resta bouche bée. Ellie eut beau tendre l'oreille, impossible de saisir la moindre parole. La sculpturale blonde se redressa sur sa banquette et ajouta avec un frisson :

— Pas du tout mon genre. Il y a des trucs, moi, c'est « non merci, sans façon ». Évidemment, je ne suis pas une sainte-nitouche, mais ce que Rog' cherche, c'est une nymphomane. Selon ses critères d'exigence, la femme idéale devrait avoir pas mal d'expérience… et assez peu de limites. (Elle ajouta avec un air contrit :) Je l'aimerai toujours, mais comme un ami. Crois-moi, c'est beaucoup mieux comme ça pour nous deux.

*

Plusieurs heures plus tard, en contemplant le rayon de lune qui se glissait par la fenêtre de sa chambre à coucher, Ellie se repassait en boucle la conversation qu'elle avait surprise au café. Sa conscience frémissait encore à l'idée d'avoir écouté un échange privé de façon aussi éhontée. Sans parler du fait qu'elle convoitait le fiancé fraîchement largué d'une autre. Deux transgressions condamnables qui expliquaient peut-être pourquoi elle se tournait et se retournait dans son lit à 1 h 30 du matin.

Elle avait beau se répéter de laisser tomber, son cerveau refusait obstinément de lui obéir. Des ombres dansaient au plafond, tandis qu'elle s'évertuait à trouver un moyen de transformer son rêve secret en réalité. Un rêve qu'elle faisait, sous une forme ou une autre, d'aussi loin qu'elle s'en souvenait : Roger tombait amoureux d'elle, ils se mariaient, puis emménageaient dans une des anciennes demeures qui surplombaient la rivière, où ils vivaient heureux jusqu'à la fin de leurs jours, entourés d'une ribambelle de mini-Roger aux yeux bleus et aux cheveux dorés. Roger III, d'abord, qu'ils surnommeraient Junior, puis Michael ou bien Elizabeth, s'ils avaient une fille…

Le vrombissement sourd d'une moto vint perturber le calme de cette chaude nuit de juin et la tira de sa planification familiale. Puis le bruit mourut et le silence reprit ses droits… sauf dans son esprit.

Au lycée, Melody était la chef des pom-pom girls. Si une fille aussi belle, souple et pleine d'entrain qu'elle n'était pas en mesure de satisfaire Roger au lit, quelles chances avait Ellie Swann, la petite intello empotée et, par comparaison, sans expérience ?

Ah, Roger… Si proche et pourtant si lointain. D'un côté, leurs trajectoires respectives semblaient parfaitement alignées. Ellie était récemment revenue à Bluelick pour ouvrir un cabinet de médecine générale et veiller sur son père, qui traitait par le mépris un diabète de type 2 et ne paraissait pas ravi des visites hebdomadaires de sa fille. Roger, lui, avait tout juste rejoint le cabinet d'avocats familial. Deux jeunes en libéral, célibataires et cherchant l'amour. De l'autre, à moins qu'Ellie ne devienne une reine du sexe, il y avait peu de chances que Roger lui accorde le moindre regard.

Heureusement, elle n'était plus « Sparky » Swann, la pitoyable godiche qu'elle était au lycée. À l'époque, ce qu'il y avait de plus rond chez elle, c'était les culs-de-bouteille qu'elle portait pour corriger sa myopie. Depuis, elle avait essuyé le bouquet final de la puberté, subi une opération au laser pour sa vue et bénéficié d'une intervention vestimentaire d'urgence de la part de ses copines de fac. Même si elle n'avait rien d'un top-modèle, au moins n'avait-elle plus l'air du rat de bibliothèque fort en thème d'autrefois.

Et Roger ? À quoi ressemblait-il, à présent ? Les paupières mi-closes, elle se rappela sa perfection dorée. Elle le voyait encore, assis au quatrième rang de l'église de Bluelick avec le reste du clan Reynolds, grand et fier dans son costume du dimanche. Ses yeux avaient-ils conservé leur clarté céleste ? Était-il toujours bâti comme un *quarterback*, avec ses belles mèches blondes ? Peu importait. Son adoration pour Roger ne s'arrêtait pas à cette coquille somptueuse. Tout en lui la séduisait, depuis sa grande famille aimante, jusqu'à son sens du devoir et des traditions, confirmé par la décision qu'il avait prise de marcher dans les pas de son père et de son grand-père pour rejoindre le cabinet familial.

Avec la fluidité propre aux rêves, Roger se tournait vers elle pour lui adresser ce sourire d'une blancheur presque éblouissante qui faisait battre plus d'un cœur.

La congrégation entonnait alors un hymne, tandis que Roger se penchait vers elle avec un clin d'œil. *Je peux te confier un secret, Sparky ? Je suis...*

Un fracas retentit dehors, puis une voix qui ne ressemblait en rien à celle de Roger marmonna :

— Putain de bordel de merde...

Ellie se redressa vivement dans son lit, le cœur battant. Instinctivement, elle chercha du regard le halo rouge de son radio-réveil : 1 h 47. La bande-son de son subconscient avait-elle eu des ratés ou bien un bruit réel venait-il de faire irruption dans ce qui promettait d'être un rêve des plus agréables ? Retenant son souffle, Ellie tendit l'oreille, puis poussa un cri étouffé quand un fracas de verre brisé se fit entendre sur le perron, suivi d'un nouveau juron.

Elle s'assit au bord de son lit et chercha à tâtons son téléphone portable sur la table de nuit. Un crissement lent et régulier lui parvint de dehors : quelqu'un était en train de faire le tour de son charmant cottage.

Charmant et surtout... isolé. *Gloups.*

Lorsque les pas s'arrêtèrent, elle crut que son cœur allait exploser. Il y avait quelqu'un à côté de la fenêtre de sa chambre. *La fenêtre ouverte de ta chambre !* hurla son esprit. Qu'est-ce qui lui avait pris de dormir la fenêtre ouverte ? À présent, seule une mince moustiquaire la séparait d'un cambrioleur-violeur d'humeur assassine. À moins que son agresseur ne soit bâti comme une frite, elle était fichue.

Serrant son téléphone dans sa main, elle tenta de retrouver son calme. Bluelick n'était pas vraiment une banlieue chaude sujette à des explosions de violence. Tout le monde se connaissait et la plupart des habitants étaient même parents. Si elle parvenait à trouver le courage de jeter un œil dehors, elle découvrirait certainement un gosse encore plus effrayé qu'elle, embarqué dans quelque pari stupide. Malheureusement, une voix profonde et presque paresseuse vint faire voler en éclats ces tentatives d'apaisement :

— Hé… Doc ?

Ce n'était pas la voix d'un gosse et encore moins celle d'un gosse apeuré. Les doigts d'Ellie s'agitèrent fébrilement sur le clavier de son téléphone pour composer le 911. Si ce type décidait d'entrer, il lui faudrait moins d'une minute pour franchir la fenêtre et l'étrangler. Les urgences arriveraient juste à temps pour tracer à la craie les contours de son cadavre déjà froid.

— Je suis armée ! lança-t-elle d'un ton qu'elle espérait volontaire et assuré, mais qui faisait plus penser à un coassement de grenouille.

— Ravi de l'apprendre, doc, répondit la voix traînante et étrangement familière. Mais ce ne sera pas utile, vu qu'on m'a déjà tiré dessus.

Quoi ? Ce type était sérieux ? Lorsqu'elle alluma la lampe de chevet, l'inconnu reprit avant même qu'elle n'ait le temps de répondre :

— Allez, Sparky, ouvre-moi. J'ai entendu dire que tu étais revenue au pays avec ton joli nouveau titre. Félicitations, tu viens de te dégoter ton premier patient.

Le fait qu'il l'ait appelée Sparky ne signifiait pas grand-chose, étant donné que toute la ville connaissait ce maudit surnom. Ellie sentit cependant sa peur reculer, car elle avait perçu dans la voix de son mystérieux visiteur le voile inimitable de la douleur.

— Mais qui êtes-vous ? demanda-t-elle en s'approchant de la fenêtre.

— Tyler Longfoot. Tu te souviens de moi ?

Quelle femme oublierait Tyler Longfoot ? Il avait quatre ans de plus qu'elle et c'était autrefois le « *bad boy* » de Bluelick, un mélange parfait de rebelle et de cool, au charme vénéneux. Une image se forma dans son esprit : une masse infernale de cheveux noirs, des yeux d'un vert étincelant, pleins de défi et d'arrogance, des lèvres sensuelles étirées en un sourire joueur.

Elle écarta les rideaux. Effectivement, Tyler se tenait là, silhouette grande et élancée dans la lueur tamisée de la lampe de chevet. Ses cheveux, aussi noirs que l'aile d'un corbeau, étaient plus courts, mais à peine plus ordonnés. En dehors de cela, il n'avait pas beaucoup changé en dix ans et n'avait certainement rien perdu de son charme de voyou.

— Ça ne va pas la tête, non ? Qu'est-ce qui te prend de débarquer comme ça, à 2 heures du mat' ?

— Je pisse le sang, répondit-il, sans plus chercher à parler à voix basse.

À quoi bon ? Il avait déjà réveillé la seule personne dans le voisinage.

— Je ne plaisante pas, doc. J'ai besoin de ton aide.

Lorsqu'il se pencha en avant vers la lumière, elle découvrit deux yeux emplis de douleur.

— Pourquoi tu n'as pas sonné, comme une personne normale et bien élevée ?

— Parce que ton perron est un vrai champ de mines et que je me suis pris les pieds dans à peu près tous les pièges à con qui s'y trouvaient. Du coup, je me suis dit que j'avais environ quinze secondes pour t'expliquer qui j'étais, avant que tu appelles les flics ou que tu décides de me coller un second pruneau.

Ellie relâcha légèrement son emprise sur son téléphone, vaguement convaincue par cette logique. Elle chercha du regard une preuve de sa blessure.

— Tu parles et tu t'agites beaucoup pour un type qui vient de se faire tirer dessus.

— C'est superficiel, mais bordel ! Ça fait un mal de chien !

— D'accord, d'accord. Fais le tour, je te retrouve devant.

Tandis qu'il rebroussait chemin, elle enfila sa robe de chambre par-dessus sa nuisette blanche. En se dirigeant vers la porte d'entrée, elle s'offrit un petit voyage dans le temps, jusqu'en classe de cinquième. Même à douze ans, elle avait eu conscience qu'il émanait de Tyler Longfoot quelque chose de sexuel et de torride, bien qu'elle n'ait évidemment pas exprimé ça ainsi, à l'époque. Elle avait aperçu Tyler embrasser Melinda, la grande sœur de Melody, derrière les gradins, après un match de l'équipe du lycée. Elle avait alors pensé que Tyler ressemblait à un de ces bruns ténébreux qui s'étalaient sur les couvertures des romans en vente à l'épicerie de M. Dalton. En tout cas, il avait certainement l'air d'embrasser comme eux. Il avait emprisonné entre ses bras musclés la taille fine de Melinda, qui penchait dangereusement sous l'intensité du baiser. Ellie s'était sentie tout étourdie, rien qu'à les regarder.

Depuis qu'elle avait l'âge de rêver à des « happy ends », elle avait choisi Roger pour tenir le rôle du prince charmant. Pourtant, c'était en voyant Tyler embrasser une fille qu'elle s'était demandé ce qui pouvait bien se passer, une fois que le couple parfait s'éloignait vers le soleil couchant.

En allumant la lumière sur le perron, elle constata l'étendue des dégâts : les sacs-poubelle qu'elle avait laissés près de la porte, dans l'intention de les déposer au bout de son allée le lendemain matin, avaient été renversés et leur contenu s'était répandu partout. Au milieu de ce fatras apparut soudain une paire de chaussures de chantier en cuir noir. Ellie s'attarda un instant sur l'ourlet effiloché d'un jean usé, puis ses yeux remontèrent le long de deux jambes musclées, notant au passage des zones d'usure plus marquées au niveau des genoux, des plis des poches… et de la boutonnière. Brutalement, l'image d'une femme en train de défaire fébrilement ces boutons s'imposa à son esprit.

Chassant cette vision importune, elle poursuivit son inspection. Un T-shirt blanc s'étirait sur un large torse et laissait deviner des abdominaux bien dessinés. Sur le col, une tache rose faisait étrangement penser à du rouge à lèvres, et on retrouvait quelques indices similaires moins marqués sur la peau bronzée de son cou. Lorsqu'elle arriva enfin aux yeux verts, elle se rendit compte qu'ils la regardaient avec un certain amusement, malgré la douleur.

— Alors, Sparky… Où est ton flingue ?

— On m'appelle « docteur Swann », maintenant.

— Où est ton flingue, doc ? corrigea-t-il en retenant un sourire.

Elle sortit la main de la poche de sa robe de chambre et fit mine de lui tirer dessus avec son index.

— Pan !

Joueur, il tituba en se tenant le ventre, mais la manœuvre lui arracha une véritable grimace de douleur.

— Tu m'as eu…

— Où ça ? demanda-t-elle, car elle ne voyait toujours pas la moindre blessure.

Sans répondre, Tyler s'avança dans le vestibule et, quand elle lui emboîta le pas, elle remarqua aussitôt la tache sombre qui s'étalait sur la poche arrière de son jean. L'hémorragie ne semblait pas grave, mais nécessitait des soins.

— Tyler…

Il s'arrêta au milieu du couloir.

— On fait ça où ?

— Dans mon cabinet, en ville.

— Très drôle, Spar… Doc.

Lorsqu'elle s'approcha pour poser une main sur son bras, elle sentit les muscles saillants sous ses doigts.

— Je suis sérieuse. Mieux encore : les urgences de Lexington ?

— Non, non. Ça reste entre nous. Si on va en ville, quelqu'un va nous voir. Et aux urgences, ils vont devoir signaler une blessure par balle à la police.

Elle vint lui faire face.

— C'est ce qui va se passer, de toute façon. Je suis moi aussi obligée de le faire, sinon, je risque d'être radiée.

Soudain, Tyler vacilla et s'adossa au mur. Ellie bondit pour le retenir.

— Tyler ! s'écria-t-elle en le prenant par la taille. Tyler, reste avec moi. Appuie-toi sur moi, d'accord ?

Le bras qu'il posa sur ses épaules lui parut étonnamment puissant et rassurant. Heureusement, il semblait capable de tenir sur ses jambes.

— Allons dans la cuisine, comme ça, je verrai exactement de quoi il retourne. Je pourrai ensuite décider de la meilleure marche à suivre pour te soigner.

Elle se demandait s'il était encore assez lucide pour comprendre, mais il la surprit en prenant tout de suite la direction de la cuisine, où il trouva l'interrupteur sans hésiter. Ellie mit quelques secondes à s'habituer à la clarté soudaine, puis elle observa son patient d'un œil critique. Il n'était pas pâle et ses pupilles n'étaient pas dilatées.

— Bizarre..., marmonna-t-elle. Je ne me souviens pas de t'avoir vu à la pendaison de crémaillère.

Un sourire se dessina au coin des lèvres de Tyler.

— J'ai construit cette maison. Je pourrais encore m'y retrouver les yeux fermés.

— Oh...

Effectivement, son père, ou plus probablement la demi-douzaine d'anciens copains de lycée qu'elle avait croisés depuis son retour, avaient évoqué le fait que Tyler avait monté une entreprise de construction, quelques années auparavant.

C'était curieux de le voir ainsi, debout au milieu de la petite cuisine. Sa virilité jurait étrangement avec les rideaux jaune citron et les torchons assortis, mais l'ensemble n'était pas désagréable à regarder. Intérieurement, Ellie entendit la voix rationnelle de la maturité s'offrir un instant de régression et se mettre à piailler comme une lycéenne : « Oh là là ! Tyler Longfoot, le bourreau des cœurs, le roi des premières fois, est sur le point de baisser son pantalon devant toi dans ta cuisine ! Hiiiii ! » Puis elle se souvint brutalement de la raison de sa venue et secoua la tête pour chasser ce saut dans le temps perturbant.

— Je vais chercher mes affaires, marmonna-t-elle en se dirigeant vers la porte. Je reviens tout de suite.

Ressaisis-toi, Ellie. C'est lui qui doit avoir la tête qui tourne, pas toi. Elle ouvrit rapidement le placard de l'entrée pour prendre sa sacoche. Lorsqu'elle revint dans la cuisine, un spectacle surprenant l'attendait : les mains en appui sur la table, Tyler avait largement déboutonné son jean et lui tournait le dos.

— Ça ira comme ça, Doc ?

Ellie déglutit. En fonction du calibre de la balle et de l'endroit exact de l'impact, ce serait soit une extraction rapide, suivie de quelques points de suture, soit une opération nécessitant une anesthésie, une IRM et plusieurs heures de chirurgie complexe. Mieux valait donc qu'il reste debout le temps qu'elle détermine la gravité de sa blessure.

— Oui, c'est parfait, répondit-elle, d'un ton qu'elle espérait calme et professionnel.

Après s'être soigneusement lavé les mains dans le grand évier rustique, elle sortit de sa sacoche une paire de gants en latex, qu'elle enfila d'un geste sec, puis elle approcha un tabouret du bout du pied et s'assit. Elle disposa sur la table le matériel dont elle avait besoin. Lorsque tout fut prêt, elle annonça :

— Bon… Je vais baisser ton pantalon et ton boxer aussi doucement que possible, mais il est possible que ce soit douloureux, si le tissu a adhéré à la plaie.

— Comment dire, doc… J'ai un peu de retard dans mes lessives, en ce moment, donc il n'y a que le jean. Avec un peu de chance, ça va te simplifier la tâche.

Il se tourna à demi en parlant, ce qui fit glisser le jean un peu plus bas sur ses hanches. Une seconde plus tard, Ellie l'entendit étouffer un juron, lorsqu'elle tira sur un des côtés du pantalon pour avoir un meilleur aperçu de la plaie.

— Désolée, ça risque de faire mal. On devrait peut-être en rester là. Je vais appliquer une compresse et appeler une ambulance.

— Ça ira, Ellie, insista-t-il, les mâchoires serrées. Fais ce que tu as à faire.

— D'accord, d'accord. Tiens-toi tranquille et regarde droit devant toi.

Concentrée sur son travail, elle n'eut besoin que de quelques instants pour sonder l'étroite blessure et repérer… la balle ? Le plomb ? Elle n'était pas experte en munitions. C'était un petit projectile de métal, enfoncé d'environ un centimètre, juste à la naissance de la spectaculaire échancrure de ses fesses. Lorsqu'elle écarta délicatement les lèvres de la plaie, son patient poussa un cri étouffé.

— Bordel de… Tu es en train de m'amputer de la moitié du cul ou quoi ?

— Pas encore. Et tais-toi, tu me déconcentres.

— Prends tout ton temps, maugréa-t-il. C'est une vraie partie de plaisir.

Elle s'empara d'une seringue, qu'elle remplit d'un anesthésique, puis demanda :

— Tu peux compter jusqu'à trois ?

— Ça devrait être possible. Un, deux…

Ellie enfonça l'aiguille et appuya sur le piston. Tyler vacilla.

— Aïe ! Et toi, on ne t'a pas appris à compter en fac de médecine ?

Ellie retira l'aiguille et reposa la seringue sur la table. En attendant que l'anesthésique fasse son effet, elle expliqua :

— C'est à trois que tu te crispes et qu'une simple injection peut devenir aussi douloureuse qu'une balle de base-ball lancée à cent cinquante kilomètres à l'heure.

— Merci beaucoup, alors. On était à peine à cent quarante, je crois.

— De rien.

À l'aide d'une compresse, elle essuya le sang qui suintait de la blessure.

— On va attendre une minute encore. Ensuite, je retirerai la balle et tu seras comme neuf en un rien de temps.

Tyler laissa échapper un grognement sceptique. Ellie s'empara d'une longue pince à épiler et toucha délicatement la plaie. Aucune réaction de la part du patient.

— Tu veux bien m'expliquer ce qui t'est arrivé ?

— Si je te disais que je me suis fait ça tout seul, tu me croirais ?

Elle éclata de rire.

— Peu probable. Je refuse aussi de croire que c'est ton chien, ton chat, ton canari ou ton iguane qui t'a tiré dessus par erreur. Et vu l'heure, je pense que tu peux aussi m'épargner l'accident de chasse.

— J'aurai essayé…

— Essaie la vérité, plutôt, recommanda-t-elle avec un petit sentiment de triomphe, car elle tenait avec sa pince la minuscule boule de métal qu'elle avait réussi à extraire. Il ne lui restait plus qu'à laver la plaie, puis à appliquer une nouvelle compresse. Tyler soupira.

— J'étais au pub, au Rawley's, en train de boire un verre et de… hum… disons, bavarder avec Lou Ann Doubletree.

Lou Ann avait un an de plus qu'elle, mais Ellie se souvenait bien de cette grande fille aux cheveux blond cendré, dotée de deux attributs particulièrement inoubliables.

— Lou Ann « double D » ?

— Pour une fille qui n'aime pas trop son propre surnom, je te trouve bien prompte à balancer celui des autres.

— Mais elle aimait le sien ! Elle était même très fière de la partie de son anatomie qui l'avait inspiré, si je me souviens bien.

— Il faut bien admettre qu'ils en ont inspiré plus d'un…

— Il paraît, répondit-elle en levant les yeux au ciel. Elle ne comprendrait jamais cette fascination des hommes pour les glandes mammaires… Un des grands mystères de la vie. Elle noua un fil à son aiguille chirurgicale et se prépara à faire des points.

— Donc, tu étais au Rawley's en train de… bavarder avec Lou Ann, quand… ?

— Elle est plus ou moins avec Junior Tillman. Ils n'arrêtent pas de se séparer pour se remettre ensemble. Tu te souviens de lui ?

Le nom lui était familier et une image remonta du fond de sa mémoire : celle d'un type massif avec une grosse voix et une tendance à casser des bouteilles de bière vides sur le crâne des autres, chaque fois que son équipe marquait un essai. Elle noua le premier point de suture.

— Un grand costaud qui parlait très fort ?

— C'est ça. Bref, selon Lou Ann, ils sont séparés, en ce moment. Le problème, c'est que quand Junior s'est pointé hier soir, visiblement imbibé, il n'avait pas l'air du même avis.

— Et il t'a tiré dessus ? Je n'arrive pas à croire que tu n'aies pas encore appelé la police.

Malgré son indignation, elle ajouta un nouveau point soigné. Cela aurait été un crime de laisser une vilaine cicatrice sur une telle perfection.

— Pas besoin d'en faire tout un plat. Il m'a visé avec le tromblon qu'il garde dans son pick-up pour tuer les ratons laveurs. Il ne cherchait pas à me faire du mal. Plutôt à marquer son territoire.

— Marquer son… ? Oh bon sang, vous êtes bien tous les mêmes. C'est désespérant.

Elle noua la dernière suture, coupa le fil et jeta ses ciseaux sur la table.

— Je ne suis pas comme ça, doc. J'essaie juste de t'expliquer ce qui se passait dans la tête à moitié vide de Junior. Il va s'en vouloir à mort dès qu'il aura cuvé un peu.

— Il peut bien cuver en cellule de dégrisement, en ce qui me concerne.

— Non non non… Junior est un sacré bon maçon et il a un petit garçon de quatre ans qui vit du côté d'Ashland, avec sa mère. Si Junior va en prison, il va avoir du mal à payer sa pension, et, du coup, c'est le gosse qui va trinquer à cause d'une erreur de jugement commise par son père, sous l'effet du bourbon.

— Mais il t'a quand même tiré dessus ! Je suis obligée d'avertir les autorités. Ça ne se discute pas.

Estimant que le sujet était clos, elle entreprit de poser un pansement sur les points de suture.

— Voilà, j'ai fini.

Tyler se dévissa la tête pour examiner sa fesse, puis il remonta son jean et se tourna vers elle, la prenant au piège de ses yeux. Sa bouche s'étira en un sourire paresseux.

— Tout est discutable, doc…

Les paroles de Melody résonnèrent soudain dans l'esprit d'Ellie. *La femme idéale, selon Roger, a beaucoup d'expérience et assez peu de limites.*

La pratique de la médecine n'était pas faite pour les gens facilement impressionnables, si bien que la question des limites ne posait pas de problèmes. Mais l'expérience ? C'était une autre affaire. Peut-être la réponse se trouvait-elle juste sous son nez, sous la forme d'une mine de savoir-faire sexuel, ambulant et doué de parole. D'un point de vue strictement médical, il pouvait également faire office de stimulateur de libido féminine, tout aussi ambulant et doué de parole.

— Alors, doc ? Qu'est-ce que je pourrais bien faire pour te convaincre de garder ça entre nous ?

2

Tyler savoura le silence provoqué par sa question. Ellie garda les yeux baissés un moment mais, quand elle releva la tête, ce fut pour poser sur lui un regard si sévère qu'il sentit le rouge lui monter aux joues. Que pouvait-il bien se passer dans sa tête ?

— Puisque tu étais en train de… bavarder avec Lou Ann, ce soir, j'en déduis que tu es sans attaches, en ce moment ?

À vrai dire, c'était surtout Lou Ann qui s'était chargée du bavardage, tandis qu'il cherchait une façon polie de se débarrasser d'elle… jusqu'à ce qu'elle se jette sur lui pour l'embrasser dans le cou. Junior était un de ses meilleurs amis et, contrairement à ce que tout le monde semblait penser, il n'avait pas l'habitude de draguer la copine d'un pote.

Les bras croisés, il envisagea un instant de s'appuyer contre la table, avant de se souvenir que ce n'était sans doute pas une bonne idée.

— C'est exact, doc. Comme qui dirait, j'attends toujours la perle rare.

— Mais tu préfères rester actif, fit-elle remarquer, sans le moindre jugement.

Malgré cela, le commentaire lui resta en travers de la gorge, lui rappelant l'insatisfaction grandissante que lui procurait depuis quelque temps la valse permanente de sa vie amoureuse. Était-ce par stupidité ou bien simplement par ennui qu'il n'avait pas décampé quand Lou Ann avait commencé à le draguer ouvertement ? Peut-être la balle qu'il avait reçue dans la fesse était-elle une sorte d'avertissement. Quoi qu'il en soit, il sentait qu'il était temps de changer.

— On peut dire ça comme ça…, répondit-il, incertain.

C'était une conversation étrange, surtout avec Sparky Swann. Qu'est-ce que sa vie sentimentale venait faire là-dedans ? Quel rapport avec le fait de le dénoncer ou non à la police ?

— Tu as de l'expérience dans un domaine particulier, reprit Ellie, qui semblait soudain fascinée par la ceinture de sa robe de chambre. Domaine dans lequel j'aimerais améliorer… comment dire… mes compétences.

Elle leva vers lui un regard perdu, sans cesser de mordiller sa lèvre inférieure. Tyler en ressentit soudain une tension inconfortable au niveau du bas-ventre.

— Tu veux apprendre à construire une maison ?

— Je parle de sexe, Tyler.

Il ne voyait plus que ses yeux bruns et profonds, qui semblaient littéralement le tenir par les couilles.

— Tu as eu le temps de peaufiner tes talents, depuis l'adolescence. À en croire la rumeur, tu profites d'une vie sexuelle que la plupart des hommes ne vivent qu'en rêve.

— Holà, il ne faut pas croire tout ce qu'on entend.

Pourtant, une partie de lui-même osait prétendre le contraire. La même partie qui rêvait soudain d'écarter les pans de cette fichue robe de chambre, afin de montrer à cette fille des choses qu'elle n'avait, elle, certainement vécues qu'en rêve.

C'est Sparky Swann, se rappela-t-il brusquement. *Une gamine un peu gauche, une intello à lunettes.*

Sauf qu'elle ne ressemblait plus du tout à ça, à présent.

— Il me suffit d'en croire un quart…, répondit-elle, en passant une main dans sa longue chevelure brune, dans un geste qui trahissait sa nervosité. Si tu me promets de m'apprendre à me libérer au lit, je laisserai à d'autres citoyens bienveillants le soin de dénoncer Junior aux flics.

Avait-il aussi reçu une balle dans la tête ? Parce qu'il était certain d'avoir mal entendu.

— Pardon ? Je…

— Tu m'as très bien comprise, coupa-t-elle en relevant le menton. Je veux une formation pratique sur les choses de la vie.

— Attends... Rembobine, une seconde. Ça t'embêterait de m'expliquer pourquoi tu penses avoir besoin de te « libérer » au lit ?

Les yeux rhum-coca prirent de nouveau la tangente.

— J'aimerais mieux pas.

— Sans blague.

Avec un soupir, il contempla longuement le bout de ses chaussures, s'efforçant de cerner la proposition qu'elle venait de lui faire.

— Si j'ai bien tout compris au film, tu acceptes de ne pas prévenir la police si je promets de devenir ton coach sexuel ? demanda-t-il enfin.

Il coula vers elle un regard incertain. Puis, voyant qu'elle acquiesçait, il éclata de rire :

— C'est plutôt direct, doc. Ça évacue bien du tableau tout le romantisme et ses petits jeux à la con.

— Oh, ça va..., s'emporta-t-elle. En quoi ma proposition est-elle différente de ce qui s'est passé entre toi et Lou Ann au Rawley's ? Tu veux, elle aussi, et roule ma poule ! Vous savez pertinemment tous les deux que ça ne va pas se finir devant l'autel ou à la mairie. C'est une simple expérience physique agréable pour tout le monde. Ensuite, on passe à autre chose. Je te propose la même chose, moins l'alcool, moins le bavardage, moins le risque de se prendre une balle dans le derrière, et moins...

Elle s'interrompit soudain, comme si elle venait de se rappeler quelque chose. Son petit air de première de la classe disparut, laissant place à une expression qu'il ne parvenait pas à identifier, mais qui lui donnait l'impression d'être le dernier des fumiers.

— … et j'oubliais que je ne suis pas Lou Ann Doubletree, termina-t-elle d'une petite voix, en tirant sur sa robe de chambre. Quelle idiote je fais. Écoute, si c'est au-dessus de tes forces, on oublie tout.

Eh merde…

— Je n'ai jamais dit que c'était au-dessus de mes forces. Crois-moi. Ce n'est pas ça le problème.

— Alors, quoi ?

— Peut-être que j'ai l'impression d'être un vieux pervers devant la petite Ellie Swann.

— J'ai vingt-huit ans. Plus vraiment une gamine, quoi.

Elle n'avait pas tort. Le casque de frisettes délirantes qu'elle ne parvenait jamais à dompter quand elle était enfant s'était transformé en une cascade de boucles lisses couleur d'ébène. Son visage de souris avec ses fossettes avait mûri et la version adulte était un mélange redoutable, à la fois mignon et sexy. Envolées les lunettes qu'elle portait autrefois, avec des verres si épais qu'elle devait avoir l'impression de vivre sous l'eau. À la place, il ne voyait plus que deux grands yeux bruns, de vrais yeux de Bambi. Et cette bouche… Même à cet instant, sa bouche semblait douce et mûre à point, comme un fruit qu'on aurait bien croqué.

— Je ne dis pas le contraire, doc.

— Alors, c'est quoi, le problème ? Je ne comprends pas ce dilemme éthique. Si tu peux sauter « Double D » pour le fun, alors tu peux bien me sauter, moi.

— Pour que les choses soient bien claires : j'ai couché avec des femmes et j'ai séduit des femmes. En de rares occasions, il m'est même arrivé de faire l'amour à des femmes. Mais je n'ai jamais « sauté » personne. Jamais.

Cela dit, si on laissait de côté ces questions de terminologie, il ne pouvait contredire sa conclusion. Si une fille comme Ellie s'était pointée au Rawley's la veille, il aurait été le premier à vouloir offrir un verre à cette belle inconnue, lui faire un brin de causette, et plus, si affinités.

Malheureusement, elle n'était pas une belle inconnue. C'était Ellie. Il devait bien admettre qu'il avait toujours eu un petit faible pour elle. Tous deux avaient été élevés par des pères distants et rudes, taillés dans la même roche dure et froide. Si Frank Swann, le père d'Ellie, ne s'était jamais abaissé à la même violence physique que Big Joe Longfoot adorait dispenser à la moindre transgression – réelle ou imaginée –, Ellie n'avait pas vraiment connu une enfance choyée.

En regardant ses grands yeux bruns, sa chevelure soyeuse ébouriffée et sa bouche absolument délicieuse, il se rendit compte que le petit faible était devenu un très gros faible.

Ce qui n'était pas du tout aussi facile à admettre.

— Compris, marmonna-t-elle. On ne va pas jouer sur les mots. Est-ce que nous sommes d'accord ?

Bon sang, comment faisait-il pour se fourrer dans des situations pareilles ? Se pressant l'arête du nez entre deux doigts pour chasser la migraine qu'il sentait venir, il supplia :

— Laisse-moi réfléchir une minute. De combien de... euh... leçons parlons-nous ?

Elle prit son temps pour répondre et il entendait presque les rouages de son cerveau cliqueter dans sa tête.

— Dix ?

Son sexe redressa aussitôt la tête en criant : *Tope là !* Mais son instinct de survie intervint pour contrer l'offre :

— Deux.

— Huit, riposta-t-elle.

Secrètement, il apprécia qu'elle accepte ce marchandage sans se sentir insultée.

— Quatre, proposa-t-il.

— Cinq. C'est ma dernière offre. En dessous, je n'en apprendrai pas assez pour que cela vaille la peine de risquer la radiation.

— Marché conclu.

Un sourire fit ressortir les fossettes du passé et, quand elle lui tendit la main pour clore leur accord, il ressentit un besoin brutal de la serrer contre lui et d'embrasser ces adorables petits creux. Il n'avait jamais donné de cours à personne, mais cela ne l'inquiétait pas. Il l'emmènerait une ou deux fois au restaurant et tout le monde y trouverait son compte.

— Parfait, annonça-t-elle, avant de plonger la main dans sa sacoche. On va pouvoir se mettre au travail…

Elle glissa quelque chose dans la poche de sa robe de chambre. Soupçonnant qu'il s'agissait de préservatifs, il l'interrompit d'un éclat de rire :

— Sans vouloir te vexer, doc, je crois que ça va être au-dessus de mes forces, ce soir. Je te rappelle que j'ai le fondement à moitié anesthésié.

Elle pinça ses lèvres pleines, espérant sans doute prendre une mine sévère. Il se demanda comment elle réagirait si elle apprenait que cette moue avait suffi à mettre son sexe au garde-à-vous, malgré ce qu'il venait d'affirmer.

— Pas de problème, répondit-elle en se tournant vers la porte. J'allais te proposer de nous mettre au travail dès que je t'aurais retiré tes points de suture.

— Ah.

Cela calma un peu les ardeurs de son assistant pédagogique dans son pantalon.

— Ça me va, approuva-t-il en la suivant dans le vestibule. Dans combien de temps… ?

Fouillant dans sa poche, elle sortit un paquet de compresses et un rouleau de sparadrap.

— Change le pansement tous les jours. Tu prendras rendez-vous avec mon cabinet pour jeudi et nous verrons comment tu guéris.

Elle s'arrêta devant la porte, une main sur la poignée.

— Si tout se présente bien, nous pourrons mettre en place un planning et définir un programme précis.

Il manqua de faire tomber les pansements qu'il essayait de glisser dans la poche avant de son jean. Un programme précis ? C'était bien le genre d'Ellie-la-bonne-élève de traiter quelque chose d'aussi instinctif et élémentaire que le sexe comme un sujet de concours. Cela dit, sans qu'il puisse se l'expliquer précisément, l'idée l'excitait et le terrifiait à la fois.

— Pas la peine de compliquer les choses inutilement. Je préfère improviser, dans ce domaine.

Elle fit de nouveau la moue et il trouva cela incroyablement excitant.

— Pas moi, répondit-elle. Je ne veux pas gâcher une séance à couvrir quelque chose que je sais déjà. Mon but est d'étendre mes connaissances.

Il se retint d'essuyer ses paumes moites sur son jean.

— Qu'est-ce que tu as en tête, exactement ?

— Pour être honnête, je ne suis pas encore sûre. Je dois faire quelques recherches.

— Fais toutes les recherches que tu veux, doc, mais je me réserve un droit de veto pour tout élément de ton fameux programme détaillé.

Ellie tiqua.

— Pourquoi ? demanda-t-elle, tandis qu'il passait devant elle pour sortir sur le perron.

— Parce que c'est moi l'expert.

C'était la vérité, et pourtant cela lui parut soudain un peu pitoyable. Il avait fallu moins d'une demi-heure à Ellie pour décider que ce qu'il avait de mieux à offrir pendouillait entre ses jambes. Il avait d'ailleurs la désagréable impression que la plupart des femmes de la ville étaient du même avis. Certes, il n'avait jamais vraiment cherché à se défaire de cette réputation, mais bon sang ! il était doué ailleurs qu'au lit. D'une façon ou d'une autre, il allait le lui prouver, ne serait-ce que par fierté.

Par fierté, aussi – ou peut-être par esprit de contradiction, à moins que ce ne soit de la voir là, debout sur le pas de sa porte en train de le regarder d'un air dubitatif en se mordant la lèvre –, il s'avança vers elle, assez près pour distinguer les infimes variations de couleur dans le brun fascinant de ses iris.

— Que dirais-tu de commencer par un petit test d'aptitude très simple ?

— Un test ?

Il eut juste le temps de l'entendre étouffer une exclamation de surprise avant de poser ses lèvres sur les siennes. Il cherchait à la déconcerter, voire à la déstabiliser un peu, mais il fut pris à son propre jeu. À la seconde même où il goûta ses lèvres veloutées, il renonça à toute envie de prouver quoi que ce soit à qui que ce soit. Il n'avait plus qu'une idée en tête : savoir en combien de temps ils pouvaient se débarrasser de leurs vêtements et trouver un lit, afin d'entreprendre de faire chavirer mutuellement leur monde. Sa raison s'enfuit par l'issue de secours, emportant avec elle le moindre vestige de prudence, ainsi qu'une bonne partie du volume sanguin qui irriguait en temps normal son cerveau.

Les pensées d'Ellie devaient suivre un chemin similaire, car elle se hissa sur la pointe des pieds et glissa une main derrière sa nuque pour lui rendre son baiser avec un talent parfaitement naturel. Tyler sentit son esprit devenir aussi engourdi que sa fesse. Sans même réfléchir, il saisit à pleines mains le tissu de sa robe de chambre dans son dos pour la serrer contre lui, tandis que sa langue se glissait avec langueur contre la sienne.

Ellie se colla davantage à lui, laissant échapper un ronronnement de satisfaction qui pénétra la brume de désir dans laquelle il s'était perdu. Il se recula, inspirant l'air du soir comme un noyé refaisant surface, et attendit quelques secondes que le monde retrouve son équilibre. Qu'est-ce qui lui prenait, bordel ? Visiblement, le plomb qu'il avait pris dans la fesse lui avait fait perdre la tête. C'était la seule explication possible.

Ellie cligna des yeux. Dans son regard, il vit défiler une ribambelle d'émotions, allant de la surprise au choc. Cela aurait pu être gratifiant, s'il n'avait eu la désagréable impression que ses émotions reflétaient exactement celles qui faisaient rage en lui au même instant. En la voyant se passer rapidement la langue sur ses lèvres encore luisantes de leur baiser, il retint un gémissement.

Avec un peu de retard, son instinct de survie se réveilla. Il la lâcha et recula d'un pas, soulagé que ses jambes lui obéissent. Lorsqu'elle se retint au chambranle de la porte pour ne pas tituber, il en éprouva une pointe de satisfaction étrange.

— Félicitations, Sparky annonça-t-il.

Elle secoua la tête, comme pour s'éclaircir les idées.

— Pourquoi ?

Il ne put s'empêcher de sourire, tant elle avait l'air déconcertée.

— Tu as passé le test haut la main. Bonne nuit.

Il continua de sourire le temps qu'elle rentre chez elle, puis les portes de l'enfer s'ouvrirent dans sa tête. Il prit soin de ranger le bazar qu'il avait semé sur le perron, cherchant en vain à comprendre ce qui venait de lui arriver. Ce n'était pas la première fois qu'il embrassait une femme. Il en avait embrassé plein, peut-être même plus que la moyenne et, chaque fois, cela avait été délicieux. Certains baisers l'avaient marqué, d'autres s'étaient fondus dans la masse agréable de ses expériences buccales. Aucun, en revanche, ne s'approchait de celui qu'il venait d'échanger avec Ellie. Il avait eu l'impression à la fois de se lancer dans une toute nouvelle aventure et de se retrouver enfin chez lui.

Troublé, il s'éloigna à grands pas de ce qui était sans doute l'épisode le plus déconcertant de sa vie. Pour un peu, il en aurait presque oublié la balle qu'il avait prise dans la fesse. Il était censé être le gars qui savait ce qu'il faisait. Pourtant, dès qu'Ellie avait entrouvert les lèvres pour répondre à son baiser, il avait compris que la bonne élève avait une fois de plus placé la barre très haut. Bon sang, elle l'avait placée tellement haut qu'il en était pris de vertiges.

Il enfourcha sa moto avec prudence, une fois de plus soulagé d'avoir été anesthésié, et démarra. Bon. Ils avaient passé un accord et il entendait bien tenir sa part du marché. Pourtant, avant de se lancer dans ces « leçons », quelques précautions s'imposaient. Premièrement, il devait s'assurer que la gentille doctoresse comprenait bien les implications de ce qu'elle pensait vouloir. Elle pouvait faire toutes les recherches et les planifications du monde, cela ne l'empêcherait peut-être pas d'éprouver quelques scrupules, le moment venu. Surtout s'il la poussait un peu dans cette direction. Si elle renonçait, il se montrerait bon prince et la libérerait de ses obligations.

Deuxièmement, il voulait découvrir d'où venait cette proposition démente. Il avait la désagréable impression que sa studieuse élève avait l'intention d'utiliser ses nouvelles compétences pour mettre le feu au pantalon d'un autre.

*

Ellie commanda rapidement un *latte macchiato* à la serveuse au brushing fuchsia du Jiffy Java. En temps normal, elle préférait un déca, mais après l'irruption de son invité surprise, une bonne dose de caféine était de rigueur. Par chance, son planning de consultations était encore vide, car l'ouverture officielle n'avait lieu que le mardi suivant. Elle avait cependant prévu de passer son samedi à ranger les monceaux de matériel commandé et à organiser son cabinet, des activités qui demandaient du temps… et de l'énergie. Retenant avec peine un bâillement, elle s'avança vers le comptoir pour récupérer son café.

— Sparky, ne me dis pas que tu t'ennuies déjà ! lança soudain une voix joyeuse derrière elle. Tu viens à peine de rentrer !

Elle se tourna et se retrouva devant…

— Roger ! Quelle bonne surprise ! Ça fait plaisir de te voir !

Pardon ? Dans le genre bateau, on ne faisait pas mieux. Elle tira rapidement sur l'ourlet de son T-shirt noir, regrettant aussitôt de ne pas l'avoir assorti avec quelque chose de plus séduisant qu'un treillis kaki et des ballerines noires en toile. Roger était magnifique dans son bermuda de tennis et son polo blanc impeccable, qui faisait ressortir son hâle et ses cheveux dorés. Existait-il un homme plus parfait que lui ? Cependant, alors même qu'elle formulait cette pensée, une vision de Tyler s'invita dans son esprit – grand, ténébreux et d'une beauté enivrante. Elle chassa le trouble-fête.

— Content de te voir aussi, Ellie, répondit Roger avec chaleur, en effleurant sa joue d'un rapide baiser qui suffit à affoler son cœur. Ou plutôt, je devrais dire « docteur Swann », non ? J'ai entendu dire que tu étais revenue.

Éblouie par son sourire et par l'étincelle qui dansait dans ses yeux bleus, Ellie parvint péniblement à articuler :

— Les nouvelles vont vite.

— Tu m'étonnes... D'autant plus que, par ici, elles n'ont pas à aller bien loin. Ça alors ! Je n'arrive pas à croire que c'est bien toi, ajouta-t-il en secouant la tête.

Il recula d'un pas pour mieux la regarder.

— Il semblerait que tu aies bien grandi, depuis dix ans. Regarde-toi ! Tu es magnifique. Vraiment, Ellie. Comment vas-tu ?

Elle rougit jusqu'à la racine de ses cheveux. Par chance, la serveuse arriva juste à cet instant avec sa commande, lui offrant en prime une excuse pour se détourner quelques secondes et reprendre ses esprits.

— Je vais bien, merci, répondit-elle enfin.

J'ai la tête qui tourne, j'ai un trac pas possible et je dis n'importe quoi tellement je suis excitée, mais sinon, ça va.

— Et toi ?

— Ça va, ça va..., commença-t-il avec un pauvre sourire. Enfin, je devrais plutôt dire que je suis en bonne voie. Je ne sais pas si tu as appris, pour Melody et moi ?

— J'ai entendu dire que vous aviez rompu vos fiançailles, répondit-elle en lui tapotant gentiment le bras, sans préciser comment elle l'avait su. J'ai été désolée de l'apprendre.

Il lui lança un regard douloureux.

— Les nouvelles vont vite, hein ?

La tête inclinée sur le côté, elle lui fit la même réponse :

— D'autant plus que, par ici, elles n'ont pas à aller bien loin… Je dois admettre que ça m'a fait un choc. J'ai toujours cru que vous tiendriez la route, tous les deux.

— Melody est une fille en or, soupira-t-il. Elle restera toujours ma meilleure amie, mais notre relation ne fonctionnait pas. C'est… C'est complètement ma faute.

Ellie sentit son cœur se gonfler de compassion. Peut-être Melody avait-elle tenté de faire bonne figure devant Ginny, mais elle ne lui avait pas donné l'impression d'être particulièrement abattue. Pour être honnête, elle paraissait avoir déjà parfaitement digéré la décision, alors que Roger semblait encore rongé par la culpabilité.

— Si tu as besoin d'une oreille attentive ou d'une épaule pour pleurer, je suis libre.

Je suis libre ? Génial, ça fait la fille pas pressée du tout…

— Merci, Sparky. C'est adorable de ta part.

Son regard se porta derrière elle et il se redressa en souriant :

— Tiens ! Comment ça va ?

Lorsqu'Ellie se retourna, elle se retrouva nez à nez avec son visiteur nocturne, qui la regardait avec un sourire en coin tellement sexy que c'en était ridicule.

— Elle n'apprécie plus trop qu'on l'appelle « Sparky ». Elle préfère Ellie ou docteur Swann.

— Oups… Pardon, Ellie. J'espère que je ne t'ai pas vexée. C'est juste… (Il haussa les épaules.) Tu as toujours été Sparky pour moi. Depuis ce 4 juillet de… Oh là là, c'était il y a combien de temps, déjà ?

Elle s'apprêtait à balayer la question d'un geste, quand Tyler intervint :

— Vingt-deux ans. Tu avais six ans, si je ne m'abuse, doc ?

Ellie fut tellement surprise qu'il se souvienne des détails qu'elle en oublia presque d'être agacée. Pourquoi diable fallait-il qu'il ait gardé en mémoire des événements qu'elle aurait pour sa part préféré laisser aux oubliettes ?

— C'est ça, six ans. Et ce n'est pas très juste de coller un surnom pour la vie à quelqu'un de si jeune.

— Tu as quand même mis le feu à la scène, rappela Roger en s'excusant d'un sourire.

— J'étais sponsorisée par Budweiser et Earl Rawley, qui aurait pu faire preuve d'un peu plus de jugeote, étant donné qu'il tenait un pub. Franchement, quel genre de taré tend un feu d'artifice allumé à une gamine de six ans ? Pas étonnant que j'aie paniqué. Heureusement que personne n'a été blessé.

— Personne ? Je ne dirais pas ça…, objecta Roger. Je crois me souvenir que ton père a pété un câble. Je ne l'avais jamais vu aussi en colère avant.

Oui, Frank avait été furieux. Ce que Roger n'avait sans doute jamais compris, car il n'avait lui aussi que six ans à l'époque et venait d'une famille où personne n'élevait jamais la voix, c'était que la fureur de son père était autant dirigée contre elle que contre Earl. Ce petit incident l'avait forcé à s'occuper de sa fille, au lieu de continuer à prétendre qu'elle n'existait pas. Un rapide coup d'œil à Tyler lui confirma que lui, en revanche, était au courant, car une ombre passa dans son regard : de la compassion. Ou pire, de la pitié.

Ellie sentit qu'elle se crispait et tous les calmants du monde n'auraient pas suffi à l'apaiser. Certes, les rapports avec son père n'avaient jamais été grandioses, mais, à présent qu'elle était de retour à Bluelick, elle avait bien l'intention de tenter de forger un semblant de relation adulte avec lui. Elle n'était pas à plaindre dans l'ensemble. Elle s'était fixé des objectifs ambitieux et avait travaillé dur pour les atteindre. Elle avait une bonne situation. Pas besoin d'avoir pitié d'elle.

Dans sa hâte de clore ce sujet douloureux, elle répondit d'une voix un peu brusque :

— Cet épisode illustre parfaitement ce qui peut se produire quand on mélange l'alcool, un sérieux manque de jugement et des joujoux dangereux. D'ailleurs, en parlant de ça…, ajouta-t-elle avec un regard appuyé vers Tyler. Comment vas-tu ce matin ?

Roger les regarda, sans comprendre.

— Hum. J'ai comme l'impression que j'ai loupé un épisode intéressant. Malheureusement, mon père m'attend au club dans dix minutes pour un golf, donc il faut que je me sauve. Tyler, c'est toujours un plaisir de te croiser. Ellie, on essaie de se voir bientôt pour bavarder ?

À bientôt ? Tu m'appelles ? Plusieurs formules d'adieu potentielles se bousculèrent dans son esprit, mais, avant qu'elle n'ait le temps de se décider, Tyler lui passa un bras autour des épaules et lui murmura à l'oreille :

— Je vais bien et mon manque de jugeote aussi. Merci de t'en inquiéter.

Elle frissonna, mais préféra penser que c'était dû au souffle de Tyler contre son oreille, plutôt qu'au souvenir de ses lèvres collées aux siennes la veille, lors de son « test d'aptitude ». Inutile de nier que l'image de son fessier musclé faisait naître toutes sortes de fourmillements en elle, dans des endroits très intimes. Bon sang, elle se sentait déjà plus libérée ! Cela dit, elle avait toujours été une élève douée, surtout quand son professeur parvenait à lui inspirer de l'intérêt pour la matière concernée. Et apparemment, Tyler l'inspirait.

Ne sachant trop sur quel pied danser, elle préféra se montrer courtoise :

— J'ai constaté ce matin que la fée du logis était passée sur mon perron. Tu n'étais pas obligé. Tu ne dois pas trop forcer, avec ta blessure.

— C'est moi qui ai mis le bazar, répondit-il avec un haussement d'épaules. La moindre des choses, c'était de nettoyer derrière moi.

Sa voix grave lui chatouillait les oreilles.

— Eh bien… merci, parvient-elle à articuler, malgré sa gorge sèche.

Son malaise ne fit qu'empirer quand une voix familière l'interpella :

— Ellie ! J'espérais te croiser depuis que j'ai appris que tu étais revenue.

3

Ellie fit volte-face et tomba sur l'ex-fiancée de Roger.

— Ça alors, Melody ! Bonjour ! s'écria-t-elle, grimaçant intérieurement devant l'enthousiasme un peu forcé de sa voix. Tu es magnifique, comme toujours.

Ça, au moins, c'était sincère. Sa robe bleue s'accordait parfaitement avec ses yeux et soulignait sa taille gracieuse. La jeune femme blonde sourit :

— Merci. Toi aussi. J'adore ta tenue. Si seulement je pouvais porter des treillis, mais ça me fait toujours des hanches énormes. Salut, Tyler !

— Salut, répondit celui-ci avec un rapide sourire, avant de consulter sa montre. Désolé, ça va être « bonjour, au revoir », mais j'ai un rendez-vous. À plus tard, Mel. Doc.

Il se pencha vers Ellie pour coiffer une mèche rebelle derrière son oreille et effleura sa joue de ses lèvres. Pour n'importe quel client du café, ce geste ne différait en rien de celui de Roger : amical et innocent. En vérité, ces deux baisers étaient aux antipodes l'un de l'autre, car celui de Tyler déclencha en Ellie une cataracte de réactions, dont aucune n'aurait pu être qualifiée d'amicale ou d'innocente. Ellie recula, un peu chancelante, mais il la retint d'un doigt glissé dans l'échancrure de son T-shirt.

— À jeudi, chuchota-t-il.

Avant même qu'elle n'ait le temps de répondre, il lui décocha son sourire de voyou et sortit sous le soleil radieux du matin. Ellie le suivit du regard, se surprenant à admirer la perfection avec laquelle son Levi's lui moulait les fesses.

— Ellie, je voulais te demander quelque chose. Tu aurais une minute ?

La question permit à Ellie de sortir sa tête du jean de Tyler. Au lycée, Melody était une fille belle et très appréciée, qui se montrait rarement hésitante. Pourtant, elle semblait soudain bien timide et sérieuse. Ce dont elle voulait parler la rendait visiblement nerveuse et, par réaction, Ellie en ressentit également une pointe d'inquiétude.

— Euh… Bien sûr. On peut aller à mon cabinet. Je suis juste de l'autre côté de la place.

— Ce sera parfait.

Ouais, parfait, pensa Ellie, tandis qu'elles traversaient Main Street. L'occasion rêvée pour Melody de régler ses comptes : *Je t'ai surprise à nous écouter, hier, chez DeShay's, et je crois que tu devrais te mêler de tes oignons.* Ellie, qui se préparait au pire, faillit donc trébucher lorsqu'elle entendit Melody bafouiller :

— Quand j'ai appris que tu ouvrais ton cabinet, je me suis dit que tu aurais sans doute besoin d'une secrétaire.

Ellie cligna des yeux, s'efforçant de mettre son cerveau en branle.

— J'ai appelé une agence sur Lexington pour qu'ils m'envoient un intérimaire à partir de lundi, mais je préférerais employer quelqu'un de Bluelick, si possible. Pourquoi ? Tu connais quelqu'un qui serait intéressé ?

Le rire cristallin de Melody résonna au-dessus de leur tête, rebondissant sur la coquette rangée de façades du XIXe siècle.

— Un peu, oui.

Ellie s'arrêta devant la volée de marches en pierre sculptée qui menait à son cabinet.

— C'est moi, Ellie. C'est moi qui suis intéressée par le poste.

— Mais… Je croyais que tu travaillais chez Reynolds & Reynolds ?

— C'est vrai, mais il est grand temps que je change de boulot. Je ne peux pas continuer à travailler pour le père de Roger le reste de ma vie. L'idée, au départ, c'était bien sûr que Rog' reprenne le cabinet familial. Moi, je devais assurer le secrétariat de direction jusqu'à ce qu'on ait des enfants.

Elle soupira.

— Tu as sans doute déjà appris que nous avons rompu, donc le projet tombe à l'eau. Il faut que je revoie mes plans. Je veux… Non, j'ai besoin de changement.

Ellie comprenait bien. Oui, le destin savait vous jouer des tours de ce genre. Il fallait prendre le temps de faire son deuil, puis faire de son mieux pour s'adapter et surmonter l'épreuve. Comment reprocher à Melody de ne pas avoir envie de continuer chez Reynolds & Reynolds, où chaque jour lui rappellerait que son grand projet de vie avait avorté ?

Certaines personnes, en revanche, ne parvenaient jamais à tourner la page. Lorsqu'un carambolage monstre sur la voie express avait privé le père d'Ellie de sa tendre épouse, celui-ci s'était agrippé à son chagrin comme à une bouée de sauvetage. Ellie l'avait vu se transformer en un être aigri et plein de rancœur, incapable d'apprécier les éléments positifs qui restaient dans sa vie. Sa fille, par exemple. Cela dit, il n'avait jamais vraiment envisagé sa progéniture comme une source de satisfaction.

Melody voulait aller de l'avant et Ellie ne l'en respectait que davantage. En revanche, embaucher l'ex de Roger n'était sans doute pas une bonne idée.

— Je comprends, Melody. Et même plus que tu ne crois. Le truc, c'est que je… euh… J'apprécie Roger.

— Évidemment. Tout le monde apprécie Roger. Même moi ! Bon sang, je l'aime, ce type. Simplement, pas comme il faudrait aimer un futur époux. C'est pareil pour lui. Notre rupture s'est faite d'un commun accord. Nous nous sommes séparés bons amis, alors ne t'inquiète pas. Tu ne seras pas obligée de choisir un camp.

Ellie se perdit dans la contemplation des géraniums rouges qui débordaient joyeusement de leur jardinière, sur l'appui de fenêtre. Elle consulta sa conscience. Que pouvait-elle répondre ? *Ce n'est pas juste que j'apprécie Roger. C'est un peu l'homme de ma vie, quoi.* Non. Impossible. Elle n'avait plus seize ans. Pour une raison incompréhensible, elle se surprit à balbutier :

— Roger m'a dit que tout était sa faute.

Elle eut aussitôt envie de se mettre des claques. Qu'est-ce qui lui prenait de rapporter des détails personnels qui ne la regardaient pas et dont elle se serait d'ailleurs bien passée ?

— Oui, ça ne m'étonne pas de lui. Mais le terme de « faute » est un peu fort. Nous n'étions simplement pas faits l'un pour l'autre. C'est comme ça. Mais ça va, Ellie. Vraiment. Si tu m'embauches, je ne m'attends pas que tu coupes les ponts avec Roger.

— Tu es sûre de vouloir travailler pour une jeune médecin qui essaie de se bâtir une clientèle ? Le salaire sera sans doute minable, par rapport à ce que tu gagnais ou ce que tu pourrais espérer dans une grande ville comme Lexington.

— L'idée de bosser ici me plaît. À quoi bon faire de longs trajets matin et soir ? Quant à l'argent… Dis-moi juste si tu es un bon docteur.

Ellie repensa à ses années de médecine et d'internat. Elle revit également les points de suture nets et précis sur la fesse de Tyler.

— Oui, je crois.

— Super. Moi, je suis une bonne secrétaire. Donc, si tu fais ton boulot, et moi, le mien, ton cabinet va marcher, et je suis sûre que la question de l'argent se réglera toute seule. Pour l'instant, ma priorité, c'est de décrocher ce boulot et de me sentir utile. Allez ! Qu'est-ce que tu en dis ?

Que pouvait-elle répondre ?

— Je t'attends lundi matin à 9 heures ?

Avec un cri de joie, Melody se jeta sur elle pour la serrer dans ses bras. Sur le trottoir, plusieurs passants se retournèrent, intrigués.

— Génial ! Tu ne le regretteras pas, promit-elle en s'éloignant d'un pas sautillant.

— C'est ça, marmonna Ellie à mi-voix. J'espère que tu ne le regretteras pas non plus.

*

Assis dans un des petits box gris déprimants de l'agence bancaire de Bluelick, Tyler s'efforçait de garder son calme.

— Refusé ? Mon prêt a été refusé ? Qu'est-ce qui te gêne dans mon dossier ?

La montagne de chair connue sous le nom de Grady Landry poussa un gros soupir et passa une main potelée sur sa calvitie naissante.

— Ton dossier était très clair et la commission de prêt a reconnu que l'investissement immobilier était tout à fait dans nos cordes. Cela dit… Notre agence se targue de connaître ses clients, et toi, mon jeune ami, tu es un risque ambulant.

Tyler fronça les sourcils. Grady n'était pas le mauvais cheval, se rappela-t-il. Il s'était même démené, cinq ans plus tôt, quand Tyler avait déposé sa première demande de prêt pour monter sa société. Ce refus était d'autant plus difficile à comprendre que Tyler avait depuis remboursé son emprunt avec la régularité d'un coucou suisse.

— Mon histoire avec votre agence prouve le contraire, souligna t il. La propriété Browning tombe en ruine depuis vingt ans. Mon équipe et moi, on peut transformer ce vieux haras croulant en une demeure de rêve. Et je ne parle pas de raser les bâtiments pour diviser le lot et construire une rangée de pavillons en kit, destinés à des vacanciers de New York ou Philadelphie amateurs de poneys. Je veux restaurer la ferme et les écuries, afin que la propriété reste un haras qu'on pourra revendre pour trois fois plus cher que le montant du prêt. Et tu le sais parfaitement ! Alors, désolé, mais je ne vois pas de quel genre de risques tu parles.

Grady tambourina des doigts sur son bureau.

— Je vais te faire un dessin. Imaginons qu'on te prête la somme demandée – une somme bien plus conséquente que ton prêt original, soit dit en passant – et qu'il t'arrive quelque chose. Comment est-ce qu'on récupère nos billes ? Une hypothèque sur une ruine pareille ne suffira pas. Et, d'après ce qu'on sait, aucun membre de ton équipe n'a les compétences pour te remplacer. Adieu tes grands projets pour le haras Browning. Sans toi, ta société ne vaut pas la moitié du montant du prêt, si bien qu'une liquidation ne nous permettrait pas non plus de retomber sur nos pattes.

Il leva les mains en signe d'apaisement.

— Tout le monde t'aime bien, ici, et a confiance en tes compétences, mais je ne peux pas convaincre la commission. Le problème, c'est que tu es à la fois le plus gros atout et le principal inconvénient du dossier.

— Bon sang, j'ai trente-deux ans ! Je n'ai pas un pied dans la tombe, que je sache ! Est-ce qu'il faut que je passe un examen médical ou... ?

— La Harley.

O.K. Il savait comment cela allait se terminer, mais il était prêt à se battre jusqu'au bout.

— Je n'ai jamais eu d'accident.

— Tu as pratiquement un tabouret attitré au Rawley's.

— Oh, ça va, Grady ! Je t'y vois plus souvent qu'à ton tour.

— Oui, mais moi, je ne cherche pas à obtenir un prêt. Et je n'ai jamais servi de cible au tromblon de Junior Tillman, au moment de la fermeture. Selon la commission des prêts, les emmerdes te pendent au nez.

Merde.

— La moitié de la ville est déjà au courant, pour ce truc avec Junior?

— J'ai bien peur que oui, confirma le gros homme. La machine à rumeur s'est un peu emballée, sur ce coup-là. Écoute, Tyler, je suis prêt à t'aider, je te le jure, mais il faut que tu prouves à la commission que tu es un type stable et responsable.

— Fait chier! lâcha Tyler en repoussant ses papiers sur le bureau d'un geste rageur. Je dirige une boîte honnête que je maintiens solidement à flot. Je peux restaurer un haras datant d'avant la guerre de Sécession mieux que quiconque dans tout le sud des États-Unis. Qu'est-ce qu'ils veulent de plus?

— Trouve-toi une gentille fille, troque ta Harley contre une familiale et tes beuveries au Rawley's contre des réunions parents-professeurs. Aie l'air d'attendre un peu plus de la vie qu'une simple virée entre potes.

Aussi douloureux que cela puisse être, Grady avait raison. C'était la vérité brute et sans fard. On le considérait comme un fauteur de trouble incapable d'assumer la moindre responsabilité. Peu importait qu'il ait monté une entreprise et qu'il se soit crevé le cul pour la faire décoller. Peu importait que ses gars et lui livrent régulièrement des chantiers de grande qualité, toujours dans les temps et dans les limites du budget prévu. Son image de « je-m'en-foutiste » – largement méritée, il fallait bien l'admettre – venait barrer la route à ses projets d'avenir.

Tyler leva les yeux vers le plafond blanc et soupira :

— Une gentille fille, une familiale et des réunions parents-profs, hein ? Ça me paraît une belle idée à long terme. Dommage que j'aie besoin du prêt maintenant.

Il se leva et rassembla ses affaires.

— Merci pour ton honnêteté, au moins.

— Attends ! rappela Grady, tandis qu'il s'éloignait. Laisse passer une semaine, le temps que l'incident avec Junior se tasse un peu. Pendant ce temps, range la Harley au garage, essaie de limiter les beuveries au minimum et monte-moi un dossier qui explique que l'avenir de « Construction et Patrimoine » est assuré. Je n'ai pas besoin d'un héritier mâle, juste de quelques informations sur la structure de management et la répartition des tâches, afin que la commission comprenne qu'elle n'investit pas dans un seul homme, mais dans une équipe, d'accord ? Si tu fais ça, je représenterai ton dossier à la prochaine session.

Tyler hésita, puis tendit sa main au banquier :

— Merci, Grady.

— Attends d'avoir ton prêt, avant de me remercier.

*

Quarante minutes plus tard, dans la baraque du chantier de Lexington, Tyler regardait Junior faire les cent pas en s'épongeant le front.

— Bon sang, Ty, je suis désolé. Quel bordel ! Je sais que tu n'essayais pas de draguer Lou Ann. Enfin, je veux dire, je ne le savais pas hier soir, parce que je n'avais pas les idées très claires. Mais dès que j'ai dessoûlé, j'ai compris que jamais tu ne ferais une chose pareille. Tu veux que j'aille voir Grady pour lui expliquer ?

— Merci, Junior, mais c'est inutile. Toutes les explications du monde ne suffiraient pas à convaincre la commission de prêt. Ils ne voient que le risque que je représente. Je dois leur prouver que « Construction et Patrimoine » est un investissement sûr.

Son ami se laissa tomber sur le petit canapé installé le long de la paroi du mobile home de chantier, rajusta sa casquette et leva vers Tyler des yeux de chien battu.

— Je ne sais pas comment te remercier de ne pas avoir appelé les flics. Et d'avoir réussi à convaincre la jolie petite toubib de ne pas me dénoncer non plus. Si je peux faire quoi que ce soit…

— Débarrasse-toi du tromblon.

— Déjà fait. Je l'ai confié à Grandpa.

— Sage décision.

Junior avait été élevé par le vieux Tillman, qui était unanimement considéré comme un homme posé et responsable. Pendant que ses parents faisaient les quatre cents coups, comme les jeunes de vingt ans en folie qu'ils étaient à l'époque, les grands-parents avaient spontanément pris en charge leur unique petit-fils. Grandpa et Grandma Tillman n'avaient jamais été bien riches, mais chaque fois que Junior avait ramené Tyler chez eux, il y avait toujours eu une place à table et un lit pour lui. Jamais il ne s'était senti de trop.

— Je sais. Il va falloir que je me tienne à carreau un bon bout de temps avant que Grandpa me juge de nouveau digne de confiance et qu'il me laisse simplement regarder ce maudit flingue. Ce que je veux savoir, c'est comment je peux t'aider à obtenir ce prêt.

— Marrant que tu poses la question, parce que la banque veut l'assurance que « Construction et Patrimoine » ne va pas couler direct, si jamais je calanche avant l'heure. Tu vas m'aider à leur prouver que cette boîte a une vie propre et un avenir.

— Moi ? demanda Junior en se redressant.

— Ouais. À partir d'aujourd'hui, tu es le directeur adjoint de « Construction et Patrimoine ». Le nouveau titre sera accompagné d'une hausse sur ta prochaine fiche de paie.

— Moi ? répéta Junior.

— Oui, toi. Tu connais les ficelles du métier, depuis le premier devis jusqu'aux ajustements de dernière minute. Tu connais l'équipe, les inspecteurs et tu sais qui appeler quand un permis se fait attendre.

— Ouais, c'est sûr… Montre-moi des plans, l'emplacement du chantier et dis-moi « Vas-y, construis-moi une maison », et je te construis une maison. Mais je n'ai rien d'un homme d'affaires. Je ne sais pas du tout parler aux clients et encore moins aux banques.

— Tu vas apprendre. On commence tout de suite, d'ailleurs.

Tyler sortit le dossier pour le prêt de la sacoche de son ordinateur et le lança à Junior.

— Nous revoyons la commission bientôt, afin de prouver l'étendue de nos compétences en matière de management. Je te conseille donc de te familiariser avec les informations qui se trouvent dans ce dossier.

Junior regarda la pile de documents avec méfiance, puis souleva délicatement la couverture, comme s'il craignait qu'un serpent ne soit caché dessous. Il resta un instant perplexe, se grattant la nuque d'un air dubitatif.

— Écoute, vieux, tu te trompes de bonhomme. Les ronds de jambe, c'est pas vraiment mon truc. Je ne cause pas assez bien pour convaincre quiconque de quoi que ce soit.

— Tu m'as bien convaincu de ne pas appeler les flics, l'autre soir.

— Hum… Pas faux.

Ployant sous le poids de sa dette, Junior regarda de nouveau le dossier avec un gros soupir.

— D'ailleurs, comment as-tu fait pour convaincre Ellie de ne rien dire, toi ?

— Si tu savais…

4

Une fois le dernier fil retiré, Ellie passa le pouce sur la plaie légèrement proéminente. Même sous la puissante lumière de la salle d'auscultation, on devinait à peine l'emplacement des points.

— Tout se présente bien. Tu n'auras qu'une toute petite cicatrice, annonça-t-elle en se retenant de caresser la peau lisse de sa fesse.

Ça n'aurait pas été très professionnel. Il n'existait aucune raison médicale valide pour justifier une palpation de ses muscles fessiers.

— C'est un vrai soulagement, doc, plaisanta Tyler de sa voix traînante. Je suis très soucieux de mon apparence. Surtout pour cette fesse-là.

Ellie fit rouler son tabouret en arrière, signalant ainsi qu'elle avait terminé.

— Dans ce cas, je te recommande chaudement de ne pas te retrouver de nouveau dans la ligne de mire de Junior.

— C'est l'idée, en effet.

Il reboutonna son jean, puis se tourna vers elle et s'appuya contre la table d'examen.

— Merci de m'avoir reçu si tard.

— Pas de problème.

Bon sang, qu'il était grand, pensa Ellie. Évidemment, quand on faisait un mètre soixante, tout le monde paraissait grand. Et ces larges épaules… Son imagination devait lui jouer des tours, car le cabinet lui semblait soudain étrangement minuscule, presque oppressant. Se levant, elle se réfugia dans le coin opposé, près du chariot en acier où elle avait posé le dossier de Tyler.

— Comme tu voulais rester discret sur ce petit incident, je me suis dit que ce serait préférable de te retirer tes points après le départ de Melody.

— C'est sympa de ta part de l'avoir embauchée, d'ailleurs. J'imagine qu'elle devait avoir besoin de changer d'air.

— À vrai dire, c'est elle qui est sympa. Je me suis dégoté une secrétaire médicale de compétition pour une fraction de ce qu'un cabinet bien installé paierait en temps normal. C'est presque elle qui me rend service, en fait.

— Voilà. Tu vois ce que tu viens de faire ? Détourner un compliment qui t'était destiné pour le diriger vers Melody ? C'est adorable. Si on ajoute le fait que tu as gentiment accepté de me retirer une balle du cul à 2 heures du matin, sans dénoncer Junior aux flics... Je ne sais pas..., soupira-t-il avec un petit sourire sexy. Il va peut-être falloir te faire à l'idée que tu es une fille sympa.

— On a un arrangement, je te rappelle.

— Tu ne vas pas me lâcher avec ça, hein ?

Impossible de savoir s'il la taquinait ou s'il cherchait à faire machine arrière.

— Si, finit-elle par admettre en soupirant. Ma proposition de vendredi soir tient toujours, mais si tu as changé d'avis, ce n'est pas grave. On oublie tout.

Le sourire sexy se mua en la moue de voyou dont elle se souvenait.

— Oh, je n'ai pas changé d'avis. Ne t'inquiète pas.

Elle griffonna quelques mots sur son dossier en s'efforçant de contrôler son pouls. Avant qu'elle puisse répondre, il reprit d'un air plus sérieux :

— Mais je te remercie, cela dit. Merci de t'être occupée de moi et d'avoir su rester discrète. Junior te prie également de bien vouloir l'excuser. Il a rendu son tromblon à son grand-père. Il a pensé qu'il n'avait pas vraiment besoin de se balader en ville avec une arme à portée de main.

— Ce n'est rien. Je suis contente que Junior se soit séparé de son arme.

— Moi aussi. Alors..., ajouta-t-il en jetant un coup d'œil appuyé à son dossier. Je suis bon pour le service ?

Une certaine fébrilité s'empara d'Ellie.

— Oui, marmonna-t-elle, en le regardant par en dessous.

En deux grandes enjambées, il fut près d'elle. Il resta là un instant, simplement à la regarder, puis il recoiffa une de ses boucles folles.

— D'accord. Un marché est un marché. Première leçon, vendredi à 19 heures. Je passe chez toi.

Ellie déglutit, manquant de s'étrangler avec sa propre salive lorsque les doigts puissants et habiles de Tyler se posèrent sans hésiter sur les muscles tendus de ses épaules pour les masser doucement. Se souvenant brusquement que toute cette histoire était son idée, elle hocha la tête.

— Ça marche. D'ici là, je réfléchirai à un programme pour la leçon.

— C'est ça, doc. En attendant… interro surprise.

— Hein ?

Elle n'eut pas le temps d'en dire plus. La bouche de Tyler se posa sur la sienne. Un contact léger, mais qui déclencha une fois encore une explosion de chaleur instantanée et délicieuse. Avec un soupir, elle sentit sa langue caresser le contour de sa lèvre supérieure. Cela suffit à la faire fondre et elle s'inclina contre son corps musclé et chaud pour ne pas perdre l'équilibre. Lorsque les mains de Tyler se glissèrent dans son dos, la petite voix calme et posée de la raison qui menait en général la danse décida de fermer boutique. *Tilt*. Voilà ce qui clignotait dans son cerveau, en grosses lettres au néon.

Sans en avoir reçu l'ordre, ses mains se jetèrent sur les cheveux de Tyler pour s'agripper à lui et presser davantage sa bouche étourdissante contre la sienne. Un gémissement plaintif s'éleva dans la salle d'auscultation et elle se rendit compte un peu tardivement que cette supplique inarticulée émanait d'elle.

Apparemment, Tyler comprit le message, car il posa sa grande main sur sa nuque et s'offrit une exploration approfondie de sa bouche. Chaque contact, chaque caresse et chaque incursion intime de sa langue déclenchait des sensations fulgurantes dans ses terminaisons nerveuses les plus sensibles, réveillant son corps qui ne comprenait plus rien, le pauvre. Le bout de ses seins se dressa et son soutien-gorge lui sembla soudain trop petit, comme si elle venait brusquement de gagner deux bonnets. Au creux de son ventre, une sensation lancinante s'éleva et elle dut se retenir de frotter ses cuisses l'une contre l'autre pour soulager cette tension grandissante.

Comme par miracle, Tyler semblait aussi au courant de cette tension, car il glissa une cuisse musclée entre les siennes, la saisit par les fesses et la hissa contre lui. Ellie en gémit presque de reconnaissance.

— Hé, Ellie ? Est-ce que tu aurais vu mes… ? Oups !

La voix de Melody résonna dans le silence.

Ellie refit surface, aussi ébranlée par cette interruption soudaine que par la force de sa réaction au baiser. Jamais personne ne l'avait embrassée comme ça. Jamais. Avait-il ressenti cette même… ? Bon sang, elle ne savait même pas comment qualifier cette sensation ! Comme une décharge, une brutale prise de conscience, une reconnaissance sensorielle, un besoin profond et physique.

L'expression de Tyler ne trahissait qu'un vague amusement alangui quand il desserra son étreinte. Il la retint un instant, le temps que ses pieds touchent le sol, puis la lâcha. Une lueur mutine dansait dans ses yeux. Ellie s'infligea elle-même une douche froide mentale.

— Je suis désolée, dit Melody, qui semblait plus intriguée que gênée. Je ne savais pas que tu n'étais pas seule.

— Pas de souci, Mel, répondit Tyler, sans se démonter. Je m'apprêtais à partir. À vendredi, Ellie, ajouta-t-il avec un regard entendu en direction de l'intéressée.

Il sortit de la salle d'auscultation. Melody parvint à tenir sa langue jusqu'à ce qu'elle entende la porte d'entrée du cabinet se refermer, mais pas une seconde de plus.

— Sparky Swann ! Qui l'eût cru ?

— Quoi ? bafouilla Ellie en se recoiffant d'un air qu'elle voulait détaché.

Elle tentait de faire comme si de rien n'était, mais sa culotte trempée et ses tétons saillants ne l'aidaient pas beaucoup. Son corps réagissait à l'habileté de Tyler. Rien de plus. Des chercheurs pourraient sans doute expliquer comment la combinaison d'épais cheveux noirs, d'yeux verts fascinants et d'un sourire plein de confiance pouvait déclencher un déluge d'œstrogènes capable d'induire en erreur un cerveau féminin, au point de mélanger un simple baiser pour une fusion totale entre deux âmes.

— Comment ça, « quoi » ? Ça ne fait pas un mois que tu es revenue à Bluelick et je te surprends en train de te faire peloter en dehors des heures de bureau par le grand vilain Tyler Longfoot.

Elle croisa les bras sur sa poitrine.

— Ça fait combien de temps que… ?

— C'est moi ou il fait chaud, ici ? demanda Ellie en tirant sur l'encolure de sa marinière, avant d'essuyer ses mains moites sur son pantalon en lin blanc.

N'importe quoi pour gagner du temps.

— Il n'y a rien qui… Ce n'est pas ce que tu crois. Il doit juste…

Bon sang, comment allait-elle s'en sortir ?

— Il m'aide pour un projet personnel, c'est tout.

— Je vois…, répondit Melody avec un grand sourire. Tu ne retrouvais plus tes amygdales, alors il est passé après le boulot pour t'aider à les chercher, c'est ça ? Et la chasse au trésor doit continuer vendredi prochain, mmh ? Si tu veux mon avis, tu aurais dû lui demander de chercher quelque chose de bien plus important. Comme ton point G…

— Ah ah, bafouilla Ellie, mais la pique de Melody avait touché une corde sensible. C'est marrant, malgré toutes ces années passées dans la même classe, je n'avais jamais remarqué que tu étais une comique, Melody.

— C'est parce que tu étais aveuglée par ma beauté légendaire. Mais ne t'inquiète pas, ajouta-t-elle avec un sourire joueur. Je sais rester discrète. En ce qui me concerne, la vie privée des gens ne regarde qu'eux et c'est à chacun de décider de ce qu'il veut rendre public ou garder secret. Personne n'entendra parler de Tyler et toi par ma bouche.

Déterminée à banaliser l'incident, Ellie passa rapidement devant Melody pour rejoindre son bureau.

— Ça tombe bien, parce qu'il n'y a rien à dire.

— Oh, je n'en suis pas si sûre. Ce que je viens de voir entre Tyler et toi, ça n'avait pas l'air de rien. Ou alors, un gros rien.

5

Ellie jeta un dernier regard circulaire à sa chambre, passant mentalement en revue la liste qu'elle avait établie en préparation de la soirée. Draps propres ? O.K. Préservatifs ? O.K. Cinq chapitres soigneusement marqués dans son exemplaire dûment illustré du *Guide sexuel pratique de la tigresse : comment mettre les hommes à ses pieds ?* O.K. Comme elle s'était plongée avec assiduité dans l'ouvrage dès son arrivée – en livraison express, sous pli discret –, elle avait déjà mis en place une des tactiques préconisées. Elle se tourna vers le miroir ovale qui ornait la porte de son antique armoire en chêne, retira sa robe de chambre et inspecta avec soin son reflet en « tenue de combat ».

Un soutien-gorge en satin et dentelle noire transformait son décolleté d'ordinaire banal en une poitrine qu'on aurait presque pu qualifier d'opulente.

Au moindre mouvement, la dentelle irritait le bout de ses seins et c'était sans doute le sous-vêtement le plus inconfortable qu'elle ait jamais porté. Presque… Elle baissa les yeux. Cet honneur revenait au string coordonné.

Les mains sur les hanches, elle se retourna pour vérifier la vue arrière. La mince bande de satin qui divisait son postérieur semblait en place, même si, pour être honnête, Ellie avait surtout l'impression d'avoir sa culotte coincée entre les fesses.

Elle se tourna de nouveau vers le miroir. Le manuel conseillait aux « aspirantes tigresses » de faire la paix avec les soutiens-gorge pigeonnants et le fil dentaire pour fesses, sous prétexte que… *Ta-da!* la combinaison des deux était presque fatale pour la gent masculine.

Ellie renfila sa robe de chambre, dont elle noua la ceinture. Elle se fichait bien de la gent masculine ; seul Roger l'intéressait. Et Roger valait bien ce petit inconfort. D'ailleurs, Ellie ne possédant pas les atouts naturels de Melody Merritt ou de Lou Ann Doubletree, toute aide était la bienvenue.

Heureusement, de précieux renforts n'allaient pas tarder à arriver sous la forme de Tyler Longfoot, comme le confirma le ronronnement d'une moto dans le lointain. Malgré elle, Ellie sentit son ventre se serrer. S'emparant d'un tube de gloss sur la coiffeuse, elle retoucha son rouge à lèvres d'une main tremblante.

Pourquoi était-elle si nerveuse ? Redoutait-elle des railleries concernant ses efforts pour être sexy ? Peut-être… Bon, d'accord : oui. C'était idiot, car, d'après le peu qu'elle connaissait de Tyler, ce n'était pas le genre de type à se moquer des autres de façon blessante. Sa véritable inquiétude, c'était qu'ils se lancent dans la première leçon qu'elle avait sélectionnée et qu'il juge son cas complètement désespéré.

Peu probable, tenta-t-elle de se rassurer. Elle avait potassé le chapitre 3 à fond. Le manuel affirmait que la plupart des hommes adoraient ce chapitre-là, n'importe où, n'importe quand et quel que soit le degré de compétence. C'était donc un point de départ infaillible. Du moins, elle l'espérait. Peut-être était-ce trop conventionnel ? Aurait-elle dû attaquer avec le chapitre 13 ?

Le carillon de la sonnerie fit voler en éclats ses spéculations et elle se précipita dans l'entrée. Lorsqu'elle ouvrit la porte, elle resta un instant bouche bée. Sans savoir pourquoi, elle avait pensé que Tyler viendrait directement de son chantier et elle se l'était représenté avec ses chaussures de sécurité et un jean poussiéreux. Cependant, il sortait visiblement de la douche et était rasé de frais ; pour couronner le tout, une lueur diabolique dansait dans ses yeux vert clair. La fragrance épicée et fraîche de sa lotion après-rasage était presque aussi enivrante que le reste.

— Super, te voilà. Pile à l'heure. C'est bien, parce que nous avons du pain sur la planche, ce soir.

C'était plus fort qu'elle, elle semblait incapable de se retenir de parler.

— On devrait s'y mettre tout de suite, reprit-elle en lui faisant signe d'entrer. La chambre est par là.

Elle laissa échapper un petit rire hystérique.

— Évidemment, je n'ai pas besoin de te le rappeler. Tu connais déjà la disposition des pièces !

— Oh là ! On se calme, Sparky, s'exclama-t-il en la retenant par la main, avant de l'attirer vers lui.

Elle vint heurter doucement son torse, puis fit un pas en arrière en se demandant où elle était allée trop vite.

— Pardon. Tu voulais… ?

Quoi ? Qu'est-ce que les hommes aimaient faire avant ?

— … te rafraîchir ? Ou bien, tu as besoin d'autre chose ?

Elle sentit son cœur s'affoler en le voyant sourire.

— Peut-être un verre de vin ou une petite ambiance tamisée, qu'en dis-tu ? murmura-t-il en jouant avec une mèche de ses cheveux. Je ne suis pas monté sur ressort, tu sais.

Il la taquinait, elle en était certaine, mais cela ne l'empêcha pas de jouer les bonnes hôtesses.

— Euh… J'ai une bouteille de chardonnay au frais, si tu veux. Quant à l'ambiance tamisée, est-ce que ça t'embête qu'on remette ça à la semaine prochaine ? J'ai vraiment besoin de voir ce que je fais, pour la première leçon…

Un éclat de rire l'interrompit, profond et riche, dépourvu de toute méchanceté. Ellie se hérissa, malgré elle. Elle avait tout prévu, tout organisé, elle était prête à se mettre au travail, mais lui fichait tout par terre en jouant les andouilles.

— Je ne plaisantais pas, en fait, précisa-t-elle.

Sa remarque ne lui fit ni chaud ni froid.

— Je m'en doute bien, doc, répondit-il enfin en laissant courir ses doigts le long de son bras, comme s'il appréciait le contact de sa peau. Écoute, j'ai eu une longue journée au boulot, je suis rentré chez moi pour prendre une douche et je suis venu directement ici. J'ai besoin de me restaurer.

Se restaurer ? Mais...

— Tu as faim ?

— Pas toi ?

Elle s'apprêtait à répondre que non, lorsque son estomac se mit à gargouiller. Le sourire de Tyler se fit radieux.

— Allez, Ellie, va t'habiller. C'est une belle soirée. On va s'offrir une balade le long de la rivière et trouver un endroit pour dîner. L'aventure n'aura plus rien d'excitant si l'un de nous deux tombe d'inanition.

— Mais... mais... j'ai déjà tout préparé. J'ai même mis de la belle lingerie, et tout.

— Vraiment ? demanda-t-il, l'air subitement intéressé.

Posant ses deux grandes mains sur ses épaules, il lui fit faire volte-face.

— J'ai hâte que tu m'expliques tout ça en détail pendant le dîner, murmura-t-il à son oreille. Allez, va enfiler une petite robe et une veste. Je t'attends dans le salon.

Sa main glissa le long de son dos, puis sur ses fesses, qu'il palpa doucement.

— Tyler, je…

— Dépêche-toi, coupa-t-il avec une tape sur le derrière pour la pousser en direction de la chambre.

*

Lorsque Ellie réapparut dans le salon, Tyler sentit tout le sang qui irriguait son cerveau filer plein sud à une vitesse record. Il s'extirpa avec peine de l'élégant canapé bleu.

L'échancrure de la robe indigo qu'elle portait lui offrait une vue prometteuse sur son décolleté. Le bas, léger et évasé, laissait la part belle à ses jambes – des jambes fines et veloutées, qu'il se représenta aussitôt enroulées autour de sa taille –, tandis que les talons aiguilles vertigineux de ses sandales vinrent se planter en lui comme des lances.

— Très joli, parvint-il à marmonner, en l'aidant à enfiler un gilet noir léger.

— Merci, répondit-elle dans un souffle. Je suis prête.

— Après toi.

Les talons obligeaient Ellie à avancer lentement, si bien que Tyler s'occupa en examinant à loisir ses jambes tandis qu'elle descendait les marches du perron. Voyant qu'elle se dirigeait vers son garage, il la retint par le bras.

— C'est moi qui conduis.

Elle jeta un œil vers la moto.

— C'est une blague ?

— Un problème, doc ? Tu as peur de monter avec moi ?

Son expression annonçait clairement que oui.

— J'ai fait un stage aux urgences pendant mon internat. J'ai pu constater que pas mal de balades à moto ne se terminaient pas exactement comme prévu.

— Il est grand temps que tu apprennes ce qu'est une vraie virée à moto. La nôtre sera courte et tranquille. Tu vas adorer. Fais-moi confiance.

Sans lui laisser l'occasion de protester, il enfourcha le gros engin, puis se retourna pour lui tendre un casque. Elle hésita.

— Allez, doc. C'est toi qui voulais faire de nouvelles expériences au lit. Première étape : faire de nouvelles expériences ailleurs qu'au lit. Si tu ne peux pas encaisser une promenade en moto sur une petite route de campagne par une belle soirée de juin, alors… Autant appeler tout de suite la résidence des Magnolias pour savoir s'il leur reste des villas.

— La résidence des Magnolias ?

— C'est un ensemble immobilier pour seniors sur la route de Lexington. Très calme, très sécurisé, même si j'ai entendu dire qu'il s'y pratique une forme de bingo très hardcore, si tu te sens d'attaque…

La pique atteignit le cœur de sa cible. Ellie lui arracha le casque des mains et l'enfila, l'air furieux.

— Comment grimpe-t-on sur cette maudite bécane ?

Elle dut s'y reprendre à trois fois, offrant au passage un très joli aperçu de ses nouveaux sous-vêtements à Tyler, qui n'en perdit pas une miette, mais elle finit par se retrouver assise derrière lui, ses cuisses fines serrées contre ses hanches, son ventre collé à son dos. L'inclinaison de la selle ne permettait aucune autre position. Intimité instantanée.

— Tu devrais te tenir, conseilla-t-il en lui prenant les mains pour enrouler ses bras autour de sa taille.

Il retint un sourire en voyant qu'elle joignait les doigts au point de faire blanchir ses articulations.

— Prête ?

— Moui, répondit-elle, comme à contrecœur.

De son pied droit, il actionna avec force le kick, tout en tournant la poignée de l'accélérateur. Le moteur rugit, noyant le petit cri d'effroi poussé par Ellie. Elle s'agrippa à lui lorsqu'il s'éloigna avec souplesse dans l'allée.

*

Le ronronnement du moteur engloutissait tous les bruits, mais n'empêchait pas Tyler de sentir la force avec laquelle Ellie lui serrait la taille, plantant presque ses ongles dans la chair de son ventre. Il avait toujours apprécié emmener ses copines en moto et il aimait la sensation de leur corps plaqué contre le sien. Il pardonnait volontiers à Ellie le fait qu'elle soit en train de lui labourer l'abdomen, mais comme il préférait se faire infliger ce genre d'égratignures dans un contexte plus échevelé, il posa avec douceur une main sur les siennes. Ce geste sembla la rassurer. Un peu.

Il comprenait pourtant bien les raisons de son inquiétude. Vraiment. Ni elle ni lui n'avaient appris à faire confiance et une virée en moto avec un quasi-inconnu, cela demandait une bonne dose de confiance. Après tout, la seule chose qui protégeait Ellie d'un contact intime entre sa peau et l'asphalte, c'étaient les compétences de conducteur de Tyler. Il lui en fut d'autant plus reconnaissant, quand, au bout de quelques kilomètres, elle desserra son étreinte de façon infinitésimale et son corps se détendit un peu contre le sien. Une sorte d'instinct reprit le dessus et elle commença à suivre les mouvements de la moto. Tyler sentit à son tour se relâcher des tensions dont il n'avait jusqu'alors pas eu conscience, dans sa nuque et ses épaules. À présent, ils pouvaient tous les deux profiter de la promenade – la brise tiède, le parfum de chèvrefeuille dans l'air, la chaleur des derniers rayons du soleil qui baignaient la campagne dans un halo doré.

Ces plaisirs relativement innocents n'étaient pas les seuls qu'il ressentait, à cet instant. Chaque fois que la moto s'inclinait dans un virage, Ellie se collait contre lui, lui étreignant avec force la taille, et il sentait alors le bout dur de ses seins dans son dos. La façon dont elle serrait les cuisses à l'accélération trahissait aussi qu'elle ressentait parfaitement les vibrations du moteur, exactement là où il fallait.

Lorsque le toit en métal et le bardage blanchi du restaurant La Cabane apparurent au loin, elle avait littéralement fondu contre lui, comme une noisette de beurre sur une tranche de pain chaud. Il entra dans le parking presque plein et coupa le moteur. Un petit soupir étouffé se fit entendre derrière lui. Oh oui, la virée lui avait plu.

Retenant la moto d'une jambe, il glissa une main le long de la cuisse d'Ellie.

— Ça va, doc ?

Elle retira son casque. Dans le rétroviseur, il la vit lui lancer un long regard méfiant, comme si elle n'était plus trop sûre de l'accord qu'ils avaient passé. Il attendit, presque inquiet. Enfin, elle acquiesça :

— Parfaitement. Tout va bien.

Le menton relevé, elle lui sourit.

— Tant mieux. Accroche-toi.

— Quoiiiii… ?

La question se perdit dans le suraigu lorsqu'il hissa la moto sur la béquille et elle s'agrippa précipitamment à ses épaules. Il lui laissa ensuite le temps de descendre. Pour autant qu'il pût en juger dans le rétroviseur, ses sous-vêtements ne profitèrent pas de la manœuvre pour faire une seconde entrée en scène indiscrète. Toutefois, lorsqu'elle prit appui sur lui, cela enflamma presque autant son imagination. D'un pas incertain, elle s'éloigna de la moto. Tyler descendit à son tour, retira son casque et la rejoignit en deux enjambées.

— Ce n'était pas si mal, non? demanda-t-il en la prenant par la taille

— Non, admit-elle, un peu surprise elle-même.

Cette simple réponse ravit Tyler plus qu'il ne l'aurait imaginé. Il lui prit la main et la guida jusqu'à la rampe de pierre qui menait au restaurant Après lui avoir tenu la porte, il entra à son tour, mais se heurta contre elle lorsqu'elle s'arrêta sans crier gare. L'impact la déstabilisa un peu, mais il la retint d'une main sûre. Puis, simplement parce qu'elle sentait terriblement bon, il la fit tourner sur elle-même et, avec une lenteur délibérée, l'attira contre lui jusqu'à ce que son torse effleure sa poitrine. Elle leva vers lui des yeux mi-agacés mi-étonnés et il lui offrit son sourire le plus innocent, sans pour autant manquer de remarquer les battements de son cœur, visibles à la naissance de sa gorge.

La soirée ne fait que commencer, Sparky…

— Tu as faim?

— Oui.

Cela ressemblait à une confession et il soupçonna qu'elle ne parlait pas simplement de nourriture.

— Mais ça a l'air plein, ajouta-t-elle, en jetant un œil à la salle. On va sans doute devoir attendre un moment.

— Ils vont nous trouver une table, assura-t-il en la prenant par la main pour la conduire à travers la foule.

Diane, la patronne, le repéra avant qu'ils n'aient pu atteindre le comptoir des réservations. Elle s'approcha et le serra dans ses bras avec chaleur.

— Salut, mon beau ! Je ne savais pas que tu venais ce soir.

Elle s'écarta pour couler un regard intrigué vers Ellie.

— Une table pour deux ? demanda-t-elle.

— Tu as de la place ?

Avec un éclat de rire, elle recoiffa ses cheveux blonds.

— Oh, mon petit Tyler. Il y a toujours de la place pour toi chez moi. Et pour ton amie.

— Ellie, précisa-t-il en lui passant un bras autour de la taille. Ellie, voici Diane.

— Enchantée, dit Ellie.

— C'est toujours un plaisir de rencontrer une amie de Tyler, répondit Diane. C'est notre petit chouchou. Venez, par ici.

Attrapant au passage deux menus sur le comptoir, elle les conduisit jusqu'à un coin tranquille de la terrasse sur pilotis qui surplombait la rivière Ohio. Après leur avoir souhaité une soirée « mémorable », Diane adressa un clin d'œil à Ellie et s'éloigna. Dans le silence qui s'installa, on n'entendait plus que le clapotis des vagues contre les pilotis.

— Elle a l'air sympa, tenta enfin Ellie, en jouant du bout des doigts avec une petite bougie posée sur la nappe en lin blanc.

La lumière tamisée de la terrasse transformait ses yeux bruns en deux lacs profonds dans lesquels Tyler se serait volontiers noyé.

— Diane ? C'est une fille super. Je la connais depuis longtemps.

Il aurait aussi pu se perdre à loisir sur ses lèvres.

— Est-ce une façon polie de dire que tu es sorti avec elle ?

La question le prit de court et l'arracha à la contemplation de ses lèvres. Il la vit faire une grimace.

— Pardon, bafouilla-t-elle à toute vitesse. On efface tout et on recommence. Ta vie sentimentale ne me regarde pas. On change de sujet.

— Diane est une amie. Je l'ai rencontrée quand j'ai refait l'intérieur de son premier restaurant.

Sans savoir pourquoi, sa question – et le malaise évident qu'elle éprouvait de l'avoir posée – le chatouillait. Cela ne fit que renforcer sa curiosité sur les raisons véritables de cette histoire d'apprentissage sexuel.

— Autre chose que tu voudrais savoir ?

— Non, c'est bon, répondit-elle en s'intéressant à son menu.

— Tu veux dire que, contrairement à certaines personnes que je ne nommerais pas, je suis un livre ouvert ?

— C'est de moi que tu parles ? demanda-t-elle en refermant le menu.

Elle se tut, car un serveur s'approcha pour prendre leur commande de boissons. Lorsqu'il fut reparti, Ellie croisa les bras et se cala contre le dossier de sa chaise pour l'observer. Tyler soutint son regard sans broncher, la provoquant en un duel évident. Ellie baissa les yeux la première.

— Ça fait longtemps que tu as cette moto ?

— Je te trouve bien indiscrète, tout à coup, plaisanta-t-il. Oui, ça fait longtemps. Peut-être même trop longtemps, ajouta-t-il, avec une pointe de déception.

— Je ne savais pas qu'il y avait une limite d'âge…

— Je viens moi-même de l'apprendre, à mes dépens. Enfin, c'est l'avis de certains. Mais c'est une longue histoire. Une autre fois. Tu es déjà venue ici ?

— Non, jamais. L'endroit est agréable.

Son regard se perdit vers les lumières qui vacillaient sur la berge opposée et elle poussa un soupir.

— Quand je suis partie à l'université, le restaurant le plus chic de Bluelick, c'était le Rawley's ou bien cette brasserie le long de la nationale, avec la statue du gamin en salopette à carreaux rouge et blanc.

— Ah, la salopette à carreaux, répondit Tyler en riant. Je la réserve pour le deuxième rendez-vous.

— Ce n'est pas vraiment un rendez-vous.

— Ah non ? Une jeune femme séduisante et célibataire. Un type sans attache et bien disposé. Clair de lune, bougies, ambiance feutrée. Il ne manque rien.

— Nous avons un arrangement, rappela-t-elle.

Son petit air guindé donna à Tyler l'envie soudaine et folle de l'embrasser à lui en faire perdre la tête.

— Je ne savais pas que l'un empêchait l'autre. Tu devrais peut-être m'expliquer ce que tu attends réellement de notre… arrangement.

— Je l'ai déjà fait. On change de sujet.

— Ellie…

— On change de sujet. Il existe depuis quand, ce restaurant ? La dernière fois que je suis passée ici, il n'y avait que de vieux bâtiments à moitié en ruine.

Il attendit que le serveur ait déposé leurs boissons sur la table et se soit éloigné pour répondre.

— Trois ans, environ.

Il but une gorgée de thé glacé.

— C'est ma boîte qui s'est occupée de la rénovation. Ça n'a pas été une mince affaire, étant donné qu'on démarrait d'un ancien séchoir à tabac du siècle dernier, complètement à l'abandon. On a réussi à conserver environ soixante pour cent de la structure d'origine.

Ellie regarda de nouveau autour d'elle.

— Wouah ! Tu fais des miracles. Les murs semblent chargés d'histoire, mais en même temps, c'est cosy, apaisant… Et quelle vue ! Je comprends que le restaurant fonctionne bien.

— La vue n'est pas mal, en effet. Mais ils servent surtout les meilleures langoustines et travers de porc que tu aies jamais goûtés.

Le serveur revint pour savoir s'ils avaient fait leur choix. Tyler l'interrogea du regard.

— Il paraît que les langoustines sont excellentes… ? demanda-t-elle.

— Langoustines ET travers de porc, corrigea Tyler, en désignant une table voisine, où un autre serveur apportait des assiettes énormes, chargées de brochettes de langoustines et de travers de porc grillés, dégoulinants de sauce barbecue.

— Terre et mer, à la mode Bluelick, précisa Tyler.

Stupéfaite, Ellie ouvrit sa bouche somptueuse.

— Oh là là… Je ne pourrai jamais manger tout ça.

— Tu avais faim quand je suis venu te chercher, non ? Tu dois être complètement affamée, après la balade en moto.

Lorsqu'elle s'agita sur son siège, Tyler en déduisit qu'elle se souvenait parfaitement de leur balade, dans les détails les plus… intimes. Lui avait encore en mémoire un éclair de satin noir disparaissant sous sa jupe. Sur un ton délibérément séducteur, il reprit lentement :

— Je veux m'assurer que tous tes appétits soient satisfaits, ce soir.

Le serveur toussota.

— Deux langoustines et travers ?

Tyler acquiesça. Le jeune homme sourit poliment et s'éloigna. Ellie s'agita de nouveau et regarda Tyler, qui se pencha vers elle, assez près pour humer son parfum.

— Dis-moi, doc… Comment ça se passe, avec ta lingerie ?

Elle fit tourner le pied de son verre à vin entre ses doigts fébriles, le regard perdu sur la rivière.

— C'est très... déconcertant.

— Je crois que c'est un peu le but du jeu. Si cela peut te consoler, je suis moi aussi complètement déconcerté, depuis que tu m'en as parlé.

La lumière du soir jouait sur la courbe de sa joue et faisait danser des reflets sur sa chevelure sombre. Il céda à l'envie d'écarter une mèche qui cachait un peu ses yeux.

— Je dois dire que je suis flatté que tu te sois mise sur ton trente et un pour moi. J'ai hâte de voir ça.

— Je ne suis pas Lou Ann. J'ai besoin de renforts.

Il rapprocha sa chaise de la sienne et Ellie sursauta quand il glissa une main sous la table pour la poser sur son genou.

— C'est faux..., répondit-il doucement.

Elle tenta de garder contenance, en citant les autorités en la matière :

— Le manuel que j'ai commandé donne des instructions très précises sur l'attirail approprié, dans ce genre de situation.

— Le manuel ?

Bien décidé à lui prouver qu'elle avait tort, il glissa sa main entre ses genoux.

— Qu'est-ce que tu fais ? demanda-t-elle d'une voix un peu trop aiguë.

— J'essaie de te convaincre.

Sa main s'aventura sous son genou, puis descendit lentement vers son mollet, soulevant sa jambe au passage.

— Tu cherches à élargir ton horizon, tu te souviens ? Réponds à ma question. Quel manuel ?

— J'ai commandé un guide pratique, afin de déterminer ce que j'avais besoin d'apprendre et, tu vois…

Sa voix dérailla quand il posa sa jambe sur ses genoux et enroula ses doigts autour de sa cheville délicate pour retirer la lanière de sa sandale.

— … et étudier la question, reprit-elle avec peine. Afin d'être prête.

— Si je comprends bien, quand tu décides qu'il est temps de pimenter ta vie sexuelle, la première chose que tu fais, c'est acheter un livre pour étudier la théorie ? Ça ne te paraît pas un peu paradoxal ?

Il passa son pouce le long de sa voûte plantaire, exerçant juste assez de pression pour lui arracher un gémissement.

— C'est… logique, parvint-elle enfin à articuler.

— Logique, hein ?

Reste sérieux, s'intima-t-il, sentant un sourire naître sur ses lèvres.

— Ça va, Tyler, ne te force pas. Tu peux bien rire tout ce que tu veux, je ne vois franchement pas ce qu'il y a de drôle. Quand je veux m'améliorer dans un domaine, j'apprends tout ce que je peux sur le sujet, puis je mets mes connaissances en application. Pourquoi devrais-je opter pour une approche différente cette fois-ci ?

Son agacement ainsi que son raisonnement linéaire libérèrent le rire qu'il essayait de contenir. Elle tenta de dégager son pied, mais il la retint.

— On se calme, doc. Je vais te montrer pourquoi.

Il posa alors la plante de son pied contre son entrejambe, afin qu'elle puisse constater par elle-même la preuve flagrante qui étayait sa démonstration.

— Voilà l'effet que tu me fais rien qu'en étant toi-même. Sans lingerie fine ni guide pratique.

Ellie ouvrit des yeux ronds. Et voilà, enfin elle rougissait.

— Je suis sûre que c'est le vin et les bougies. Ou plutôt le thé glacé et les bougies, dans ton cas.

Elle tentait de plaisanter, mais ses orteils se recroquevillèrent sur lui, le torturant par cette petite exploration. Il posa la main sur son pied pour le maintenir en place.

— Les bougies n'y sont pour rien, assura-t-il en serrant son pied, avant de caresser sa cheville du pouce. J'adorerais comprendre pourquoi tu as tant de mal à envisager d'être capable d'accomplir ça toute seule. Pourquoi penses-tu avoir besoin de leçons pour faire perdre la tête à un homme ? Éclairez-moi, docteur, je vous prie.

6

Ellie ne parvenait pas à formuler de réponse. D'une main, Tyler lui tenait toujours le pied intimement serré contre lui, tandis que, de l'autre, il s'aventurait vers son mollet. Cela dit, même si elle avait été en mesure de parler, elle n'avait nullement l'intention d'avouer la vérité. Les goûts personnels de Roger, ainsi que son propre désir de les satisfaire, restaient des informations d'ordre privé.

— Et si je te disais que c'est le dîner le plus sexy que j'aie jamais connu de ma vie ? demanda-t-elle.

— Je répondrais que tu n'as encore rien vu.

Pour souligner ses propos, sa main agile glissa sur la courbe de son genou et remonta le long de la cuisse. Ellie saisit le bord de la table en étouffant un gémissement, tandis que les longs doigts inquisiteurs se rapprochaient dangereusement de la mince bande de satin. Au-delà de cet ultime rempart, elle ne répondait plus de rien.

— Vraiment rien vu, murmura-t-il avec une nouvelle caresse.

— Arrête ! chuchota-t-elle en glissant sa main sous la table pour retenir son poignet.

En même temps, elle rapprocha pourtant son bassin du bord de sa chaise. Elle savait qu'elle lui envoyait des signaux contradictoires, sans pouvoir s'en empêcher.

— Tu veux que j'arrête ? demanda-t-il, alors même que ses doigts dansaient un peu plus haut sur sa cuisse.

Ellie ne parvenait plus à se concentrer. Elle sentait son pouls hors de contrôle battre dans sa gorge, dans sa poitrine, entre ses jambes.

— Je crois… Oui. Il vaut mieux.

Il se pencha vers elle, jusqu'à ce qu'elle perde pied dans ses yeux.

— Comme tu veux, chuchota-t-il, avant de laisser redescendre lentement sa main le long de la chair douce et vulnérable de sa cuisse.

Ellie frissonna.

— Tu vois ce que tu ressens, là ? demanda-t-il en souriant. C'est exactement la même chose pour moi quand je te regarde. Tu es super sexy, alors fais-moi plaisir : arrête de te comparer à Lou Ann. Compris ?

Bon sang ! Entre le regard brûlant de Tyler et son corps qui frémissait encore sous l'effet de ses caresses, elle se sentait vraiment sexy. Et aussi complètement exposée, sans défense. Ce type semblait capable de percer à jour certaines de ses angoisses les plus enfouies.

Son père n'avait jamais eu le compliment facile. Pour Frank, elle avait été un devoir, une corvée, ainsi qu'un rappel douloureux de la femme qu'il avait perdue trop tôt. Moins il avait dû s'occuper d'elle, mieux il s'était porté. Ses profs, en revanche, avaient toujours salué ses résultats scolaires, et, comme elle avait soif d'éloges, elle avait concentré tous ses efforts dans ce domaine. Ce qui expliquait sans doute qu'elle était capable d'affronter n'importe quel défi intellectuel avec assurance, mais que le reste – l'apparence, la personnalité, la féminité – la laissait profondément perplexe. Elle n'avait jamais compris à quel point elle avait soif de réponses dans ces domaines, jusqu'à ce que Tyler lui offre spontanément son avis sur la question.

Par chance, le serveur arriva à cet instant, épargnant ainsi à Ellie le besoin de formuler une réponse immédiate. Après avoir déposé leur repas devant eux, il se retira. Ellie contempla son assiette, momentanément distraite par la montagne de nourriture qu'on venait de placer devant elle.

— Compris? répéta Tyler en lui présentant une langoustine à croquer.

— Compris, murmura-t-elle.

Baissant les yeux, elle referma ses lèvres sur le crustacé. Elle s'attendait qu'il la lâche, mais il la laissa juste mordre une bouchée, avant de retirer doucement sa main. Sa mine réjouie arracha un sourire à Ellie.

— As-tu déjà croisé une femme capable de te résister ? demanda-t-elle.

— Parfois. Mais ce soir, je me sens inspiré.

— J'espère aussi que tu as faim, parce que ça fait beaucoup trop pour moi.

— Ne t'inquiète pas, doc. Je sais ce que je fais.

Elle grignota une bouchée, puis lécha la sauce piquante de ses lèvres.

— J'espère bien.

*

Sur le chemin du retour, Tyler se creusa la cervelle pour tenter de se souvenir s'il avait déjà passé une soirée aussi fascinante, érotique et tout simplement sympa avec une femme. Ellie l'amenait sur des terrains inattendus, en affichant une admiration sincère pour le travail qu'il avait effectué sur le restaurant, par exemple. Il adorait son boulot. Il aimait bâtir des maisons innovantes et durables, mais ce qu'il préférait encore plus, c'était réhabiliter de vieilles bâtisses. Ce genre de chantiers étaient souvent difficiles et exigeants, car des surprises rôdaient derrière chaque mur et sous chaque latte de plancher. Malgré tout, il aimait le défi que cela représentait et la satisfaction de voir une tranche d'histoire se redresser avec fierté, une fois le chantier terminé.

En général, lorsqu'il commençait à parler de son travail, le regard des filles avec lesquelles il sortait se faisait soudain vide et distant. Ellie, en revanche, l'avait écouté avec un intérêt réel, allant même jusqu'à développer des parallèles entre leurs deux professions. Selon elle, il auscultait les bâtiments, établissait un diagnostic, puis appliquait le traitement adéquat afin de les remettre sur pied. Cela l'avait fait sourire. Il n'avait jamais envisagé la question sous cet angle, mais Ellie avait vu juste. Son esprit vif – et ces fossettes qui jouaient à cache-cache – le captivait tellement qu'il avait été à deux doigts de vider son sac en déballant la triste histoire de ses ambitions contrariées sur le projet du haras Browning.

Évidemment, le poids de ses seins dans son dos et le contact de ses jambes pressées contre ses hanches n'étaient pas désagréables non plus, mais c'était beaucoup plus prévisible. Ce qu'il ne parvenait toujours pas à comprendre, c'était pourquoi elle ressentait le besoin de se libérer et d'avoir plus d'expérience… même s'il avait hâte de l'aider à élargir son horizon. Peut-être avait-il tort de ralentir la cadence, car elle semblait assez claire sur ce qu'elle attendait de lui. Il persistait à croire qu'elle avait une motivation secrète. Et alors ? Elle ne lui devait rien ; ils allaient juste s'amuser ensemble pendant quelque temps. Et tant pis si elle aussi pensait que c'était au lit qu'il était le plus doué.

Lorsqu'il arrêta la moto dans son allée, Ellie s'appuya contre lui pour ne pas perdre l'équilibre et descendit cette fois avec aisance. Elle apprenait vite. Il apprécia aussi la façon dont l'ourlet de sa robe volait haut sur ses cuisses quand elle monta les marches du perron. Elle sortit la clé de son petit sac et tenta de la glisser dans la serrure, mais sa main tremblait légèrement et elle ne parvint pas à ouvrir. L'entendant jurer à mi-voix, il s'approcha jusqu'à effleurer son dos. Un parfum de vanille et de gardénia émanait de ses cheveux, de sa peau. Un parfum agréable, très féminin. On en aurait mangé.

— Un problème ?

— Non…

Impossible de voir son visage, caché par une cascade de boucles brunes. Penchée en avant, elle inséra de nouveau la clé dans la serrure, tourna le bouton de porte et lâcha un second juron. Retenant un rire, il repoussa ses cheveux du bout des doigts.

— Tu es sûre ?

Elle lui lança un regard furibond. Tyler posa alors sa main sur la sienne et tourna la poignée dans l'autre sens. Le mécanisme se déclencha et la porte s'ouvrit. *Machine arrière*, ordonna-t-il à son sang, qui s'était réfugié entre ses jambes pendant le trajet du retour. Ellie semblait à deux doigts de s'effondrer. Finalement, son impression première était la bonne : mieux valait y aller en douceur, malgré le plan détaillé qu'Ellie avait prévu.

Elle regarda un instant la porte comme si elle avait envie de lui donner un bon coup de pied, puis soupira d'un air penaud :

— Je crois que j'ai un peu le trac.

Détournant les yeux, elle se mit à marmonner à voix basse, comme elle le faisait quand elle était nerveuse.

— Je ne sais pas pourquoi. C'est quand même mon idée, au départ. J'ai tout prévu. Je suis fin prête et tout est en ordre dans la chambre.

Bon sang, elle était vraiment adorable quand son côté « bonne élève » reprenait le dessus.

— Invite-moi à boire un dernier verre, doc.

— Oh, pardon. Entre, je t'en prie.

Elle se précipita à l'intérieur et était déjà presque dans la cuisine quand il referma la porte derrière lui. Elle s'arrêta brusquement, se retourna vers lui, les joues en feu, l'air paniqué :

— Tu veux un verre de chardonnay ou… ? Je suis désolée, je n'ai pas de bière. J'ai reçu une bouteille de bourbon pour mon emménagement, si jamais tu préfères un remontant…

Non, il n'avait pas vraiment besoin de « remontant », merci beaucoup. Elle, en revanche, avait clairement besoin de se détendre un peu.

— Du bourbon, c'est très bien. À condition que je ne sois pas seul à boire.

Elle sembla hésiter.

— Je ne sais pas. J'ai déjà pris un verre de vin au dîner et je n'ai pas l'habitude de boire. Malgré l'importance de l'alcool dans la parade nuptiale américaine, les dépresseurs ne sont pas très recommandés pour les performances féminines. Pour celles des hommes non plus, d'ailleurs, ajouta-t-elle en se dirigeant vers la cuisine. Je devrais te servir le tien avec beaucoup d'eau et des glaçons.

Tyler éclata de rire. Elle s'inquiétait de ses « performances », alors qu'il était planté au beau milieu de son vestibule avec une érection aussi solide qu'une poutrelle en acier ? Dans la cuisine, hissée sur la pointe des pieds, Ellie tentait d'attraper une bouteille de Maker's Mark dans un placard. Tendant un bras par-dessus sa tête, il saisit sans peine la bouteille, qu'il posa sur le plan de travail.

— Il ne faut surtout pas noyer un bon bourbon. C'est un sacrilège. Je ne connais pas les types que tu as fréquentés avant, doc, mais je t'assure que je ne vais pas m'étioler au bout d'un verre.

Soudain, il fut pris d'un doute atroce. Il lui releva le menton et demanda :

— Euh… Ce n'est pas la première fois, hein ?

— Bien sûr que non, rétorqua-t-elle en fronçant les sourcils.

— Ni la deuxième ?

Elle se redressa de toute sa hauteur, les bras croisés sur la poitrine, et lui lança un regard sévère, qui, pour une raison étrange, lui donna envie de lui faire toutes sortes de trucs cochons.

— Bien que cela ne te regarde en rien, Tyler Longfoot, sache que j'ai déjà eu plusieurs partenaires. J'ai eu un copain pendant mes études de médecine, et un autre, la dernière année de mon internat.

— Ça alors, Sparky ! On dirait qu'on va pouvoir inverser les rôles. Tu seras le professeur, et moi, l'élève.

— Ah ah. Très drôle.

Dans un autre placard, elle prit deux verres à whisky, puis sortit des glaçons du freezer. Tyler versa à chacun deux doigts de bourbon et reboucha la bouteille. Puis il prit son verre et le cogna doucement contre celui d'Ellie, avant de boire une gorgée.

— Puisque tu es riche de cette abondante expérience, qu'est-ce qui te fait croire que tu as besoin de leçons ?

Elle prit une mine détachée, mais détourna le regard. Tyler sut qu'il ne saurait jamais le fin mot de l'histoire.

— Mes relations ont été… comment dire… plutôt conventionnelles, je crois. Pour être honnête, le sexe n'était pas une priorité, entre les cours et les gardes. C'était plus un loisir, un moyen agréable de se détendre et de libérer des tensions. Maintenant, je veux plus. Je veux savoir déclencher les feux d'artifice et les étincelles dont on parle dans les romans.

Elle regardait toujours par la fenêtre, visiblement très mal à l'aise. Pour elle, le sexe était un « loisir agréable » ? Hum.

— Dis-moi, ces types avec qui tu… Ils… Ils remplissaient leur part du marché ? Je veux dire, est-ce que tu…

Son regard croisa le sien l'espace d'une demi-seconde, puis elle détourna de nouveau les yeux.

— Hum… Plus ou moins.

— Plus ou moins ? C'est le genre de question par laquelle on répond en général par oui ou par non, doc.

— Des fois oui, des fois non, reprit-elle rapidement, mais son ton laissait entendre qu'elle avait dû souvent en être pour ses frais.

Elle engloutit la moitié de son verre, manqua de s'étouffer, puis ajouta :

— Mais ce n'est pas vraiment la question, Tyler. J'ai besoin d'apprendre à combler les désirs d'un homme.

Bon. Ils n'envisageaient visiblement pas la chose de la même façon. « Plus ou moins », ce n'était pas vraiment son style. Il posa son verre et réfléchit un moment.

— Je crois que ton objectif de départ est fondamentalement à côté de la plaque.

— Comment ça ?

— D'après mon expérience, qui pourrait bien être un poil plus étendue que la tienne, si ma partenaire ne prend pas son pied au moins autant que moi, ça casse un peu l'ambiance.

Ellie sembla encore plus perplexe. Lui se demandait s'il parviendrait à se retenir de planter les dents dans cette lippe boudeuse.

— Selon le manuel...

— Fais voir un peu ce fameux manuel.

— D'accord, dit-elle en vidant le fond de son verre. Super, en fait. Parce que ça nous remet sur les rails. Suis-moi.

Elle vacillait un peu en quittant la cuisine, mais Tyler la retint par le coude. Une fois dans la chambre à coucher, Ellie se dirigea vers le lit en laiton, se laissa tomber sur l'édredon blanc et retira son gilet. La pièce était parfaitement à l'image d'Ellie : singulière et sans chichi, mais définitivement féminine. Elle aimait les couleurs claires pour répondre aux boiseries.

— J'ai tout ce qu'il nous faut ici, annonça-t-elle fièrement en désignant la table de nuit.

— On dirait bien, répondit-il en s'asseyant à son tour.

— Comment ça ?

Il montra du doigt un flacon de lubrifiant.

— Tant que j'aurai deux mains et une langue, on n'aura pas besoin de ça.

— Pourtant, le manuel en recommande chaudement l'usage, affirma-t-elle en tapotant la couverture du livre posé sur sa table de chevet.

— Ouais, ouais, le manuel. Je sais.

Il lut rapidement le titre et remarqua les cinq marque-pages verts qui dépassaient.

— Tu permets ?

Elle lui tendit l'ouvrage.

— Je pense qu'il vaudrait mieux que tu me dises tout de suite si tu as certaines objections à formuler. J'ai marqué les chapitres pour lesquels j'aurais besoin de ton aide.

— Évidemment.

Il ouvrit le guide et parcourut rapidement quelques pages. S'il découvrait des passages surlignés au fluo ou des notes gribouillées dans la marge, il craignait de devoir ranger ses bonnes intentions au placard pour mettre hors service sur-le-champ le petit cerveau hyperactif de cette fille.

— Voyons voir…

Il ouvrit le livre au premier marque-page.

— Chapitre 3. Pas de problème.

— Tant mieux.

Il tourna quelques pages, jusqu'au signet suivant.

— Chapitre 6, pas de problème non plus. Mais il faudra aller faire quelques courses. À moins que… ?

— Non, il faut qu'on achète le… hum… le nécessaire.

— Ça, quand il s'agit d'aller faire du shopping, il y a toujours du monde, même pour quelque chose d'aussi élémentaire que le sexe. Je connais un endroit à Lexington…

— J'avais pensé commander en ligne. C'est plus discret et plus pratique…

— Non, non, répondit-il en tournant le livre de côté pour étudier une illustration. Classe verte à

Lexington. C'est le genre d'articles qu'il vaut mieux voir avant d'acheter.

— D'accord, soupira-t-elle. On va essayer d'organiser ça.

Son ton pincé le fit sourire. Il avait une fois de plus chamboulé son précieux programme.

— Autre chose ?

— Attends, je regarde, marmonna-t-il en tournant les pages jusqu'au signet suivant. Le chapitre 9, c'est un de mes préférés… Et le 10, aussi.

Lorsqu'il arriva au chapitre 13, il dut relire deux fois le titre et vérifier les illustrations pour être sûr qu'il ne se trompait pas. Elle était sérieuse ? Un rapide regard lui confirma qu'elle l'était.

— Je mets un veto sur celui-là, annonça-t-il en tapotant la page du doigt.

— Pourquoi ?

— Eh bien, pour commencer, ça ne va pas te plaire. Ensuite, au cas où tu aurais d'autres idées du même tonneau, il n'est pas question que je te laisse me faire ça.

Elle lui arracha le livre des mains.

— Enfin, quoi ! Je ne suis même pas équipée pour te faire une chose pareille. C'est toi qui me le ferais. Selon les experts, les hommes adorent le chapitre 13. Tu vois ?

Elle lui fourra ce maudit livre sous le nez, pointant du doigt les cinq étoiles précédant le titre.

— Je me fous bien de ce que dit le manuel, répondit-il en repoussant le livre. Fais-moi confiance, tes prétendus experts ne savent pas tout…

— Écoute, interrompit-elle. J'ai choisi tous les chapitres marqués de cinq étoiles et le chapitre 13 en fait partie. Si tu refuses de m'aider pour celui-là, je trouverai quelqu'un d'autre.

Cette pique suffit à déclencher en Tyler une émotion brusque qui ne lui était pas familière et qu'il préférait ne pas nommer. Il se retint de ne pas balancer le livre par la fenêtre, puis de plaquer Ellie sur le lit pour lui prouver une bonne fois pour toutes qu'elle savait déjà parfaitement comment rendre un homme fou de désir.

Elle avait dû sentir qu'elle venait de lui hérisser le poil, car elle baissa les yeux, battit lentement des cils et demanda d'un air timide :

— S'il te plaît.

Eh merde…

— On verra, maugréa-t-il à contrecœur, se disant qu'il aurait quelques semaines pour la convaincre de changer d'avis. J'imagine que tu avais prévu le chapitre 3 comme première leçon ?

— Oui. Et on devrait s'y mettre, ajouta-t-elle en avançant une main vers sa braguette.

Très romantique, comme transition, pensa Tyler en interrompant son geste. Oh là ! Décidément, mieux valait ralentir la cadence. Le motif de ces leçons restait un mystère. En revanche, il venait d'apprendre quelque chose de nouveau sur lui-même : un arrangement strictement sexuel sans la moindre garniture ne l'intéressait pas du tout. Pas avec Ellie, en tout cas.

— Essayons d'abord autre chose, proposa-t-il, et, avant qu'elle ne puisse répondre, il lui prit le menton et posa sa bouche sur la sienne.

Avec une attention délibérée, il plongea en elle, puis s'écarta un peu pour la regarder. Lorsqu'elle rouvrit lentement ses grands yeux bruns, il remarqua qu'elle avait les pupilles dilatées, comme deux billes noires qui le fixaient.

— « Chapitre 2, les secrets du baiser » ? chuchota-t-elle.

Bon sang, cette fille…

— C'est important de maîtriser les bases, non ?

Voyant qu'elle acquiesçait, il poursuivit. Cette fois, il effleura ses lèvres douces, puis mordilla sa lèvre inférieure plus charnue, jusqu'à lui arracher un petit gémissement. Elle glissa les doigts dans ses cheveux pour l'attirer contre lui avec force. Toute la tension latente de la soirée entra en éruption, transformant ce baiser en un échange plus brûlant et plus sauvage qu'il ne l'avait prévu. Ellie passa les bras autour de son cou, se colla contre lui et réagit avec la même ferveur.

Sa bouche répondait à la sienne avec un empressement féroce, une exigence silencieuse. Le bout dur de ses seins qui frottait avec insistance contre son torse le rendait fou. Il mourait d'envie de descendre la fermeture Éclair de sa robe et de lui arracher le vêtement pour lécher ces pointes adamantines. Il savait cependant que, s'il cédait à une telle pulsion, il ne serait plus en mesure de s'arrêter avant de l'avoir étendue sur le lit, ses jambes enroulées autour de son cou, pour pratiquer sur elle le chapitre 3 jusqu'à ce qu'elle voie trouble. Si le chapitre 3 collait parfaitement avec le programme d'Ellie, il n'était pas du tout à l'ordre du jour pour Tyler. Pour se distraire de cette idée, il lui caressa le cou, laissant glisser ses pouces jusqu'à ses épaules. Resserrant son étreinte, Ellie se cambra contre lui. Une offre inconsciente que chaque parcelle du corps de Tyler avait envie d'accepter – ou plutôt, mourait d'envie d'accepter. Malheureusement son masochiste de cerveau persistait à dire non.

Si sauter au lit avec elle le premier soir pouvait se révéler incroyablement satisfaisant sur le plan physique, il savait que cela ne l'aiderait en rien à lui montrer qu'il était capable d'autre chose qu'une moralité douteuse et un taux de testostérone élevé. Après la soirée qu'ils avaient passée, il était doublement résolu à prouver qu'il avait plus à offrir que du sexe cinq étoiles.

Il embrassa une dernière fois ses lèvres offertes et impatientes, puis s'arracha à ses bras.

— Je dois y aller.

7

— Quoi ?

Ellie ouvrit les yeux et regarda Tyler comme s'il avait perdu la tête.

— Tu ne peux pas partir maintenant ! On n'a même pas abordé le chapitre 3 !

— Ne t'inquiète pas. On le fera la prochaine fois.

— Non, non, non ! protesta-t-elle en bondissant sur ses pieds. J'ai programmé le chapitre 6, pour la prochaine séance. Si on ne couvre pas le 3 ce soir, on va prendre du retard.

Il la laissa arpenter la chambre en bafouillant pendant quelques secondes, puis se leva pour venir se placer sur son chemin. Lorsqu'ils furent face à face, il posa une main sur sa nuque et glissa l'autre le long de son dos, jusqu'à la courbe rebondie de ses fesses.

— Comme ça, on sera encore plus impatients de se revoir, mmh ? On fait monter la tension.

— Tyler, il n'est pas question d'impatience ni de tension. Je te prie de bien vouloir ne pas t'écarter du programme établi.

— Il n'y a pas le feu, doc. Il faut que tu assouplisses ton petit programme pour y inclure un peu plus de ceci.

Il l'attira contre lui pour poser ses lèvres sur les siennes, faisant de son mieux pour ébouriffer son petit cerveau de maniaque de l'organisation. Ellie s'agrippa à lui en gémissant et leur baiser se transforma rapidement en un duel fébrile de leurs langues. Lorsqu'il remonta le long de sa mâchoire, il eut la satisfaction de l'entendre pousser un soupir haletant. Il effleura de ses lèvres le lobe de son oreille.

— Je dois vraiment y aller, murmura-t-il. J'ai rendez-vous à Ashland à l'aube, demain.

Techniquement, c'était vrai, même si cet engagement n'avait strictement rien à voir avec son départ précipité. Surtout quand chaque cellule de son corps le suppliait à genoux de rester pour terminer ce qu'il avait commencé.

— Très bien, soupira-t-elle en se libérant. Je ne voudrais pas interférer avec ta chasse au canard ou au chevreuil, ou à tout ce que les mecs peuvent bien s'amuser à massacrer au petit matin, dans des coins aussi reculés qu'Ashland.

Elle se laissa retomber sur le lit et se mit à feuilleter le manuel d'un air agacé.

— Je vais revoir notre planning. Il faudra peut-être combiner deux séances en une la prochaine fois, afin de rattraper un peu le temps perdu. D'ailleurs, ce soir ne compte pas comme une leçon.

— Quelle ingratitude...

Il s'assit à côté d'elle pour lui mordiller l'oreille, puis jeta un coup d'œil au manuel par-dessus son épaule.

— Quels chapitres pourraient bien être couverts en même temps ? se demanda-t-elle à mi-voix. Et si on tentait le 3 et le 13, la prochaine fois ?

Et si on tentait les cinq chapitres en même temps, tout de suite ? suggéra la zone de son cerveau la plus directement connectée avec son entrejambe. Avec peine, il ignora cette remarque dévoyée.

— J'ai mis un veto sur le chapitre 13, tu te souviens ?

— Non, tu as dit : « On verra. »

— « On verra » ne signifie pas « vendredi prochain ». Trouve autre chose.

Elle lui lança un regard troublé. La soirée ayant été assez éprouvante pour ses nerfs et sa libido, il fantasma une seconde sur la possibilité de lui offrir un petit chapitre 6, histoire de lui changer les idées.

— Hum. Et le chapitre 4 ? Il n'a que trois étoiles, mais j'ai l'impression qu'il faut que je maîtrise le sexe au téléphone, les SMS coquins et tout ce qui a rapport aux nouvelles technologies. Et puis, ça nous donnerait plus de souplesse dans notre organisation. Pas besoin d'être face à face.

Pas bon. Il voulait du face à face. Il devait réfléchir vite.

— Je ne passe pas mes journées coincé dans un bureau, moi. La plupart du temps, quand je réponds au téléphone ou que je consulte mes SMS, je suis entouré d'une bande de gars, qui risqueraient légitimement de se poser des questions si je commençais à t'envoyer des photos de mes outils.

— Tu ne vas quand même pas jouer les saintes-nitouches ? Tu peux bien t'isoler, non ? Vous n'avez pas une salle de repos ? Des toilettes ?

— Est-ce que tu as déjà mis les pieds sur un chantier, au moins ? Désolé de te décevoir, mais les chiottes mobiles, on fait mieux, dans le genre érotique.

— C'est bon, c'est bon ! soupira-t-elle en tournant la page. On oublie le chapitre 4. Le 7 ? Je l'avais tout d'abord écarté, à cause des risques de chute, mais la douche affiche quatre étoiles.

Le cerveau de Tyler s'emplit aussitôt d'image d'Ellie nue dans sa douche, luisante et dégoulinante, les cuisses enroulées autour de sa taille, faisant résonner ses cris d'extase sur la faïence, tandis que l'eau martelait leurs corps et qu'il la martelait. Merde. Il devait filer *illico presto*, avant que son entrejambe ne se mette à décider pour lui. Il déglutit avec peine et répondit :

— Le chapitre 7 semble prometteur. Je vais y réfléchir.

Il n'allait même faire que ça. Tout le temps. Jusqu'à en devenir complètement dingue. Ellie acquiesça, absorbée par sa lecture.

— Je pourrais toujours installer des carrés antidérapants. Je suis sûre qu'on en trouve au magasin de bricolage.

Ne sachant trop s'il devait éclater de rire ou se taper la tête contre les murs, il se mit debout.

— Je dois vraiment y aller, doc.

Elle posa le livre et fit mine de se lever, mais il la retint d'une main sur l'épaule.

— Non, non, je t'en prie.

Si elle s'approchait encore une fois de lui, il était fichu. Par chance, elle se rassit.

— Comme tu veux.

Puis, comme une écolière bien élevée se rappelant soudain ses bonnes manières, elle ajouta :

— Merci pour le dîner.

Il rit, puis, cédant à une impulsion, se pencha pour l'embrasser – un baiser rapide, presque sec –, et s'écarta avant de risquer d'envoyer son propre plan aux orties.

— Fais de beaux rêves, Sparky. Ne t'inquiète pas, je retrouverai la sortie.

— Ne m'appelle pas Sparky ! lança-t-elle, alors qu'il était déjà dans le couloir.

*

— Hé, Sparky ! Attends-moi !

Ellie fit la grimace en entendant son surnom résonner à travers la place, mais, quand elle se retourna, elle aperçut Roger qui courait tranquillement vers elle. Toute son irritation s'envola.

— Bonjour Roger !

Quelle chance qu'elle soit habillée pour le travail, pensa-t-elle en lissant le devant de son tailleur beige. Roger, en revanche, semblait étonnamment… débraillé. Cela ne lui ressemblait pas. Ses cheveux habituellement parfaits auraient bien eu besoin d'un coup de peigne et, si elle n'avait pas la berlue, c'étaient bien des grains de poussière qui parsemaient ses mèches blondes. Le taux élevé d'humidité ne suffisait pas à expliquer la transpiration de son T-shirt ni les plis sur son bermuda.

— Où est-ce que tu as été traîner, toi ?

Il baissa les yeux vers son bermuda avec une moue désolée.

— J'ai passé la journée à Ashland à construire une maison pour « Un toit pour toi ».

— Pardon ?

— « Un toit pour toi », expliqua-t-il en lui emboîtant le pas. C'est une organisation caritative qui construit des logements sociaux. Je suis bénévole depuis quelque temps. Comme ça, j'ai le droit de jouer à Bob le Bricoleur pendant une journée.

Pouvait-on rêver d'un homme plus parfait ? Beau, intelligent et généreux.

— C'est magnifique de consacrer tes talents à une bonne cause.

— Mes talents, c'est vite dit. Je ne suis pas très doué, mais je suis costaud. Chacun aide selon ses capacités. On a bien avancé, aujourd'hui. Malheureusement… (Il tendit sa paume ouverte.)… au prix d'une belle écharde.

Ellie prit sa main douce et manucurée dans la sienne pour examiner l'éclat de bois planté dans la chair, juste à la base de son pouce.

— Aïe aïe, dit-elle.

— Ouais. Saloperie de truc. J'ai essayé de l'avoir avec une pince à épiler pendant une demi-heure, mais je crois que j'ai surtout réussi à l'enfoncer davantage. Ensuite, j'ai appelé Melody, parce que… comment dire… Par habitude, sans doute. Et puis je me suis dit qu'elle serait ravie de pouvoir me torturer pendant quelques minutes. Mais elle m'a expliqué que tu étais au cabinet aujourd'hui et m'a suggéré de passer te voir. J'étais en chemin quand je t'ai aperçue.

Évidemment, c'était Melody qu'il avait appelée en premier, pensa Ellie en ravalant sa déception. Ils avaient été en couple pendant des années et étaient encore proches. Peu importait. Ce qui comptait, c'était qu'il soit venu la voir ensuite. Il avait besoin d'elle.

— Excellent timing. Allons au cabinet, je vais m'occuper de toi.

— Merci, Ellie. C'est vraiment sympa.

Le sourire éblouissant qu'il lui adressa lui mit le rouge aux joues.

— Pas de problème.

Elle retourna à son cabinet sur un petit nuage et ouvrit la porte de la salle de consultation. Tandis qu'elle traquait l'écharde à l'aide d'une longue pince, elle demanda, d'un ton le plus détaché possible :

— Alors, tu as de grands projets pour ton samedi soir ?

— Hein ? Oh non, rien de phénoménal. Un copain de New York est de passage à Lexington. On va dîner ensemble et on ira peut-être en boîte, après.

Pendant une seconde délirante, Ellie s'imagina en couple avec Roger et ils partaient passer la soirée à Lexington avec cet ami en visite. Cela semblait un million de fois mieux que la réalité, à savoir sa visite hebdomadaire chez Frank. Elle lui déposerait quelques provisions, vérifierait sa glycémie et lui servirait une nouvelle petite leçon de morale sur les bienfaits d'une alimentation saine et la gestion de son diabète, qui tomberait une fois encore dans l'oreille d'un sourd. Avec un peu de chance, elle serait repartie avant que l'un d'eux ne perde patience.

— C'est sympa, commenta-t-elle avec le plus d'enthousiasme possible.

Roger lui répondit avec un sourire étrangement mélancolique.

— Oui, vraiment. Doug est un type super. J'aimerais le voir plus souvent, mais il habite à Manhattan, et Bluelick, ce n'est pas vraiment la porte à côté...

Dans sa voix, Ellie crut percevoir une note qui ressemblait à de la nostalgie. Hum... Préférait-il vivre dans une grande ville, avec ses copains citadins ? Ses jours à Bluelick étaient-ils comptés ? Elle fit taire la sonnette d'alarme qui s'était déclenchée dans son esprit.

— J'ai le plaisir de t'apprendre que tu vas pouvoir profiter de ta soirée avec ton ami sans être accompagnée par ton écharde, annonça-t-elle en brandissant l'éclat de bois qu'elle venait d'extraire.

— Wouah ! Tu sais y faire. Je n'ai rien senti du tout.

— Peut-être que tu as des nerfs d'acier. Veux-tu qu'on vérifie ma théorie avec un rappel antitétanique ?

Un pli adorable se dessina entre ses deux sourcils.

— J'en ai eu un il y a trois semaines, quand j'ai marché sur un clou, sur un autre chantier. Tu crois vraiment que c'est nécessaire ?

— Non, ça ira. Cela dit, tu devrais peut-être réfléchir à un autre moyen de faire une bonne action. On dirait bien que la maçonnerie n'est pas géniale pour ta santé.

Roger se releva en riant.

— Tu as sans doute raison, mais je ne pourrais jamais laisser tomber Tyler.

— Quel rapport avec Tyler ?

Alors même qu'elle posait la question, un tiroir s'ouvrit dans sa mémoire et une information lui revint. La veille, ne l'avait-il pas laissée en plan en prétextant un rendez-vous à Ashland ?

— C'est notre contremaître. Chaque année, il consacre un peu de temps et d'argent à plusieurs projets « Un toit pour toi ». Son entreprise fonctionne bien et c'est sa façon à lui de partager. Le moins que je puisse faire, c'est venir lui donner un coup de main.

— Dans ce cas, tu ferais mieux d'ajouter des gants épais et des chaussures de chantier à ta liste de Noël.

— Exactement ! répondit Roger avec un grand sourire. À plus tard, Ellie ! Merci de m'avoir pris en urgence.

Songeuse, elle le regarda partir, l'esprit plein de ces nouvelles informations. Ce n'était pas sympa d'avoir pensé que Tyler avait coupé court à leur... rendez-vous, pour libérer sa testostérone lors d'une partie de chasse sanglante. Cela dit, Tyler ne lui avait pas donné plus de précisions. Comment aurait-elle pu savoir ?

Elle ferma son cabinet et regagna sa voiture en réfléchissant à ce qu'elle venait d'apprendre sur Tyler. Elle devait revoir son opinion de lui. Il n'était plus le tombeur rebelle et fauteur de trouble dont elle se souvenait. Il excellait sur le plan professionnel, veillait au bien-être de ses employés et de leur famille – à en croire sa loyauté vis-à-vis de Junior – et faisait du bénévolat sur son temps libre. Pour un homme qui s'était présenté à sa porte au beau milieu de la nuit, avec des traces de rouge à lèvres sur le col et une balle tirée par un copain jaloux et ivre dans les fesses, Tyler Longfoot se révélait bien plus complexe qu'elle ne l'avait pensé.

Trente minutes plus tard, elle se garait dans l'allée devant la maison de son père. Rien n'avait bougé depuis la dernière fois. Sur le trottoir, la poubelle débordait de bouteilles de bière vides et de cartons de fast-food. Pas vraiment le régime recommandé pour un diabétique.

Retenant un soupir, elle porta deux sacs de courses jusqu'en haut de l'escalier avachi. Petite, elle s'imaginait souvent que ces marches la menaient à un palais enchanté, une cité perdue, ou mieux encore, à un foyer heureux où deux parents aimants l'attendaient. Cela faisait un moment, cependant, qu'elle ne se berçait plus de ce genre d'illusions.

Un sac en équilibre sur la hanche, elle frappa à la porte-moustiquaire, maudissant intérieurement la moiteur ambiante, lorsqu'une goutte de transpiration vint couler jusque dans son œil. Elle marmonna un juron moins silencieux quand personne ne répondit. Frank était pourtant bien chez lui. Son pick-up était garé sur le bitume craquelé du trottoir et elle entendait la télé hurler à l'intérieur. Elle entra.

Une bouffée d'air chaud et vicié l'accueillit dans l'entrée. Elle laissa la porte ouverte, dans l'espoir de créer un courant d'air, malgré la touffeur de la journée. Son père était étendu de tout son long sur le plaid passé du canapé du salon, assoupi ou ivre mort, un bras sur les yeux, l'autre posé en travers de sa bedaine naissante. Il semblait s'être endormi plus d'une fois avec son débardeur taché et son pantalon de jogging informe et chiffonné.

Les années ne l'avaient pas épargné. Ses cheveux, autrefois du même châtain foncé qu'elle, étaient gras et striés de fils gris. Même dans son sommeil, de profondes rides creusaient leur sillon sur son visage couperosé.

Comment faisait-il pour dormir dans ce vacarme ? On devait entendre la télé à l'autre bout de la galaxie. Elle connaissait la réponse : six bouteilles de bière vides étaient alignées sur la table basse en contreplaqué.

Pour ne pas céder à la tentation d'envoyer les six cadavres de bouteille voler d'un coup de pied, elle se dirigea vers la cuisine. Là, elle lâcha les sacs en papier sur la table en Formica jaune écaillé et entreprit de ranger les courses, le temps de se calmer. Quand elle eut terminé, elle retourna dans le salon pour éteindre la télé. Un silence assourdissant envahit la pièce.

— Quoi ? Qu'est-ce que… ?

Frank se réveilla en sursaut et posa sur elle ses yeux injectés de sang. Bon. Au moins, il n'était pas devenu sourd.

— Hé oh ! grogna-t-il. Je regardais le match.

— Vraiment ? demanda-t-elle en jetant la télécommande dans sa direction. J'aurais juré que tu dormais. Est-ce que tu as mangé ?

— Ouais, ouais, marmonna-t-il en attrapant la télécommande au vol.

— La bière, ça ne compte pas. Je t'ai fait des courses. Je peux te préparer quelque chose.

— Je te dis que j'ai mangé.

Sans même la regarder, il ralluma la télé, puis s'empara d'une bière à moitié finie.

— Tu as mesuré ta glycémie, aujourd'hui ? hurla-t-elle pour couvrir le bruit de la télé.

Typique. D'une façon ou d'une autre, son père s'arrangeait toujours pour rendre toute communication impossible.

— 'Sais plus.

— Où est ton appareil ? Il enregistre toutes les mesures.

Comme il persistait à l'ignorer, elle s'avança pour lui prendre sa bière des mains, mais il tint bon. Refusant de déclarer forfait dans cette querelle ridicule, elle tira plus fort. La bouteille glissa brusquement des mains de Frank et Ellie perdit l'équilibre. La bouteille vint lui heurter le front avec force, l'aspergeant de bière au passage.

— Merde, Frank ! s'écria-t-elle en s'essuyant le visage d'une main tremblante. Tu ne peux pas continuer à boire comme ça avec tes médicaments. Tu risques l'insuffisance rénale !

— Ça va ! Laisse tomber la morale ! Si t'étais une fille normale, tu te serais déjà trouvé un mari à harceler et j'aurais la paix ! À ton âge, ta mère était déjà mariée et avait un enfant !

Et à trente ans, elle était déjà morte. Mais moi, je suis toujours bien vivante. Si tu sortais simplement ta tête de mule de ton cul, tu remarquerais que je suis là et que je m'efforce d'être ta fille. Je n'aurais peut-être alors pas besoin de me forcer pour venir te rendre visite une fois par semaine.

Plutôt que d'exprimer à voix haute des pensées qui seraient de toute façon passées à des kilomètres au-dessus de la tête de son père, Ellie retourna dans la cuisine pour fouiller dans le capharnaüm, à la recherche de l'appareil de mesure de glycémie.

Cela ne valait pas la peine de laisser l'attitude de son père la perturber. Des années plus tôt, la cruelle vérité s'était logée dans la chair vulnérable de son cœur : la paternité n'avait jamais été la tasse de thé de Frank. C'était sa femme qui avait voulu un enfant et il avait cédé. Lorsque celle-ci était morte, le chagrin et la rancœur avaient tout envahi, ne laissant de place pour personne, pas même sa propre fille, qui pleurait pourtant elle aussi la perte de sa mère.

C'était principalement à cause du diabète de Frank qu'Ellie était revenue à Bluelick pour ouvrir son cabinet. Elle avait caressé l'espoir de réussir, comme par magie, à faire tomber les barrières qui les empêchaient de former une vraie famille. Cependant, les quelques semaines qui venaient de s'écouler lui avaient ouvert les yeux de façon un peu brutale : une fille adulte n'intéressait pas non plus Frank. Pour Ellie, la meilleure chance de trouver une famille aimante et heureuse, c'était de devenir la femme idéale de Roger, puis de faire comprendre à celui-ci qu'ils étaient faits l'un pour l'autre.

Quand elle retrouva enfin l'appareil, il ne lui fallut pas longtemps pour passer en revue les mesures effectuées. La dernière datait du matin, la précédente de la veille et une demi-douzaine avaient ainsi été enregistrées au cours de la semaine. Le taux de glycémie était élevé, mais pas catastrophique. Elle ouvrit un placard de la cuisine pour vérifier son stock de médicaments. Frank semblait suivre son traitement correctement.

Elle prit dix minutes supplémentaires pour composer une grosse salade avec les quelques légumes frais qu'elle avait achetés et rangea le saladier dans le réfrigérateur presque vide, à côté d'une bouteille de vinaigrette allégée à la moutarde de Dijon. Considérant son devoir accompli, elle se lava les mains et reprit ses affaires pour partir. Elle n'espérait pas le moindre remerciement de la part de son père, mais elle repassa néanmoins par le salon :

— Je t'ai fait une salade. Elle est au frigo.

— J'espère que tu as apporté de la bière. J'en ai presque plus.

— Au revoir, Frank ! lança-t-elle.

La porte-moustiquaire claqua derrière elle.

Dans sa voiture, elle mit la climatisation au maximum avant de se regarder dans le rétroviseur. Son reflet rouge et trempé de sueur la fixait avec amertume, les yeux brillants de larmes qui refusaient de couler. Une de ses rêveries préférées lui revint à l'esprit. Roger courait derrière un petit garçon aux cheveux fins juché sur un vélo rouge et l'encourageait à grands cris. L'enfant pédalait de toutes ses forces, puis se libérait des mains rassurantes de son père pour s'élancer seul pour la première fois le long du trottoir.

Elle ferma les yeux pour s'efforcer de s'inclure quelque part dans ce tableau idyllique, mais l'image lui échappait sans cesse. Elle qui ne croyait ni au destin ni à la fatalité ne put s'empêcher de se demander si cela n'était pas de mauvais augure. Évidemment, Roger était l'homme de ses rêves, mais si elle ne prenait pas ses leçons à temps, il risquait de tomber entre les griffes de quelque femme naturellement sexy et libérée, avant qu'elle n'ait le temps de maîtriser le chapitre 3. Elle avait encore un long chemin à parcourir pour espérer prétendre être la femme idéale de Roger.

L'air frais de la ventilation soufflait assez fort sur son visage pour dégager son front, révélant une belle bosse rouge à la naissance de ses cheveux. Génial. Petit souvenir d'une bouteille de bière.

Elle soupira. Trop bonne, trop c…

Du bout des doigts, elle tira sur une boucle pour tenter de dissimuler sa blessure, puis elle enclencha la marche arrière et sortit de l'allée. Sur la route, elle réfléchit aux réjouissances qui l'attendaient pour son samedi soir. Le choix était mince : payer ses factures ou rattraper son retard dans la lecture des diverses revues médicales auxquelles elle était abonnée. À moins qu'elle ne s'adonne à son petit plaisir secret en se glissant au lit pour regarder l'émission de décoration qu'elle enregistrait religieusement, à cause de l'animateur super mignon. C'était pitoyable. Ce dont elle avait vraiment besoin, c'était un verre, mais l'idée de boire seule chez elle devant la télé lui faisait un peu trop penser à Frank.

Juste à cet instant, l'enseigne en forme de tonneau du pub Rawley's apparut à l'horizon. Avant que son cerveau n'ait le temps de protester, elle s'engagea sur le parking.

8

Si Tyler avait accepté d'accompagner Junior au Rawley's un samedi soir, c'était plutôt par loyauté. Il espérait également se vider un peu la tête, car Ellie occupait de plus en plus ses pensées, depuis qu'elle était tombée du ciel. Rien de surprenant. Lorsqu'une femme belle et intelligente vous propose un marché pour des cours privés à caractère sexuel, cela donne à réfléchir un peu. Pourtant, depuis la veille au soir, il y réfléchissait presque trop à son goût. Il n'avait même plus qu'une idée en tête : combien de jours, d'heures et de minutes il restait avant la prochaine session. Une semaine à attendre, c'était presque interminable.

Leur petit arrangement le troublait pour plusieurs raisons, notamment parce qu'il était évident qu'Ellie avait une idée derrière la tête. Même si elle ne l'avait pas avoué, il restait persuadé qu'elle cherchait à impressionner quelqu'un en particulier avec ses nouvelles compétences. Qui ? Impossible à dire. Tout ce qu'il savait, c'est que ce n'était pas lui. Elle l'avait choisi comme professeur, mais pas comme cible. Cette attente insupportable, ainsi que le fait qu'elle avait des vues sur un autre, lui hérissait le poil.

Il devait se ressaisir. Un sacré fantasme venait de lui tomber tout cuit dans le bec : des semaines de sexe débridé cinq étoiles avec une fille capable de le faire bander rien qu'en dévoilant des fossettes quand elle souriait. On ne faisait pas plus simple. Simple et clair. C'était son style. Il aimait que les choses soient simples et claires. Alors, pourquoi compliquer le scénario avec des questions d'amour-propre ou bien l'envie stupide de prendre tout à coup sa vie sentimentale un peu plus au sérieux ?

Junior le prit soudain par le bras, coupant court aux pensées qu'il ruminait.

— Elle est là. Tu crois qu'elle m'en veut encore ?

Tyler suivit le regard de Junior jusqu'à la table centrale, où la grande et plantureuse Lou Ann tenait salon, vêtue d'un débardeur noir très décolleté qui dévoilait largement ses atouts naturels. Elle plissa les yeux d'un air menaçant en apercevant Junior. À sa gauche, Melody portait une robe légère couleur pêche et semblait s'ennuyer à mourir. Sur la chaise de droite, Ginny avec ses cheveux de feu jetait sur la salle des regards furtifs et curieux.

Tyler se tourna vers son ami. C'était un grand gars gentil, vêtu du T-shirt de son équipe de basket préférée et d'un baggy. Il soupira.

— Tu m'as tiré dessus et je ne t'en veux plus, alors... Ce devrait être du gâteau de rendre le sourire à Lou Ann, mon vieux.

— Oui. Tu as raison.

Junior inspira profondément pour se donner du courage.

— J'y vais, annonça-t-il. Couvre-moi.

— Je serai dans le coin, là-bas.

Mieux valait rester à l'écart. Il se réfugia à l'autre bout du bar en voyant Ginny quitter sa chaise pour se diriger vers lui. Son T-shirt moulant couleur brique et son jean taille basse dévoilaient des abdominaux effroyablement musclés. La petite rouquine était belle comme un cœur, mais sa réputation de langue de vipère et de commère rebutait Tyler depuis toujours. D'autant plus maintenant qu'il cherchait à convaincre la banque qu'il était devenu un citoyen responsable et respectable. Il se tourna vers le comptoir en essayant de se fondre dans le décor et se demandant pour la millionième fois de la soirée ce qu'Ellie pouvait bien faire à ce moment-là. Soudain, une voix rauque retentit :

— Salut, Tyler ! Ça va ?

Il était coincé. Résigné, il s'efforça de détendre les muscles de ses épaules et se retourna.

— Salut, Ginny. Pas mal, et toi ?

Le sourire radieux de la rouquine se fit mystérieux et elle désigna du menton la table derrière eux.

— Tu as vu ça ? Melody est de nouveau sur le marché. Tu as appris que Roger et elle avaient rompu, j'imagine ?

Il acquiesça en montrant Jeb Rawley, debout derrière le comptoir.

— Ouais, j'ai appris la nouvelle.

Ginny lui faisait penser à un chat : toujours attirée par ceux qui lui montraient le moins d'intérêt. Cela expliquait peut-être pourquoi elle prit la réponse laconique de Tyler pour une demande d'informations complémentaires.

— Mais... est-ce que tu sais pourquoi ?

Avant que Tyler ne puisse lui rétorquer qu'il s'en fichait un peu, elle glissa son bras sous le sien pour se blottir contre lui :

— Roger et Melody étaient, comment dire... sexuellement incompatibles.

Il tendit l'oreille malgré lui. Pour une fille destinée depuis le berceau à être élue reine du lycée, Melody restait quand même très chouette. Pareil pour Roger, le lanceur-star, le *quarterback* préféré des filles, le garçon le plus populaire du lycée. C'était un mec bien, un type sympa. En apparence, ces deux-là formaient le couple américain parfait – grands, beaux, cheveux blonds et yeux bleus. Cependant, cela faisait des années qu'une petite voix cynique dans la tête de Tyler lui prédisait que le mariage n'aurait jamais lieu.

Personne ne reste fiancé pendant dix ans sans jamais sauter le pas.

— Sans blague..., marmonna-t-il.

Jeb s'approcha d'eux pour déposer la bière habituelle de Tyler sur le comptoir. Ginny attendit qu'il se soit éloigné pour recommencer à touiller un peu dans la fange.

— Je te jure, répondit-elle en hochant la tête d'un air solennel, alors qu'une lueur de joie folle dansait dans ses prunelles, à l'idée de révéler les secrets les plus intimes d'autrui. Toutes ces années que Roger a passées en ville l'ont transformé en une sorte de bête, un maniaque assoiffé de sexe. Melody m'a raconté qu'il adore des tas de trucs qu'elle-même refuse catégoriquement de faire. Alors, elle lui a souhaité de trouver un jour la nymphomane de ses rêves et ils sont partis chacun de leur côté... Enfin, dans une ville pareille, ils ne seront jamais bien loin l'un de l'autre.

Hum. Cela sentait plus l'intox que le scoop. L'histoire de Ginny ne collait pas. Impossible qu'il ait fallu une décennie à Melody et Roger pour comprendre que leurs appétits sexuels n'étaient pas compatibles.

En revanche, cela pouvait peut-être expliquer pourquoi Ellie avait subitement eu besoin d'une session de rattrapage pour le cours de « sexe débridé pour débutantes ». Les rumeurs se répandaient comme un feu de plaine, à Bluelick. Avait-elle déjà eu vent de celle-là et l'avait-elle prise pour parole d'évangile, au point de décider de développer les compétences dont elle pensait avoir besoin pour satisfaire Roger ?

L'idée lui laissa un étrange sentiment de vide au creux de l'estomac, ainsi qu'un arrière-goût désagréable dans la bouche. Finalement, il n'avait peut-être pas très envie de savoir.

Simple et clair, se rappela-t-il en buvant une gorgée de bière. Pas de complications. À quoi bon chercher les ennuis ? En parlant d'ennuis… Il jeta un œil vers Junior pour voir s'il avait fait des progrès avec Lou Ann. Junior s'était installé sur la chaise que Melody avait eu la sagesse de libérer et semblait accepter docilement le savon que Lou Ann était en train de lui passer. C'était bon signe, pensa Tyler, car Junior l'avait bien cherché et Lou Ann avait sans doute besoin de vider son sac avant de pardonner quoi que ce soit.

Un peu las, il parcourut du regard le pub bondé. Soudain, il se figea. Ellie était assise à l'autre bout du comptoir, son visage parfait encadré d'une cascade de boucles brunes. Elle souriait à Jeb qui venait de poser un verre de vin blanc devant elle. Malgré la foule assoiffée, Jeb s'attarda, affichant ce sourire à la con qui, persistait-il à croire, le faisait ressembler à Tom Cruise.

— Tu as vu quelque chose, Tyler ?

La question de Ginny le ramena à la réalité. La jeune femme le regardait avec intérêt et mieux valait ne pas alimenter sa curiosité naturelle.

— Je réfléchissais juste à ce que tu viens de dire à propos de Melody et Roger. Ça me paraît un peu tiré par les cheveux. Ces deux-là sont pratiquement inséparables depuis le lycée. De vrais siamois. J'ai du mal à croire qu'il leur a fallu tout ce temps pour découvrir que Roger avait besoin d'action triple X au lit, alors que Melody préférait faire ça « à la papa ». Où est-ce que tu as entendu ça ?

— Directement de Melody, répliqua Ginny. Tu sais bien que je ne suis pas du genre à colporter des rumeurs.

— Surtout pas…

Incapable de se retenir, il coula un regard vers Ellie… et Jeb.

— Par exemple, si je racontais que je t'ai aperçu en compagnie d'Ellie Swann, en train de faire une balade en moto le long de la rivière, et que vous aviez l'air très copains… Ça, ce serait colporter des rumeurs.

Cela demanda beaucoup d'efforts à Tyler, mais il parvint à rester impassible. Du moins, il l'espérait.

— Quelle chance que ce ne soit pas ton genre, hein ?

— Tu m'étonnes. Les apparences peuvent être trompeuses, parfois. Ce n'est pas parce que deux personnes ont l'air de sortir ensemble qu'il n'existe pas une autre explication.

— Absolument, approuva-t-il en buvant sa bière.

— Pour autant que je sache, tu es son patient. Et puis, j'ai quand même des témoins qui affirment que, quand Junior s'est pointé ici, il y a une semaine exactement, il a trouvé Lou Ann en train de te faire des mamours, et que, du coup, il t'a explosé les couilles à coups de tromblon.

Tyler manqua de s'étouffer avec sa bière.

— Bon sang, Ginny ! Où est-ce que tu as entendu des conneries pareilles ? Tes soi-disant témoins sont des sacs à vin.

— Des paroles, tout ça, Longfoot ! s'exclama Ginny en riant. Il va me falloir plus qu'un démenti verbal pour me convaincre du contraire. (Elle ajouta pardessus son épaule avec une lueur de défi dans le regard :) Si tu as envie de me prouver que Junior n'a pas mis fin à ta carrière d'étalon d'une balle mal placée, c'est quand tu veux…

Non merci, sans façon. Tyler s'accouda au comptoir et rendit son sourire à Ginny :

— Il faudrait un bien plus gros calibre que le tromblon de Junior pour faire du tort à mes bijoux de famille.

Ginny haussa les épaules et s'éloigna. Tyler se pinça l'arête du nez pour soulager le léger mal de tête qu'il sentait poindre et se demanda combien des clients assis dans le pub ce soir-là s'interrogeaient sur l'état de son « équipement ».

Et puis merde…

Il s'en fichait. Il se redressa et se tourna vers la seule personne de Bluelick qui savait que son équipement était en parfait état de marche.

Quand il s'approcha, Jeb riait de bon cœur à quelque chose qu'Ellie venait de lui dire. Voyant que le barman lui posait une main sur le bras, il décida que la plaisanterie avait assez duré et il pressa le pas. Il refusait de croire que c'était Jeb Rawley qui avait inspiré l'intérêt récent d'Ellie pour la chose. Ce flemmard de Jeb n'avait jamais rien fait de sa vie, à part dispenser son sourire et attendre d'hériter du bar de son papa. Si Ellie espérait également peaufiner sa technique de drague, d'accord, mais le poste était déjà pris.

Arrivé derrière elle, il posa une main jalouse sur son épaule. Un seul regard suffit pour que Jeb se redresse et retire sa grosse patte. Message reçu. Ellie tourna vers lui ses yeux couleur de sirop d'érable chaud. L'espace d'une seconde, il se laissa volontiers engluer.

— Tyler, salut.

— Salut, Ty, ajouta Jeb, d'un ton bien moins enthousiaste. Une autre bière ?

Tyler s'appropria le tabouret voisin sans quitter Ellie des yeux une seconde.

— Non, ça va, répondit-il en montrant sa bouteille encore à moitié pleine.

Bien qu'on soit samedi soir, Ellie semblait sortir tout droit de son cabinet. Elle était surtout bien plus élégante que les autres clients, vêtus pour la plupart d'un jean et d'un T-shirt. Elle portait un chemisier sans manches de la même couleur que ses yeux et qui dévoilait ses épaules nues. Son tailleur beige s'arrêtait assez haut pour révéler ses jambes magnifiques. Pour compléter le tableau, des talons aussi fins que des cure-dents annonçaient qu'elle n'avait pas l'intention de courir un marathon dans les prochaines heures.

— Qu'est-ce qui t'amène au Rawley's, doc ? Tu cherchais quelqu'un pour partager un verre, peut-être bavarder un peu et… ?

— Non. J'ai vu comment ça se terminait, ce genre de soirée, et je n'ai pas pensé à enfiler ma culotte en kevlar.

Elle sourit, mais ses yeux ne trahissaient aucun amusement. Au contraire, ils avaient l'air soucieux et même un peu tristes. Avant que Tyler ne puisse répondre sur le même ton, Melody s'approcha.

— Ça alors ! Qui aurait pensé vous trouver ici ensemble ?

La jeune femme blonde le poussa amicalement du coude. Tyler la poussa en retour, mais Ellie répliqua aussitôt :

— Oh non, nous ne sommes pas ensemble. On s'est rencontrés par hasard. Pure coïncidence, pas vrai, Tyler ?

Melody leur adressa alors un sourire qui aurait fait passer Mona Lisa pour une hystérique.

— Les voies du hasard sont impénétrables, n'est-ce pas ? Allez, passez une bonne soirée, vous deux. Je dois… euh… retrouver Ginny.

Ellie la regarda s'éloigner, l'air soucieux.

— Désolée, je crois qu'elle se fait des idées, depuis qu'elle nous a surpris l'autre jour. J'ai tenté de rétablir la vérité, mais de toute évidence le message n'est pas bien passé.

— Quel message ?

Il se fichait bien de ce que les autres pensaient, mais l'idée qu'Ellie se soit sentie obligée de corriger l'impression de Melody n'avait rien de flatteur.

— Je lui ai assuré que nous n'étions pas liés sentimentalement, que notre relation était purement…

Elle haussa les épaules sans terminer sa phrase.

— Purement intellectuelle ? suggéra-t-il avec raideur.

Il se rendit compte soudain que tout ce qu'elle venait de dire, bien que techniquement correct, l'agaçait au plus haut point. Et le fait que cela l'agace l'agaçait encore davantage.

— Non ! Bien sûr que non. Jamais je ne lui dirais une chose pareille. Quoi qu'il en soit, je n'ai pas vraiment réussi à la convaincre, car elle reste persuadée que tu t'intéresses à moi.

Elle éclata de rire, comme si c'était l'idée la plus horrible ou la plus saugrenue au monde. Tyler n'était pas sûr d'être du même avis.

— Ginny risque d'attendre longtemps, fit soudain remarquer Ellie en désignant la salle. Je crois que Melody s'est laissé distraire.

Tyler se pencha et aperçut Melody en train de glousser d'un air joyeux en compagnie du capitaine

Bradley, le nouveau chef des pompiers. Ce dernier avait débarqué à Bluelick quelques mois plus tôt, après avoir passé presque dix ans dans une caserne de Cincinnati.

— Elle est libre comme l'air, à présent, fit remarquer Tyler.

Ellie acquiesça. La lumière tamisée du bar soulignait des reflets châtains dans ses cheveux.

— Je ne le connais pas vraiment, ajouta-t-elle. On se dit bonjour, c'est tout. Rien à voir avec Roger. Il est plus du genre costaud silencieux.

Ellie aimait-elle les costauds silencieux ?

— Hm-hm, fit-il simplement.

— Cela dit, il ne manque pas d'atouts. Selon Melody, il est célibataire et il est assez séduisant pour avoir eu sa photo dans le calendrier des pompiers de Cincinnati tous les ans. Trois fois en couverture, précisa-t-elle en levant trois doigts devant elle.

N'en jetez plus ! Le capitaine Bradley était-il à l'origine de la quête de performance sexuelle d'Ellie ?

Une sensation peu familière vint lui retourner l'estomac comme un mauvais whisky. Que lui arrivait-il, bon sang ? Une minute, il était convaincu qu'elle courait après Roger, la suivante, c'était Bradley le coupable. *Jalousie*, chantonna une petite voix dans sa tête, qu'il fit taire aussitôt. Il ne faisait pas dans la jalousie. Il évitait ce genre d'émotions volatiles. Ayant été aux premières loges du tempérament instable de son père, il n'avait pas l'intention de transformer sa propre vie en un cirque du même genre. Alors, pourquoi se sentait-il brusquement d'humeur à étrangler Bradley à mains nues, simplement parce que Ellie le trouvait « séduisant » ? Ce devait être cette chaleur qui le rendait nerveux.

— Eh bien ! s'exclama soudain Ellie. On dirait que Lou Ann et Junior se sont rabibochés.

Heureux de la distraction, Tyler suivit son regard vers l'alcôve située près de la table de billard. Ellie était la reine de l'euphémisme : Lou Ann et Junior semblaient bien partis pour se réconcilier sur l'oreiller, dans un recoin pas si sombre que ça. Junior n'avait même pas assez de mains pour explorer l'arrière du jean délavé de Lou Ann, qui, en retour, était à ce point collée contre le torse de Junior, que ses deux célèbres bonnets D menaçaient de déborder à tout instant.

— Navrée, dit Ellie en lui tapotant la main.

— Pourquoi, doc ?

— Je sais que tu étais… hum… intéressé par Lou Ann. Je crains que tu n'aies laissé filer ta chance.

Tyler haussa les épaules en contemplant sa bière.

— Lou Ann ne m'intéresse pas. La seule raison pour laquelle c'est arrivé, c'est parce que Junior avait réussi à l'agacer et que moi, je m'ennuyais trop ferme pour prendre le temps de questionner ses intentions quand elle a commencé à me draguer. Je suis content qu'ils se soient réconciliés.

— Hum. Pour la santé de tes fesses, j'espère que tu ne t'ennuies pas trop souvent comme ça.

— Mon petit, j'ai arrêté de m'ennuyer à l'instant même où tu as débarqué.

Ce commentaire lui valut un sourire, mais ne parvint pas vraiment à chasser le chagrin dans les yeux d'Ellie.

— Et toi, doc ? C'est pour ça que tu es ici ce soir ? L'ennui ?

— Non, je voulais échapper à… des trucs, termina-t-elle dans un soupir, en triturant son verre d'un geste nerveux.

Il la regarda par en dessous en buvant une gorgée de bière. Oui, quelque chose la travaillait. Malgré ses efforts, elle ne parvenait pas à maintenir son sourire bien longtemps et les coins de sa bouche à croquer s'effondraient à la première occasion.

Il avait une réputation de légèreté, peut-être même de superficialité. Le genre de gars à se mêler de ce qui le regardait. Alors, comment expliquer cette envie soudaine d'approcher son tabouret du sien pour la pousser un peu à s'épancher ?

— Dure journée au cabinet ?

— Non, très tranquille, au contraire. Une écharde retirée avec succès.

— Alors, pourquoi ne pas fêter ton triomphe chirurgical ?

Elle haussa les épaules pour exprimer à la fois son agacement et sa résignation.

— Je suis passée voir Frank, en rentrant, ce qui a plus ou moins effacé tout sentiment de triomphe que j'aurais pu nourrir. Bref…

Elle lui adressa un mince sourire crispé. Merde, alors. Frank était un fumier aigri et égoïste, doublé d'un père pitoyable. Et Tyler en connaissait un rayon sur le sujet. Grandir avec Big Joe avait été un peu comme vivre en compagnie d'un rottweiler enragé. Il s'était fait le plus discret possible jusqu'au jour de ses dix-huit ans, avant de foutre le camp officiellement. Lorsque Joe avait passé l'arme à gauche quelques années plus tard, suite à une crise cardiaque, Tyler avait cru être enfin débarrassé du bonhomme. Malheureusement, il avait surtout découvert que perdre son père, c'était un peu comme perdre un bras. Il lui arrivait encore de se réveiller couvert d'une sueur froide, hurlant d'une douleur fantôme infligée par les énormes poings paternels.

Frank, en revanche, était toujours bien vivant et faisait partie de ces hommes qui aiment diriger leur mauvaise humeur contre leur progéniture. Tyler compatissait, même si une petite voix lui conseillait de garder ses distances. Ellie ne cherchait pas à se faire plaindre et elle n'était visiblement pas disposée à entrer dans les détails. Il respectait son désir de discrétion. Venant juste de recevoir une bonne dose de rumeur, entre les problèmes sexuels de Melody et Roger, et les interrogations sur sa propre virilité, il comprenait les avantages d'un peu de circonspection.

Toutefois, il ne parvenait pas à déterminer pourquoi le silence d'Ellie le décevait vaguement ni pourquoi il se demandait s'il lui arrivait jamais de se confier. Ils avaient quand même des sujets plus intéressants que Frank à discuter !

La moiteur de l'air avait ravivé les boucles d'Ellie, qui se rapprochaient à présent de la masse désordonnée qu'il avait connue autrefois. Sans y penser, il recoiffa une mèche égarée derrière son oreille. C'est alors qu'il remarqua la blessure sur son front.

— C'est quoi, ça ?

— Quoi ?

Elle lui glissa un regard en biais, mais ses joues s'enflammèrent lorsqu'il passa un doigt sur la zone sensible à la naissance de ses cheveux.

— Ce n'est rien. Un petit souvenir de mon cher papa.

Tyler sentit la rage le saisir au ventre et il vit littéralement rouge pendant une seconde. Reposant avec lenteur sa bouteille de bière sur le comptoir, il se leva et annonça d'une voix calme :

— S'il aime les souvenirs, il va être servi.

— Quoi ?

Le front d'Ellie se plissa, tandis qu'elle saisissait les implications de ce qu'il venait de dire.

— Tyler, attends ! s'écria-t-elle en le retenant par le bras.

Il se dégagea avec douceur pour se diriger vers la porte.

— Attends ! répéta-t-elle, avec plus d'insistance.

Ses talons résonnèrent derrière lui tandis qu'elle lui emboîtait le pas. Lorsqu'elle le prit de nouveau par le bras, il inspira profondément pour apaiser la vague de fureur qui montait en lui et menaçait de se tromper de cible. Ellie vint lui barrer la route et balbutia rapidement :

— Frank n'a pas levé la main sur moi. J'ai voulu nettoyer la porcherie qui lui sert de salon et une de ses bouteilles vides a essayé de se faire la belle.

Il scruta longuement son visage à la recherche de signes de mensonge, mais elle soutint son regard sans ciller. Elle disait la vérité. En partie, du moins. Il se détendit un peu. Son attention se porta de nouveau sur son front et il passa le pouce sur la bosse.

— Tu n'es pas sa bonniche.

Elle laissa échapper un rire sec et sans joie.

— Non, c'est pire. Je suis sa fille. Je ne peux même pas démissionner.

— Bien sûr que si. Si tu veux mon avis, lui a démissionné il y a bien longtemps.

— Tu as peut-être raison et ça en dit sans doute long à mon sujet. Dans le genre pitoyable, je dois me poser là. Pourtant, aussi misérable qu'ait été mon enfance, Frank a fait son devoir. J'ai toujours eu un toit et j'ai toujours mangé à ma faim. Je crois que je me sens un peu dans l'obligation de lui rendre la pareille.

Des lèvres, Tyler effleura sa tempe, puis sa pommette.

— C'est lui qui est pitoyable. Pas toi. Et tu ne lui dois rien. Son devoir de père allait bien au-delà d'une chambre de neuf mètres carrés avec un lit.

— Tu ne comprends pas…

Des doigts se glissèrent dans la boucle de sa ceinture et un visage tiède vint se blottir contre son cou. Soudain, il ressentit un besoin impérieux de la prendre dans ses bras pour l'emmener loin d'ici. Très loin.

— Essaie toujours.

— Oh non…

Elle poussa un soupir douloureux, puis s'écarta avec un sourire guindé. Aucune fossette.

— C'est fini. Enterré. Inutile de gaspiller mon souffle et ma salive sur cette histoire.

Elle regarda autour d'elle, comme pour s'assurer qu'ils n'avaient pas attiré l'attention sur eux – rien à signaler –, puis lui adressa un sourire plus léger.

— Comme je t'ai dit, je suis venue ici en quête d'un peu d'évasion.

Au diable les précautions. Il se foutait bien de savoir pourquoi elle cherchait à étoffer son répertoire sexuel. Cela lui importait bien moins que de trouver comment effacer les cernes soucieux qui assombrissaient son visage. Se rapprochant d'elle, il joua avec le trio de petites feuilles d'or qui pendait du lobe de son oreille.

— Je connais un moyen imparable de s'évader, si ça t'intéresse…

Elle releva les yeux à la vitesse de l'éclair.

— On pourrait terminer la première leçon ?

Merde. Il aurait dû se douter que l'idée de rattraper son retard sur son fameux emploi du temps la tenterait.

— Si tu veux.

— Chez moi ?

— Non, chez moi. Pour s'évader, mieux vaut changer d'air, précisa-t-il en voyant qu'elle hésitait.

En réalité, il la voulait dans son lit, pour des raisons sur lesquelles il ne préférait pas s'attarder trop longtemps.

— Viens, décida-t-il en la prenant par la main pour se diriger vers la sortie.

— Ma voiture…

— Je te ramènerai demain matin.

Elle se crispa.

— Non. Je préfère te suivre. Il vaut mieux que la voiture du médecin de la ville ne reste pas garée toute la nuit sur le parking d'un pub. La machine à rumeur de Bluelick se délecte de ce genre d'informations, surtout un samedi soir.

Elle n'avait pas tort. Et puis, cela lui laisserait le temps de s'imaginer ce qu'elle pouvait bien porter sous cette petite jupe.

— D'accord. Suis-moi.

9

Sans quitter des yeux une seconde le pick-up noir de Tyler, Ellie passait rapidement en revue les grandes lignes du chapitre 3. Enfin une occasion de mettre en pratique ce qu'elle avait appris ! Elle voulait que tout soit parfait. Son estomac dansait le tango, sous le double effet du trac et de l'excitation, et pas seulement parce que c'était la première étape vers le cœur de Roger. La personnalité de Tyler n'était pas étrangère à sa nervosité. Elle était attirée par lui – physiquement, bien sûr, mais à d'autres niveaux, aussi. Il la faisait rire. Il la provoquait. Le décevoir serait humiliant. En bref ? Son avis comptait.

Elle en était la première surprise, même si Tyler était un homme plein de surprises. Au pub, lorsqu'il s'était rué vers la sortie comme un chevalier noir prêt à terrasser le dragon, elle avait eu un sacré choc. Personne n'avait jamais eu envie de la protéger. Jamais. Cela avait aussi éveillé un sentiment inattendu, au plus profond d'elle-même. Un sentiment qu'elle craignait vaguement de ne jamais pouvoir étouffer.

Il va bien falloir, pourtant, insistait son esprit rationnel. Elle s'était toujours prise en charge toute seule, avait toujours poursuivi ses propres rêves et terrassé ses propres dragons. Comment ? En mettant sur pied des plans qu'elle suivait à la lettre pour atteindre l'objectif qu'elle s'était fixé. Ce qui la ramenait au chapitre 3, dont elle passa une dernière fois les détails en revue, pour s'assurer que sa mémoire ne lui ferait pas faux bond.

Pourtant, lorsqu'elle s'engagea derrière Tyler dans un étroit sentier qui disparaissait entre les chênes, elle oublia complètement le programme qu'elle avait prévu. Arrivée devant la maison, elle coupa son moteur et sortit de la voiture machinalement. Les courbes et les angles gracieux de la demeure victorienne superbement restaurée qui se dressait devant elle accaparaient toute son attention. Elle admira longuement la rambarde tournée de la véranda qui ceignait toute la maison, ainsi que les galets de parement minutieusement ajustés qui ornaient le pignon principal.

Elle sentit plus qu'elle ne vit Tyler s'approcher d'elle, car elle ne parvenait pas à détacher son regard du bâtiment.

— Incroyable. C'est comme dans un livre…

Il posa ses lèvres sur les siennes et l'embrassa à lui en faire tourner la tête. Sans la lâcher ni éloigner sa bouche, il manœuvra pour l'aider à monter les marches, glissa la clé dans la serrure, puis la poussa dans l'entrée.

Lorsqu'elle s'écarta pour reprendre une bouffée d'air, elle ne put s'empêcher de jeter un œil à l'agencement intérieur. Toutefois, dans la faible lumière, tout ce qu'elle parvenait à distinguer, c'étaient des plâtres couleur crème et de nombreuses boiseries aux teintes chaudes.

— Ta maison est magnifique.

— J'en oublierais presque la sueur, le sang et les larmes que ça m'a coûtés, quand tu la regardes comme ça, lui murmura-t-il à l'oreille.

— J'adore les vieilles demeures. J'ai l'impression que c'est comme faire partie d'une grande famille. Je peux visiter… ?

Sa voix se perdit dans l'obscurité lorsqu'il la coinça contre le panneau de la porte. Son sac à main tomba sur le plancher de chêne poli avec un bruit mat.

— Je te ferai visiter tout à l'heure… si tu es sage.

Sa main remonta le long de son abdomen jusqu'à rencontrer son soutien-gorge du bout des doigts. Il joua un instant avec les bonnets, juste assez pour déclencher en elle des frissons, malgré la chaleur.

— Sage ? parvint-elle à haleter, sous l'effet de ses mains qui allumaient des incendies partout où elles se posaient. Longfoot, je crois que toute cette histoire de prof et d'élève t'est un peu montée à la tête.

— Ça m'est monté quelque part, mais quelque chose me dit que tu ne vas pas t'en plaindre.

Il glissa ses mains sous sa jupe, puis vers l'arrière de sa culotte. Lorsqu'il la plaqua contre lui, elle comprit rapidement que la seule chose dont elle pourrait se plaindre, ce serait de ne pas pouvoir se coller assez contre lui. Un instinct animal s'empara d'elle et elle bondit vers son corps grand et solide, passa les bras autour de son cou et enroula ses jambes autour de sa taille, sans se soucier une seconde de sa jupe roulée et chiffonnée sur ses hanches.

Quelques secondes plus tard, il avait déboutonné son chemisier et fait son sort au soutien-gorge. Elle retint son souffle lorsqu'il prit un de ses seins dans sa paume avec un grognement satisfait. Elle savait qu'elle n'avait pas grand-chose à offrir dans ce rayon et préférait en général que ses partenaires laissent sa poitrine en dehors de l'équation. Tyler, cependant, ne lui pétrissait pas aveuglément les seins. Non, il s'occupait de ses courbes timides avec une telle douceur, une telle attention que, rapidement, les bouts de ses seins se dressèrent comme deux pics sensibles. Le contact des paumes rugueuses de Tyler lui déclenchait des spasmes entre les cuisses. Lorsqu'il prit les pointes durcies entre ses longs doigts pour les presser doucement, un éclair fulgurant lui traversa tout le corps.

Oh bon sang, si elle ne réagissait pas rapidement, il allait encore réussir à lui faire oublier son programme.

Avec l'énergie du désespoir, elle se tortilla pour se libérer de son étreinte. Quand il l'eut reposée par terre, elle posa une main à plat sur son torse.

— Pas si vite, Tyler. On couvre le chapitre 3, ce soir, tu n'oublies pas ?

— Ça me va, répondit-il en tombant à genoux devant elle sans la quitter des yeux.

— Qu'est-ce que… ?

— Tu ferais mieux de t'accrocher à quelque chose.

Plaçant une main sous ses fesses pour la soutenir, il attrapa une de ses cuisses pour la poser sur son épaule. Déstabilisée, Ellie fut obligée de prendre appui sur les muscles solides de son autre épaule.

— Ce n'est pas comme ça, le chapitre 3 ! protesta-t-elle, tandis que ses lèvres effleuraient l'intérieur de sa cuisse.

— Bien sûr que si, répondit-il en mordillant à présent l'autre cuisse, avant d'y déposer un baiser.

Puis ses lèvres vinrent se poser au milieu et Ellie sentit les muscles de son cou se liquéfier. Sa tête heurta le panneau de la porte.

La langue de Tyler, qui suivait le bord de sa culotte, cherchait à se glisser sous l'élastique. Ellie abandonna l'épaule de Tyler pour poser les mains sur le sommet de son crâne, ne sachant pas trop si elle cherchait à l'arrêter ou à l'encourager. Apparemment, il le prit pour un encouragement, car sa langue au talent incroyable s'enhardit.

— Tyler…

Était-ce vraiment elle qui venait de gémir ainsi ?

— Tu te trompes, ce n'est pas comme ça…

Les yeux mi-clos, elle le vit sourire et il raffermit son emprise sur ses fesses.

— Pas comme ça, mon cul. Sparky, prépare-toi pour une leçon que tu n'es pas près d'oublier.

*

Tyler entendit son élève entêtée murmurer un : « Attends… », mais il l'ignora. Assez attendu. Il passa à l'assaut – vite et fort, avec peut-être même un peu de frénésie. Ellie glissa les doigts dans ses cheveux et tira tant qu'il se demanda un instant s'il n'allait pas se retrouver chauve quand il en aurait fini avec elle. Il s'en foutait complètement. La façon dont elle ondulait des hanches et se pressait contre sa bouche semblait indiquer qu'elle s'en fichait aussi. Bon sang, elle réagissait comme une furie ! Il se pencha vers elle, se servant du poids de son corps pour la coincer davantage contre la porte et fit de son mieux pour maintenir cette cadence folle qui ne lui laissait pas le temps de réfléchir.

Rapidement, il se rendit compte que cela ne l'empêchait pas pour autant de parler, car elle déroulait un monologue haletant :

— Oh… mon Dieu. C'est hallucinant, mais je ne peux pas…

— Mais si tu peux. Trente secondes, maxi.

En guise d'argument, il lui donna un coup de langue dangereusement proche du cœur de sa cible. Ellie sursauta avec un petit gémissement torturé. Elle trouva cependant encore le courage de discuter :

— Ça ne marche jamais. Même quand on fait un chapitre 3 dans l'autre sens. Ne le prends pas mal, cela n'a rien de personnel.

Bien décidé à la faire taire, ainsi qu'à lui prouver à quel point elle se trompait, il raffermit son emprise sur ses hanches et referma sa bouche sur son clitoris luisant et gonflé, pour le sucer sans ménagement. Rapidement, le corps d'Ellie tout entier fut parcouru de tremblements.

— Ohmondieu ! Ohmondieu ! Je crois que je vais…

Tu m'étonnes… Pourtant, avant qu'il ne puisse la faire basculer dans le vide, les premières notes de la *Cinquième Symphonie* de Beethoven retentirent quelque part à leurs pieds.

Quoi… ? Qu'est-ce que… ?

À contrecœur, il jeta un coup d'œil vers le sol, ce qui confirma ce qu'il soupçonnait déjà. La symphonie provenait du sac à main d'Ellie. Il leva vers elle un regard interrogateur. Quel spectacle ! Les yeux fermés, les lèvres entrouvertes, les cheveux en bataille et les joues rouges, elle était incroyablement belle.

Lorsque la symphonie retentit de nouveau, Ellie poussa un long soupir douloureux, puis marmonna quelque chose à propos de la malédiction d'une vie d'orgasmes en solo. Elle ouvrit enfin ses grands yeux alanguis et posa sur lui un regard débordant de déception.

— C'est sans doute le service d'astreinte.

— C'est bien ce que je craignais.

Se raccrochant à l'idée que cette oppression qu'il ressentait était due à son cœur qui battait la chamade et à son sexe frustré, il ramassa le sac à main et le lui tendit. Il se releva ensuite lentement.

— Non, non. Ne te lève pas ! On ne sait jamais… C'est peut-être une simple question sur une ordonnance.

— Je ne bouge pas, doc.

Avec un regard reconnaissant, elle se mit à fouiller d'une main dans son sac à la recherche de son téléphone, tout en tentant de remettre de l'ordre dans sa jupe, de l'autre. Il n'était pas d'un grand secours sur les questions médicales, mais aider une femme à enlever ou enfiler une jupe ? C'était dans ses cordes. Il repoussa doucement sa main pour s'atteler lui-même à la tâche – en prenant tout son temps –, afin qu'elle puisse se concentrer sur son appel. Lorsqu'elle raccrocha enfin, il avait terminé depuis un moment, mais prétendait lisser les plis de la jupe, en guise d'excuse pour profiter un peu plus longtemps de la courbe parfaite de son fessier. Ellie jeta son téléphone dans son sac et attrapa son soutien-gorge.

— Je suis désolée, Tyler, annonça-t-elle, le regard fuyant. Je dois y aller. La fille d'une patiente fait une forte fièvre. Je dois la retrouver au cabinet.

— Ne sois pas désolée, répondit-il, affligé de la voir ranger ses adorables petits seins dans son adorable petit soutien-gorge. C'est inévitable : de temps en temps, quelqu'un va avoir besoin de toi encore plus que moi.

Il faisait allusion à la petite urgence médicale qui lui tiraillait encore un peu la fesse, mais le « besoin de toi » résonna étrangement sérieux à ses oreilles. Il resta silencieux. Apparemment, Ellie aussi accusait le coup, car ses doigts se firent soudain très brouillons sur les boutons de son chemisier.

— Merci, bafouilla-t-elle enfin, en accordant bien plus d'attention que nécessaire à sa boutonnière. C'est très gentil de ta part. Une réaction charmante pour une situation qui n'a vraiment rien de charmant. Malheureusement, on n'est pas près d'atteindre mon objectif pédagogique, à ce rythme. Si je ne commence pas à améliorer mes compétences bientôt, ça va être trop tard.

Charmante réaction ? Gentil de sa part ? C'était de lui qu'elle parlait, il avait bien entendu ? Il conduisait une Harley, bon sang ! On lui tirait dessus dans des bars. Bon, cela n'avait rien d'une tradition, mais ça ne faisait pas de lui un « gentil » pour autant. Bientôt, elle allait le trouver « sympa », et alors, il ne lui resterait plus qu'à se nouer un ruban rose autour des couilles, avant de les lui offrir sur un plateau. Et puis, c'était quoi, cette connerie de « trop tard » ? Posant la main à plat sur la porte pour lui barrer la route, il se pencha vers elle :

— Trop tard pour quoi ? Réponds-moi, Ellie, avant de franchir cette porte. Le monde est-il sur le point d'exploser ?

Des images importunes d'Ellie collée contre Roger, puis contre le capitaine Bradley, vinrent lui brûler la cervelle, déclenchant un incendie très amer.

— Ou bien est-ce que quelqu'un risque de perdre son statut de « célibataire », avant que tu puisses avancer ton pion ?

Elle leva vers lui deux grands yeux effrayés, avant de les baisser rapidement. *Bingo* ! pensa-t-il. Il aurait cependant préféré avoir tort, pour une fois.

— Je…, bafouilla-t-elle. Je me suis fixé un programme et je veux m'y tenir. C'est important de conserver sa dynamique de départ. Je ne te reproche rien, Tyler. Ce n'est pas ta faute. (Elle lui jeta un rapide coup d'œil et ajouta avec un pauvre sourire :) Je veux dire, ce soir. Ce n'est pas ta faute, ce soir. Je pensais juste qu'on aurait déjà terminé au moins une leçon.

— La dynamique de départ, je vois…

Il ouvrit la porte. Elle voulait de la dynamique ? Il allait lui en fournir tellement qu'elle se laisserait emporter et oublierait tout ce qu'elle avait prévu.

— Dans ce cas, que fais-tu mardi soir ?

Elle cligna des yeux.

— Rien.

— Ça te dirait, une petite virée shopping à Lexington ?

— Chapitre 6 ?

— Absolument.

Elle sembla soudain si mal à l'aise qu'il faillit éclater de rire. Et c'était lui le gentil ?

— D'accord, répondit-elle enfin.

Il remarqua pourtant que l'assurance de son ton était démentie par ses yeux ronds et ses joues encore roses. Elle voulait de la dynamique ? Elle allait être servie.

Toutefois, en regardant les phares arrière de sa voiture disparaître dans le sentier, il ne put s'empêcher de se demander s'il ne venait pas de laisser son élève prendre le dessus.

*

Mardi après-midi, Ellie leva le nez de la pile de documents en entendant la porte de son bureau s'ouvrir. Melody entra. Ses mèches blondes normalement souples et lisses lui mangeaient le visage et son maquillage aurait bien eu besoin d'être retouché. Sa blouse blanche, encore impeccable ce matin-là, était froissée, ainsi que sa petite jupe jaune d'or ; on y voyait même quelques taches, çà et là. Malgré tout, Ellie dut bien admettre que Melody parvenait à avoir l'air sexy même quand elle était échevelée. Alors qu'elle-même devait donner l'impression d'avoir passé l'après-midi dans un sauna.

Melody referma la porte, ajusta un des diplômes encadrés au mur, puis se laissa tomber dans l'un des fauteuils en tissu vert forêt, réservés aux patients, juste en face du bureau.

— Pfiouuu ! Quelle journée ! C'était pire que la gare centrale de New York à l'heure de pointe.

Ellie s'accouda à son beau bureau en châtaignier, où tout était bien rangé.

— Rien de tel qu'une épidémie soudaine de pieds-mains-bouche à l'école maternelle pour remplir une salle d'attente. Tu as fait un boulot superbe en gérant cet assaut.

La jeune femme balaya le compliment avec un sourire.

— Ils sont craquants, ces petits, et ce n'était rien de grave, finalement. Cela dit, le carnet de rendez-vous était déjà plein avant que les mamans paniquées commencent à appeler. Glisser six patients supplémentaires à la dernière minute, préparer les dossiers, récupérer les informations pour la mutuelle… J'espère ne pas avoir à revivre un coup de feu pareil avant un moment.

— Moi non plus. Ils sont tous partis ?

— Oui. On est officiellement fermés. Je ne sais pas ce que tu as de prévu, mais ma baignoire et moi, on va passer un peu de temps ensemble, ce soir.

— Grande folle, va, se moqua gentiment Ellie.

— Et puis, qui sait ? ajouta Melody avec un petit clin d'œil. Je pourrais peut-être en profiter pour voir si mon lapin sait nager.

— Tu as un lapin ?

— Mais non, voyons... Un lapin... Un *Rabbit* ?

Voyant qu'Ellie ne comprenait pas, Melody s'écria :

— Oh mon Dieu ! Ne me dis pas que tu as réussi à passer à côté du meilleur ami de toute fille célibataire ? Tu dois absolument aller voir sur Internet. Et prépare ta carte bleue, tu ne le regretteras pas.

— Hum... D'accord. Merci du conseil. Bonne soirée !

— Toi aussi, ma belle. Mais si tu veux mon avis : à moins de t'offrir la livraison express, tu vas peut-être devoir attendre entre cinq et sept jours avant de pouvoir passer une « bonne soirée ».

La curiosité fut la plus forte. Dès qu'Ellie entendit la porte d'entrée se refermer, elle se tourna vers son ordinateur, lança son navigateur et saisit le mot « rabbit » dans son moteur de recherche. En quelques secondes, elle se retrouva propulsée dans un monde nouveau et inexploré de sex-toys vibrants en élastomère. Fascinée, elle cliqua sur plusieurs modèles pour lire les descriptions détaillées, les spécificités et les avis de clients. Il fallait bien admettre que les tailles, les couleurs et... miséricorde ! les capacités de ces maudits engins l'intriguaient. Elle devait avouer qu'elle trouvait ça excitant, même si la perspective d'atteindre l'orgasme sans l'aide des mains, des lèvres ou de toute autre partie de l'anatomie de Tyler Longfoot lui semblait tristement vaine. Un peu comme obtenir 18/20 à une fiche de lecture pompée sur Internet, sur un bouquin qu'on n'a même pas lu.

À en croire les commentaires, les clientes n'étaient pas du tout de cet avis. Un paragraphe particulièrement enthousiaste lui mit tellement le rouge aux joues qu'elle dut s'éventer avec une pochette cartonnée.

— Ce doit être un sacré site pour te mettre dans cet état, doc.

Ellie sursauta avec une telle force qu'elle manqua de tomber de sa chaise. Tyler se tenait dans l'encadrement de la porte, grand, bronzé et l'air bien trop cool pour être honnête. La mine coupable, Ellie s'empara rapidement d'un crayon et d'un dossier sur la pile.

— Bon sang, Tyler! Tu m'as fichu une de ces trouilles!

— Désolée, je ne voulais pas te faire peur. Tu devais être vraiment captivée par…

Avant qu'elle ne puisse l'en empêcher, il fit le tour du bureau pour jeter un œil à l'écran de l'ordinateur.

— Ah ah! Ceci explique cela, on dirait… Tu te fais ta petite liste de courses, en prévision de notre virée de ce soir?

— Non, c'était juste quelques recherches.

Malgré ses efforts pour garder contenance, elle sentit qu'elle rougissait. C'était stupide, vraiment. Tyler savait déjà qu'elle entendait maîtriser au moins cinq pratiques sexuelles censées rendre un homme fou de désir. Mais pour une raison étrange, cela la mettait mal à l'aise d'avoir été surprise en train de se renseigner sur un sujet ne figurant pas au programme et qui, pour couronner le tout, ne visait pas du tout la satisfaction de son partenaire.

— Je vois, dit-il en s'asseyant sur le bord de son bureau, avec un regard lourd de sous-entendus en direction de ses seins, dont les bouts pointaient très visiblement à travers le tissu de son chemisier. On dirait bien que tes recherches ne t'ont pas laissée indifférente, en tout cas.

Ellie croisa les bras par réflexe.

— Il fait un peu frais ici, c'est tout, mentit-elle, alors qu'on se serait cru dans un four.

En riant, Tyler l'aida à se mettre debout.

— Ah oui ? On pourrait faire monter un peu la température, si tu veux...

Sur ces mots, il se pencha vers elle et effleura ses lèvres des siennes avec une lenteur délibérée. Ellie sentit ses paupières s'alourdir et la température monta effectivement d'un cran. Ses seins se liquéfièrent contre son torse solide et son ventre se mit à onduler contre ses abdos de granit. Lorsqu'il passa une main dans son dos pour la serrer contre lui, elle sentit un ronronnement lui échapper. Tyler poussa un grognement, puis marmonna quelque chose d'incompréhensible, avant de s'écarter. Fermant les yeux, Ellie glissa une main derrière sa nuque et se hissa sur la pointe des pieds, cherchant fiévreusement ses lèvres... mais ne rencontra que le vide.

— Qu'est-ce... ?

Elle ouvrit les yeux. Il posa les mains sur ses épaules et, appuyant son front contre le sien, lui adressa un petit sourire langoureux.

— Si ça se réchauffe encore, je crois qu'il va falloir annuler notre virée shopping.

Ellie cligna des yeux. La virée shopping. Comment avait-elle pu oublier ?

— Hum. Bien sûr, répondit-elle en remettant de l'ordre dans sa tenue. On devrait se mettre en route.

Tyler fit un pas de côté pour la laisser passer.

— C'est bien ce que je pensais…

— Je conduis, annonça-t-elle en essayant de reprendre contenance.

Une fois de plus, Tyler avait réussi à lui embrumer l'esprit d'un simple sourire. Cela devait cesser. Il n'était pas question de ses envies à elle ni de ce qui pouvait la mener tout droit à une extase délirante – des domaines qu'il avait déjà réussi à explorer avec des résultats époustouflants, chaque fois qu'elle avait tenté d'aborder une des leçons soigneusement programmées. Le vortex sensuel dans lequel il l'avait attirée lui mettait non seulement les hormones en ébullition, mais perturbait également ses émotions, ce qui était plus inquiétant. Peut-être ne le faisait-il pas exprès, mais toutes ses tentatives de séduction la déconcentraient. Son objectif n'était pas de se perdre dans les bras de Tyler Longfoot.

Absolument pas. Quoi de plus stupide que de tomber amoureuse du playboy local ? Elle avait besoin d'aide pour parfaire les techniques nécessaires pour séduire Roger. Il lui suffisait pour cela de suivre son plan d'attaque. Furieuse contre elle-même, elle se tourna vers Tyler, qui la regardait d'un air étrange. Elle se força à rire.

— Pardon… Tu disais quelque chose ?

— Je disais : « Comme il te plaira, doc », répondit-il en souriant à son tour.

10

Tyler avait toutes les peines du monde à se concentrer sur la conversation, trop occupé qu'il était à regarder sa vie défiler devant ses yeux. Ellie roulait comme une furie sur la voie express 68 en direction de Lexington, manquant de lui provoquer un coup du lapin chaque fois qu'elle se mettait à zigzaguer entre les voitures. Heureusement qu'elle ne travaillait pas trop loin de son domicile, car cette fille était un véritable danger public au volant.

— Regarde ! s'exclama-t-elle avec un petit soupir. Le ranch Browning. J'ai toujours adoré cet endroit.

— Je cherche à l'acheter, laissa-t-il échapper d'une voix sombre, tandis qu'Ellie se faufilait entre deux SUV.

— Pour de vrai ? Je veux dire, pour le restaurer et y habiter ?

Il ferma les yeux en hochant la tête.

— Pour le restaurer et le revendre.

— J'ai hâte de voir le résultat final. Quand est-ce que le chantier démarre ?

— Dès que j'aurai obtenu le prêt. Malheureusement, la banque de Bluelick semble avoir quelques réticences.

— Pourquoi ? Ils ne connaissent pas ton travail ? Tu es la seule personne sur cette terre capable de faire justice à ce vieux ranch.

La confiance qu'elle avait en ses compétences le touchait beaucoup. Encore plus que sa conduite démente. Il se força à ouvrir les yeux pour la regarder.

— Disons que mon profil « à risque » les rend un peu anxieux.

Profil qui s'aggravait avec chaque minute passée sur le siège passager de cette voiture.

— Les banques ne sont jamais pressées de prêter quelques millions de dollars à un gars qui se fait tirer dessus dans un bar.

— Ce n'est pas juste. C'était toi la victime.

— Peu importe. Ça les détourne de mes réelles compétences en matière de restauration de bâtiments anciens. Je dois leur prouver que je représente un investissement stable et responsable.

— C'est incroyable. Tu as grandi ici. Tu diriges une société qui marche bien. Ce n'est pas assez stable pour eux, ça ? Ce que tu as réussi à accomplir, ça demande du travail et un grand sens des responsabilités. S'ils ne sont pas capables de le voir, alors ils ont un sérieux problème aux yeux. Tu ne pourrais pas essayer une autre banque ?

L'indignation d'Ellie adoucissait un peu sa propre frustration.

— J'ai de meilleures chances d'obtenir ce prêt localement.

Si je ne meurs pas avant, ajouta-t-il silencieusement, alors qu'Ellie appuyait sur l'accélérateur. Elle répondit quelque chose, qu'il n'entendit pas. L'inquiétude sincère de ses propos fut noyée par les battements de son propre cœur, lorsque la voiture s'approcha à toute allure de l'arrière d'un énorme poids lourd. Tyler s'agrippa à la poignée de la porte et appuya avec force sur une pédale de frein imaginaire. Ellie franchit sans hésiter la ligne discontinue pour commencer à doubler, alors même qu'un second camion approchait dans l'autre direction. Quelques secondes avant l'impact qui aurait dû les réduire en chair à pâté, elle rabattit la Mini sur leur voie en souplesse. Tyler se mordit la lèvre pour se retenir de hurler comme une gamine. Il lui fallut une bonne minute pour reprendre ses esprits et se souvenir qu'il devait respirer. Il se rendit alors compte qu'Ellie lui parlait :

— Tu ne crois pas ? insistait-elle.

— Hein ? demanda-t-il en s'efforçant de lâcher la poignée au-dessus de la fenêtre. Si, si. Je crois que je devrais conduire au retour.

— Mais de quoi tu parles ? Tyler, ça va ? Tu es tout pâle.

— Je suis toujours un peu pâlichon quand je frôle la mort.

Voyant qu'elle le regardait sans comprendre, il posa les deux mains à plat sur le tableau de bord.

— Je n'arrive pas à croire que tu aies eu peur de monter à l'arrière de ma moto. Tu conduis cette bagnole comme une dératée, alors que c'est un cercueil ambulant. À la moindre collision avec quelque chose de plus gros qu'un moustique… Adieu !

Ellie éclata de rire.

— Je te signale que je suis une excellente conductrice. Je n'ai jamais eu un seul accident.

— Mais combien en as-tu provoqué ?

— Aucun ! s'indigna-t-elle en lui donnant une tape sur le bras.

— Les deux mains sur le volant, Fangio, gronda-t-il. C'est ici qu'on descend.

Ellie s'engagea sur la bretelle de sortie.

— Tu es un mauvais passager, c'est tout. Tu fais partie de ces gens qui ne supportent pas de ne pas conduire.

— Pas du tout ! protesta-t-il avec véhémence. Je suis un gars très détendu. Tout le monde te le dira.

— Ouais, c'est ce que tu veux faire croire, mais c'est faux. Tu es un stressé qui s'ignore. Il faut toujours que tu contrôles tout, hein ? Dis-moi… C'est quand la dernière fois que tu as voyagé comme simple passager ?

— Ça m'arrive plus souvent que tu ne le crois.

— Donne-moi une date précise.

— Voyons voir... Ce n'est pas vraiment le genre d'info dont je me souviens.

En vérité, il était incapable de repenser à la moindre occasion.

— Difficile de se souvenir de quelque chose qui ne s'est jamais produit, hein ?

— Ça, ce sont des conne... Merde, Ellie ! C'est rouge !

— J'ai vu, répondit-elle simplement en freinant.

La voiture s'arrêta en douceur au feu et Ellie lui lança un regard compatissant.

— Tu es crispé quand ce n'est pas toi qui contrôles la situation.

Il se reposa sur l'appui-tête et ferma les yeux, acceptant son destin avec fatalisme.

— Très bien. Tu es une merveilleuse conductrice. Le problème vient uniquement de moi.

— Le problème ne se limite pas à la conduite. Tu n'as plus du tout l'habitude de laisser quelqu'un d'autre décider quoi que ce soit. Point barre. Je n'arrive pas à croire que tu ne t'en sois pas encore rendu compte !

Par réflexe, il eut envie de passer en mode défensif, mais il se retint, parce qu'il était curieux de savoir ce qu'elle avait à dire sur le sujet.

— Par exemple ?

Elle hésita, lui jeta un regard, puis revint à la route avec un soupir.

— Par exemple, nos leçons… Ou plutôt nos tentatives de leçons, devrais-je dire. C'est toujours toi qui décides.

— C'est moi le prof, non ?

— Certes, mais c'est quand même moi qui ai eu l'idée de ces leçons. Or, jusqu'ici, tu as toujours refusé de suivre mon programme. Ne prends pas ton petit air innocent, Tyler. Tu sais exactement de quoi je parle.

Il ne pouvait pas nier les faits, mais le programme d'Ellie était trop borné et à sens unique à son goût.

— Tu semblais pourtant apprécier.

— Justement. C'est bien là le problème, avoua-t-elle en tordant la bouche en une moue adorable.

Elle tourna en voyant le panneau discret qui indiquait le parking de « Fripons et Coquines ».

— Ça me déconcentre quand tu t'écartes du programme. J'oublie ce que je fais, pour ne plus penser qu'à ce que toi, tu me fais.

Elle se gara et leva les mains d'un air exaspéré.

— Et c'est un problème, parce que… ?

Il avait posé la question d'un ton apaisé, mais son cœur battait à toute allure dans sa poitrine. Il ne s'agissait pas simplement d'un projet d'étude sans importance, pour elle. Elle aurait bien voulu, mais elle n'y arrivait pas. *Pfiouuu* ! Une petite voix soupira de soulagement, quelque part au fond de lui-même.

— C'est un gros problème, parce que je ne fais pas du tout attention à la leçon, à ma technique, à rien. Je crains de ne pas réussir à… (Elle baissa les yeux.)… à accomplir ce que je veux accomplir.

Tant pis. Et il n'allait pas s'apitoyer. Si humiliant à admettre que ce soit pour lui, l'idée qu'il y ait un autre homme dans la course commençait sérieusement à lui taper sur le système. Agacé, à la fois par lui-même et par Ellie, il chassa ces pensées de sa tête.

— Tu peux te détendre du slip, Sparky, grinça-t-il. Pour l'instant, c'est 20/20 partout.

Voyant qu'elle tiquait un peu, il se sentit comme un con.

— C'est ça, marmonna-t-elle, visiblement peu convaincue.

— Comment peux-tu en douter ? Il y a quand même un indice de succès assez fiable entre mes jambes, non ?

— Ce qui se passe entre tes jambes peut très bien être une réaction purement physiologique, sans aucun rapport avec la qualité de l'expérience ou de mes… euh… mes efforts.

— Tu veux une évaluation écrite ?

Ellie réussit alors à avoir l'air à la fois agacée et sincèrement intriguée. Tyler ne put s'accrocher longtemps à son irritation en voyant son expression.

— Un retour est toujours le bienvenu, mais ce dont j'ai surtout besoin, c'est de revenir à mon programme. Pour notre prochaine session, est-ce que tu voudrais bien me laisser prendre les choses en main ? Tu pourrais intervenir en cas de besoin… comme un consultant.

— Je vais essayer, doc.

— Merci, répondit-elle, d'un ton un peu raide, comme s'ils ne venaient pas juste de discuter les termes de leur arrangement sexuel.

— Du coup, est-ce que tu veux connaître mon avis sur les à-côtés ? Comme ces petits bruits sexy que tu fais quand tu es sur le point de jouir... Ou alors, tu préfères faire les courses tout de suite ?

Elle ouvrit la portière en rougissant.

— On va faire des courses.

— Oh, et Ellie ?

— Oui ?

— Tu peux bien prendre les choses en mains au lit autant que tu veux, mais c'est moi qui conduis au retour.

*

Dans le rayon « Attache-moi » du sex-shop, Ellie contemplait la sélection hallucinante d'entraves, quand elle se rendit compte que Tyler avait encore réussi à chambouler son programme. Adieu la petite virée shopping rapide et efficace, liste en main.

Comment avait-il réussi son coup, cette fois ? En l'amenant là où un article en apparence aussi simple qu'une paire de menottes se déclinait en un millier d'options. Les variables étaient ahurissantes, en termes de matériaux, de couleurs, de fonctions, de décoration. Cuir ? Satin ? Ou les bonnes vieilles menottes en métal ? Verrou à clé, boucle ou Velcro ? Son imagination surstimulée rendait tout choix encore plus difficile, car elle n'arrêtait pas de se représenter Tyler allongé sur son lit, les poignets au-dessus de la tête, complètement à sa merci. Cette fois, ce serait vraiment elle qui mènerait la barque. Rien que l'idée la faisait frissonner d'avance.

La seule chose qu'elle ne parvenait pas à se représenter clairement, c'étaient les menottes elles-mêmes. Le Velcro lui rappelait trop l'hôpital et les schizophrènes en rupture de traitement qui avaient débarqué aux urgences pendant son stage. Ça cassait l'ambiance, tout de suite. La version cuir semblait un peu trop complexe d'utilisation, en revanche.

— Lesquelles tu veux prendre ? demanda Tyler.

— Je n'en sais rien. Le manuel n'a rien précisé et je ne me doutais pas qu'il y aurait un tel choix. Lesquelles tu préfères, toi ?

— Je dois être un peu traditionnel, parce que...

Il s'empara d'une paire de menottes standard, style gardien de la paix.

— Ce sont les plus polyvalentes. Surtout si tu dois arrêter quelqu'un après...

Elle hocha la tête, luttant intérieurement contre la brusque image de Tyler, nu et menotté à son lit. Et tant pis pour le vernis des barreaux. Quelques égratignures leur donneraient du cachet, décida-t-elle en jetant les menottes dans le grand sac en velours incarnat que Tyler avait attrapé à la caisse en entrant.

Ils passèrent au rayon « L'amour est aveugle », où l'attendait une sélection tout aussi extravagante. Il y avait des cagoules intégrales, des capuchons qui ne couvraient que le haut du visage, des bandeaux classiques et des loups de toutes les couleurs, formes et textures imaginables. Tyler la regardait en silence.

— Une préférence, doc ?

— Hum… quelque chose de petit…

Exit les capuchons.

— … et de simple à utiliser.

On oublie les fermetures complexes, la dentelle et autres fanfreluches.

— … et qui permet de respirer ?

Adieu le cuir, le latex, le caoutchouc et… misère ! le skaï. Le visage de Tyler n'était pas désagréable à regarder, bien au contraire, et elle ne voulait surtout pas cacher sa bouche si talentueuse.

— On reste sur les classiques, alors, conclut-il en choisissant une écharpe en soie noire sur le présentoir pour la glisser dans leur sac. Allons voir par là.

La prenant par la main, il la conduisit vers un espace appelé « Toujours prêt », mais quand elle vit le contenu des rayons, elle recula en riant.

— Oh non, je ne crois pas ! Ce n'est pas sur la liste.

Sans se démonter, Tyler s'empara d'une boîte noire. De grosses lettres roses annonçaient « Rabbit » et une petite fenêtre en plastique dévoilait un phallus tout aussi rose, avec un manche rempli de perles et un

« stimulateur clitoridien » en forme de lapin qui s'élançait de la base.

— Toi qui voulais élargir ton horizon..., rappela-t-il. Ne crois-tu pas que tu devrais posséder... (Il lut ce qu'annonçait la boîte :) « Le love-toy indispensable de la femme moderne et sophistiquée » ?

Elle recula encore en secouant la tête, se rendant vaguement compte qu'elle était en train d'entrer dans un des espaces plus discrets du magasin.

— Pas d'achat compulsif. J'ai établi une liste avec les articles recommandés par le manuel, et le vibromasseur ne figure nulle part sur... Ooouups !

Par mégarde, elle venait de rentrer dans quelqu'un. Elle se retourna pour s'excuser auprès de la victime de sa retraite hâtive, mais les mots restèrent coincés dans sa gorge.

— Ça alors... Roger ?

— Hum... Salut, Ellie.

Ses yeux bleus ébahis aperçurent rapidement Tyler, qui s'était approché.

— Et salut, Tyler.

Elle n'avait jamais vu quelqu'un changer de couleur aussi vite. Roger semblait sur le point de vomir ou de s'évanouir, ou les deux à la fois. Alors qu'il restait planté là, ne sachant visiblement pas quoi dire, un jeune homme athlétique et très mignon s'avança, la main tendue.

— Salut, je suis Doug.

Ellie se pencha pour lui serrer la main.

— Le copain de fac de Roger ?

Le sourire de Doug s'épanouit et une pointe de malice dansa dans ses beaux yeux gris.

— J'aime raconter aux gens que j'ai passé trois ans dans une prison turque, mais en fait, j'avoue : j'ai fréquenté Georgetown avec Roger, la reine des Bonnes Manières.

Il donna une petite bourrade à l'épaule de Roger, qui se mit à tanguer comme s'il avait le mal de mer.

— Je suis content de rencontrer enfin des amis d'enfance de Roger.

— Cette bonne vieille ville de Bluelick, répondit Tyler en serrant la main de Doug. Elle vous suit partout à la trace, hein ?

— Jusque dans les meilleurs endroits, renchérit Doug, visiblement peu perturbé d'être surpris dans l'empire des jouets pour adultes.

— On était juste… euh…, bafouilla Roger, qui ne semblait pas partager la nonchalance de son ami.

— On faisait quelques emplettes pour l'enterrement de vie de garçon d'un copain, intervint Doug en lui jetant un regard impatient.

Ellie se précipita sur cette excuse comme la misère sur le pauvre monde.

— Nous aussi ! Enfin, un enterrement de vie de jeune fille, plutôt.

Elle pria ensuite en silence pour que Roger ne cherche pas à savoir de qui il s'agissait. Sinon, elle devrait alors rentrer à Bluelick en quatrième vitesse pour forcer Junior à demander Lou Ann en mariage, en le menaçant d'une arme à feu, si nécessaire. Heureusement, Roger ne posa aucune question. Prenant son ami par le bras, il le tira vers la caisse.

— On doit y aller. On vous laisse finir vos emplettes.

— Salut ! lança Doug en se retournant une dernière fois.

— Ravi d'avoir fait ta connaissance, répondit Ellie.

— Un enterrement de vie de jeune fille ? demanda Tyler, lorsqu'ils eurent disparu au bout du rayon.

— Tu aurais préféré qu'ils croient qu'on faisait des courses pour nous ? chuchota-t-elle d'une voix agacée. Ils avaient une excuse parfaitement innocente pour expliquer leur présence ici, alors… je l'ai empruntée, c'est tout.

— Vous avez menti, doc, lui reprocha Tyler, avec un air de supériorité morale.

En plein milieu d'un sex-shop. Tu parles…

— J'ai menti pour éviter que tout le monde soit mal à l'aise.

— Je n'étais pas mal à l'aise, moi. Je dirais même que j'ai trouvé toute cette situation particulièrement intéressante.

Ellie leva les yeux au ciel avec impatience. Soudain, apercevant la pancarte des toilettes au bout du rayon, elle annonça :

— Je reviens tout de suite.

— Prends ton temps, répondit Tyler avec un petit sourire malin.

Seule dans les toilettes, Ellie entreprit de disséquer chaque nuance de sa rencontre avec Roger. Au départ, le plaisir de le voir l'avait aveuglée, dissimulant l'embarras de se faire surprendre dans un sex-shop en compagnie de Tyler. Tôt ou tard, Roger finirait par se rendre compte qu'il n'y avait aucun enterrement de vie de jeune fille et en conclurait qu'elle était une sorte de nympho accro au sexe. Ce qui, au final, était exactement ce qu'elle voulait. Peut-être cet incident était-il être une bénédiction, après tout ?

Cette pensée la réconforta, jusqu'à ce qu'elle introduise la variable Tyler dans l'équation. Roger allait-il conclure qu'ils entretenaient une relation sérieuse ? Non. Tout le monde à Bluelick savait pertinemment que Tyler et les relations sérieuses faisaient à peu près aussi bon ménage que les cornichons et le cognac. Roger penserait qu'Ellie n'était que sa dernière conquête en date.

Cela aurait dû être un énorme soulagement pour Ellie. Alors pourquoi l'idée de n'être qu'une conquête de plus pour Tyler la laissait-elle vide et déprimée ? Elle se regarda longuement dans le miroir des toilettes. Tyler était spécialisé dans les aventures sans lendemain et ne s'en défendait pas. Attendre plus de lui, c'était un peu comme espérer une preuve d'amour paternel de la part de Frank. C'était stupide et inutile.

Concentre-toi sur ton objectif, Ellie. La rencontre avec Roger ce soir était peut-être une étape décisive qui lui permettrait de le convaincre qu'ils étaient faits l'un pour l'autre.

Lorsqu'elle sortit des toilettes, Tyler l'attendait près de la sortie, prêt à partir. Il était déjà passé à la caisse. Ellie se dépêcha de le rejoindre en fouillant dans son sac à main.

— Je voulais payer, annonça-t-elle en essayant d'attraper le sac de courses.

— Ne t'inquiète pas, dit-il en se dérobant. J'ai pris quelques trucs pour moi pendant que tu étais partie.

Il lui tint la porte.

— Qu'est-ce que tu as acheté ?

— Je ne dirai rien.

Évidemment, cela suffit à enflammer la curiosité d'Ellie.

— Pourquoi ? demanda-t-elle malgré elle.

— J'essaie simplement d'éviter que tout le monde soit mal à l'aise, répondit-il, une main tendue.

— C'est ça, dit Ellie en lui donnant sa clé de voiture. Tu n'es pas du tout mal à l'aise.

Elle se glissa sur le siège passager, acceptant la défaite.

— D'accord, tu peux bien garder ton petit secret, mais, au moins, laisse-moi payer pour mes achats.

— Nos achats, corrigea-t-il en jetant le sac sur la banquette arrière, avant de régler son fauteuil. Laisse tomber, tu veux ? Est-ce que tu as faim ?

— Oui, mais c'est moi qui invite, dit-elle, tandis qu'il sortait du parking.

— Ellie, on va mettre les choses au clair : je ne suis pas ton gigolo. Tu ne me paies pas et tu ne rembourses pas mes putains de frais. Compris ?

— Ce n'est pas du tout ce que je pensais ni ce que j'essayais de faire ! protesta-t-elle d'une voix un peu émue. Je ne voulais pas me montrer grossière. J'essayais simplement d'être… juste. Je sais que tu ne perdrais pas ton temps et ton argent de cette façon, si nous n'avions pas passé cet accord. Je ne veux pas abuser de toi, c'est tout.

— Ce n'est pas vrai, répondit-il, sans la moindre animosité.

— Qu'est-ce qui n'est pas vrai ?

— Que je ne passerais pas de temps avec toi si on n'avait pas cet accord.

— On se connaît depuis toujours, Tyler. Et si j'ai bonne mémoire, passer du temps avec moi n'a jamais été une de tes priorités.

— Tu as quatre ans de moins que moi. J'aurais risqué la taule. Ensuite, tu es partie à la fac, doc.

Elle lui donna une bourrade dans l'épaule.

— Qui est-ce qui ment pour ne pas être mal à l'aise, maintenant ? Je ne t'ai jamais intéressé quand on était ados et tu le sais parfaitement.

Il eut la décence de prendre un air contrit.

— Il faut dire que tu as mis du temps à t'épanouir, marmonna-t-il.

Elle se cala dans son siège, les bras croisés sur la poitrine, et retint un sourire. C'est vrai qu'elle ressemblait vraiment à un épouvantail myope coiffé d'une perruque d'Halloween quand elle était ado. L'idée même qu'une gamine comme elle puisse l'intéresser… Elle ne put s'empêcher de rire.

— J'avais mieux à faire que de courir après les garçons, de toute façon.

— Doc ?

— Quoi ?

— Tard ou pas, tu t'es épanouie juste comme il faut. J'aime bien passer du temps avec toi et cela n'a rien à voir avec notre accord.

Surprise, elle regarda par la fenêtre en souriant. C'était peut-être la chose la plus gentille qu'on lui ait jamais dite.

11

Pendant le repas, Ellie resta étrangement silencieuse. Cela ne lui ressemblait pas. Les fresques murales du restaurant, des gondoliers sur les canaux de Venise, semblaient retenir toute son attention, mais Tyler était persuadé qu'elle réfléchissait à leur rencontre inopinée avec Roger.

Dans l'allée du sex-shop, la myriade d'émotions qui s'étaient succédé sur son visage ne lui avait pas échappé. De la surprise, tout d'abord, rapidement suivie par un éclair de bonheur ; puis, la prise de conscience brutale de l'endroit exact où ils se tenaient, avec tout ce que cela impliquait de délicat. Elle avait été à ce point désespérée de trouver une excuse pour justifier sa présence dans ce genre de magasin – en compagnie d'un homme – qu'elle avait raconté un bobard. Un gros bobard bancal, par-dessus le marché, car aucune soirée ne s'organisait à Bluelick sans que toute la ville soit au courant.

Un tel comportement confirmait ses soupçons. Elle avait bel et bien eu vent de cette rumeur stupide à propos de la rupture de Roger et Melody et avait décidé de tout faire pour devenir la nymphomane parfaite dont rêvait Roger.

— C'est Roger, c'est ça ?

Elle se tourna vers lui.

— Mmh ?

— C'est pour lui, ces leçons. Tu as entendu la rumeur sur sa rupture avec Melody et tu essaies de devenir le genre de femme qu'il cherche.

— Ne sois pas ridicule, répondit-elle en buvant une gorgée de son cabernet.

Malheureusement, son semi-démenti jaillit de sa bouche un peu trop rapidement et elle devint aussi rouge que son verre de vin. Tyler se recula sur sa chaise et laissa échapper un rire sans joie.

— Qu'y a-t-il de si drôle ? demanda-t-elle, soudain sur la défensive.

— C'est juste que tu te fourres le doigt dans l'œil jusqu'au coude, sur ce coup-là.

— Es-tu en train de suggérer qu'il est trop bien pour moi ?

Et voilà. À présent, il passait vraiment pour le goujat qu'il avait déjà l'impression d'être. Avant qu'il ne puisse retirer l'insulte involontaire et s'expliquer, Ellie se pencha vers lui et reprit à voix basse :

— C'est ce que tu as voulu dire, hein ? Parce qu'il vient d'une bonne famille, avec des parents qui l'aiment et sont fiers de lui, alors que moi… Je ne suis que la petite Ellie Swann, l'intello à lunettes qui n'a pas de maman et que son père peut à peine supporter…

— Non, interrompit-il sèchement, accompagnant ce simple mot d'un regard qu'il espérait assuré et sans appel.

Il ajouta plus doucement, en posant une main sur la sienne :

— Non. Ce n'est pas du tout ce que je voulais dire. Cela n'a rien à voir avec toi. Ellie… Tu n'as pas remarqué de quel rayon sortaient Roger et son… et Doug ?

— Je ne vois pas de quoi tu parles, répliqua-t-elle en essayant de retirer sa main.

Mais il tint bon et scruta son visage avec attention. Bon sang, elle ne se doutait vraiment de rien. Elle n'avait honnêtement pas compris qu'ils étaient *ensemble*, pas simplement en train de faire des emplettes ensemble. Ils sortaient de la section « Lui & Lui », bordel !

Il était sur le point de lâcher « Roger est gay », mais les mots refusèrent de sortir. Ce n'était pas son rôle. Cette vérité ne lui appartenait pas. Et puis… Dès qu'Ellie apprendrait la nouvelle, elle n'aurait plus besoin de programmer les sessions suivantes. Il serait idiot de lui enlever sa seule raison de chercher sa compagnie.

C'était presque à hurler de rire. Après avoir consacré des années à l'art de la relation éphémère, il avait enfin trouvé une femme avec qui il avait envie de passer du temps. Vraiment. Pas juste quelques heures de corps-à-corps moite et torride. Elle, en revanche, tout ce qu'elle voulait de lui, c'était du sexe.

Il comprit alors pour la première fois à quel point c'était horrible d'être celui qui attendait plus. Il ne lui restait donc plus que cinq leçons pour convaincre Ellie de changer d'avis.

*

Devait-elle s'excuser auprès de Tyler pour s'être montrée aussi agressive pendant le dîner ? se demandait Ellie en regardant défiler la campagne assombrie par la fenêtre de la voiture. Probablement, oui. Elle s'était laissée dominer par ses peurs et ses doutes, et l'avait accusé de penser que Roger était trop bien pour elle. Elle savait pourtant bien que Tyler n'était pas du genre à juger les gens sur des critères aussi aléatoires que les origines sociales.

Visiblement, il ne la considérait pas comme la femme idéale pour Roger, et cela l'avait blessée. Elle n'aurait pas dû accorder autant d'importance à son avis. Pourtant, qu'il ait tort ou raison ne changeait rien à l'affaire, car force lui était d'admettre que son opinion comptait. Il faudrait sans doute qu'elle s'habitue à ce genre de réactions de surprise et de scepticisme.

Roger et Melody formaient LE couple parfait de Bluelick depuis des lustres. Tout le monde attendait naturellement que la nouvelle compagne de Roger entre dans le même moule que Melody. Et Ellie n'y entrait pas du tout.

En revanche, impossible de savoir si c'était justement pour ce genre de raison que Tyler rejetait l'idée même d'une relation romantique entre Roger et elle. Lorsqu'elle lui avait demandé de s'expliquer, il avait esquivé sa question par de vagues non-réponses.

Les bras croisés, bien calée dans son siège, elle regarda la lune. C'était bien les hommes, ça… Balancer une phrase comme : « Je dis juste que ce type n'est pas fait pour toi », sans un mot de plus, comme si cette explication se suffisait à elle-même. Sur le chemin du retour, il s'était muré dans un silence pesant. À la sortie de Bluelick, elle s'inquiéta soudain qu'il soit en colère contre elle. Assez pour annuler le reste de leurs leçons ?

L'idée la fit se redresser et elle se mordilla la lèvre. Elle jeta un coup d'œil furtif à Tyler, qui semblait imperturbable. En vérité, il semblait même à des milliers de kilomètres, complètement perdu dans ses pensées, lesquelles n'avaient sans doute rien à voir avec elle. Prenant son courage à deux mains, elle appela :

— Tyler ?

Il se tourna vers elle, arquant un sourcil interrogateur, ce qui lui donna une expression qu'elle trouva inexplicablement sexy.

— Je suis désolée de m'être emportée au restaurant. Je crois que certains sujets me rendent un peu agressive, mais je n'aurais pas dû m'énerver contre toi.

Il lui prit la main en souriant.

— Pas de souci, doc.

Trouvant sans doute sa main un peu froide, il la posa sur sa cuisse et la garda là, bien au chaud sous la sienne. Ellie sentait la chaleur de son corps réchauffer ses doigts – ainsi que toutes ses zones érogènes.

— Merci, parvint-elle à articuler en s'agitant sur son siège.

Arrivé sur Main Street, il lui lança un regard appuyé et remonta leurs mains un peu plus haut sur sa cuisse. Ellie s'éclaircit la voix et tenta sa chance :

— Alors… On se voit vendredi ?

— Pourquoi attendre si longtemps ? Chez moi, jeudi soir, vers 19 heures ?

— C'est noté.

Il lui serra la main, puis, à la grande déception d'Ellie, il la lâcha pour garer la voiture en créneau devant son cabinet.

— En attendant…

Il coupa le moteur, détacha sa ceinture de sécurité, puis celle d'Ellie, et l'attira contre lui pour un baiser lent et brûlant, un baiser dont il était impossible de s'échapper et qui lui fit tourner la tête. Lorsqu'ils se séparèrent enfin, Ellie était prête à enjamber le frein à main pour le rejoindre. Il appuya son front contre le sien et lui sourit.

— Il va falloir se contenter de ça jusqu'à jeudi.

Sans un mot de plus, il ouvrit sa portière et sortit. Ellie contempla un instant le siège du conducteur laissé vacant en essayant de remettre de l'ordre dans ses pensées. Qu'est-ce qui lui avait pris d'embrasser à pleine bouche un homme dans sa voiture, comme une adolescente en plein délire hormonal ? Pour couronner le tout, elle était garée juste sous un lampadaire, en plein centre-ville, et il n'était que 20 h 30. La soirée était belle et de nombreux passants se promenaient encore, profitant de la douceur du crépuscule. N'importe qui aurait pu surprendre le docteur Swann en pleine auscultation des amygdales de Tyler Longfoot, avec sa langue pour seul outil. De toute évidence, elle avait perdu la tête.

Tyler ouvrit sa portière et lui tendit une main pour l'aider à descendre. Elle posa un pied hésitant sur le trottoir, mettant son manque d'équilibre sur le compte de ce baiser chaud-bouillant qui contrastait avec l'attitude tout à fait détendue de Tyler. Il lui rendit les clés de sa voiture.

— Veux-tu que je te raccompagne chez toi ?

— Euh… non. Ce ne sera pas nécessaire. Je dois récupérer quelques affaires au cabinet avant de rentrer.

— D'accord.

Lorsqu'il se pencha vers elle, jusqu'à ce que sa bouche se trouve à quelques centimètres à peine au-dessus de la sienne, Ellie en oublia toutes ses craintes concernant d'éventuels témoins et entrouvrit les lèvres dans l'attente d'un autre baiser fulgurant.

Mais rien ne vint. Il se contenta de son sourire paresseux, suivi d'une légère caresse sur sa joue.

— À jeudi. Je garde nos petites emplettes.

Elle resta plantée sur le trottoir, haletante, à le regarder s'éloigner d'un pas nonchalant en direction de son pick-up.

Emplettes ? Elle se rendit compte trop tard qu'il emportait le sac contenant leurs achats. Dommage pour son projet de s'entraîner à manier les menottes avant leur « soirée ». En soupirant, elle commença à monter les marches du cabinet.

À l'instant même où elle ouvrit la porte, elle comprit que quelque chose n'allait pas. De la lumière brillait à travers la vitre opaque qui séparait la salle d'attente de l'accueil. Qu'est-ce que… ? Elle se souvenait distinctement d'avoir éteint avant de partir. Il n'y avait jamais beaucoup d'argent au cabinet, mais elle possédait en revanche quelques appareils coûteux.

Pas de conclusions hâtives, s'ordonna-t-elle. La criminalité de Bluelick se limitait en général à des dégradations de boîtes aux lettres ou d'abribus. Pas de vols avec effraction. La femme de ménage avait-elle oublié d'éteindre après son passage ?

Cette pensée ne la rassura pas longtemps, car un gémissement étouffé mais distinctement féminin se fit soudain entendre dans son bureau. Puis une voix grave et autoritaire lâcha un ordre sec.

Argh ! Non seulement il y avait un intrus, mais en plus, il était en train d'agresser une femme sans défense ! D'une main tremblante, Ellie fouilla dans son sac pour trouver son téléphone et commença à composer le 911. Au bout d'une sonnerie, elle fut mise en attente et manqua d'éclater en sanglots. La femme cria de nouveau, plus fort cette fois et avec un désespoir à fendre le cœur. Ellie comprit qu'elle ne pouvait pas simplement rester plantée dans l'entrée. Elle devait faire quelque chose pour aider cette pauvre femme.

Ses jambes pesaient des tonnes, mais elle parvint à marcher jusqu'à la salle d'attente, dont la porte déjà entrouverte grinça. Ellie retint son souffle, guettant la moindre réaction de la part de l'agresseur, mais elle n'entendit que le bruit du sang qui battait à ses tempes. Enfin, prenant une profonde inspiration, elle s'appuya contre le mur et s'avança vers son cabinet.

De la lumière brillait sous la porte de la salle d'auscultation, qui n'était pas tout à fait fermée. Elle posa son sac sur son bureau et sortit son coupe-papier de son fourreau. Le téléphone dans une main, son arme de fortune dans l'autre, elle s'approcha furtivement. La femme criait de plus belle :

— Oh ! Pitié ! Je n'en peux plus…

Ellie s'avança d'un pas décidé, mais, alors qu'elle s'apprêtait à surprendre l'assaillant, le bruit sec d'une paume s'abattant avec force sur de la chair vulnérable claqua comme un coup de fouet. La femme poussa un glapissement, puis l'homme gronda quelque chose d'une voix profonde.

L'agresseur semblait grand. Puissant. La meilleure chance d'Ellie, c'était de s'approcher le plus possible sans se faire remarquer, pour poser la pointe de son coupe-papier sur sa jugulaire.

Les mains moites, elle raffermit sa prise sur son arme et inspira de nouveau. Puis, lentement... précautionneusement... elle ouvrit la porte et risqua un coup d'œil dans la pièce.

Ce qu'elle vit la laissa sans voix.

Melody – Melody ! – était agenouillée sur la table d'auscultation, complètement nue. Un garrot de caoutchouc lui liait les poignets. En équilibre sur le bord de la table rembourrée, elle tournait le dos à... Le diable si ce n'était pas le capitaine Bradley en personne ! Assis sur le tabouret, arborant simplement sa montre et une stupéfiante érection, celui-ci avait le visage enfoui entre les cuisses de Melody, qui suppliait de plus belle.

Abasourdie, Ellie comprit enfin la véritable nature de ses supplications, sans pouvoir s'empêcher de remarquer au passage le détournement très inventif du chapitre 3, combiné avec certains éléments du chapitre 6. Melody se tortilla en gémissant, tandis que le capitaine administrait une nouvelle tape sur son postérieur rond et rose. Puis il se redressa, attrapa Melody par la taille et les guida tous deux avec enthousiasme vers un chapitre 10. Le bruit de leur approbation mutuelle tira enfin Ellie de sa transe. Elle fit volte-face et se hâta de repartir par où elle était venue.

Elle avait cru que sa rencontre surprise avec Roger dans les allées du sex-shop serait l'événement le plus embarrassant de sa soirée, mais elle n'avait pas fait deux pas dans sa fuite silencieuse qu'une petite voix désincarnée retentit avec une clarté étincelante : « Ici le 911. Quel est votre problème ? »

Un silence absolu plana pendant quelques secondes, puis Melody poussa un « Oh merde ! » sonore, qui fut suivi d'une frénésie de mouvements.

Ellie prit ses jambes à son cou.

— Désolée, fausse alarme, chuchota-t-elle dans son téléphone, avant de raccrocher en toute hâte.

Saisissant son sac à la volée, elle parcourut la distance qui la séparait de sa voiture à une vitesse record – pour une athlète de sa taille vêtue d'une minijupe et chaussée de talons hauts.

Malheureusement, cela ne suffit pas, car, tandis qu'elle faisait vrombir le moteur pour quitter sa place de parking, elle aperçut les lumières s'allumer dans la salle d'attente et les lames du store s'écarter. Dommage. Melody ne manquerait pas de reconnaître sa Mini gris métallisé.

Cela dit, c'était surtout dommage pour Melody et le capitaine Bradley, non ? Elle s'éloigna en tentant de contenir une soudaine envie de glousser. En vain. Elle éclata de rire et cela vira rapidement au fou rire hystérique, tandis que l'adrénaline évacuait son système, la laissant étourdie de soulagement. Quelle absurdité ! Elle venait de surprendre sa secrétaire en train de faire des acrobaties compromettantes avec le nouveau chef des pompiers. Lequel des trois protagonistes de cette farce devait se sentir le plus gêné ? Melody ? Bradley ? Ou elle ? Difficile à dire.

Ses hoquets s'apaisèrent un peu lorsqu'elle envisagea la possibilité que Melody démissionne, par honte ou par exaspération. Même si Ellie ne l'avait pas fait exprès, elle les avait quand même espionnés en train de coucher ensemble ! Pourquoi n'avait-elle pas réussi à s'éclipser en silence ? Pourquoi-pourquoi-pourquoi ? Elle avait passé vingt-huit ans à se faire aussi discrète que possible en présence de son père. L'invisibilité aurait dû être une seconde nature.

Ce ne fut que lorsqu'elle aperçut la rambarde blanche de son perron à travers le pare-brise qu'une pensée tout aussi déconcertante lui traversa l'esprit. Melody avait semblé tout à fait à l'aise – et divinement heureuse, d'ailleurs – d'accomplir diverses variations sur les chapitres 3, 6 et 10. Elle ne paraissait pas le moins du monde coincée ou inhibée. Pourtant, Roger et elle étaient censés avoir rompu parce qu'elle avait refusé de se plier à ses audaces sexuelles.

Quel pouvait donc bien être le chapitre préféré de Roger ?

*

— J'imagine qu'on connaît les secrets les plus sombres l'un de l'autre, à présent, murmura une voix grave derrière elle.

Sursautant, elle sortit de sa rêverie pour replonger dans la réalité. Elle attendait chez Jiffy Java qu'on lui prépare son double expresso frappé à emporter. Elle se retourna. C'était Roger. Un petit sourire se dessinait sur ses lèvres, mais les cernes sous ses yeux suggéraient qu'il avait aussi mal dormi qu'elle.

— Euh… Tu parles de notre préférence pour les magasins de Lexington ?

Après la scène à laquelle elle avait assisté hier, elle préférait ne jurer de rien. Roger hocha la tête et se pencha davantage vers elle, au point qu'elle sentit son haleine fraîche et légèrement mentholée.

— Ouais… Je ne m'attendais pas du tout à te croiser comme ça, hier soir. Je suis sûr que tu as compris que je n'étais pas en train d'acheter des trucs pour une soirée. On devrait peut-être en discuter. En privé. Si tu es libre ce soir, je pourrais t'inviter à dîner chez moi ?

Bon sang ! Roger voulait dîner avec elle ? Les choses avançaient soudainement. *Trop vite*, protesta une petite voix dans sa tête. Elle n'était pas prête. Surtout pas après ce qu'elle avait vu des talents de Melody.

Il était inconcevable qu'elle passe une soirée seule avec Roger sans avoir au moins maîtrisé les chapitres

3 et 6, ainsi qu'une carte surprise – idéalement le chapitre 13, si elle parvenait à convaincre Tyler. Étrangement, l'idée de tenter un de ces chapitres – n'importe lequel – avec Tyler déclencha en elle une réaction de fusion qui la brûla jusqu'à la moelle épinière. En revanche, la perspective d'accomplir les mêmes acrobaties avec Roger lui nouait douloureusement le ventre. Le stress, sans doute. Avec Tyler, le sexe était amusant et excitant. Avec lui, inutile de faire semblant d'être une femme sophistiquée et expérimentée, alors que Roger cherchait une partenaire inventive et entreprenante.

— Je ne peux pas ce soir. Que dirais-tu… (*Gagne du temps !*)… du week-end prochain ?

— Non, je pars vendredi matin pour un long week-end à Miami avec un ami. Et lundi soir, à mon retour ?

Parfait. Cela lui laissait plusieurs jours pour s'améliorer et apaiser ses angoisses.

— Lundi, ça me va. Mais comme tu rentreras juste de vacances, je te propose de dîner chez moi, plutôt.

Elle espérait que son sourire n'avait pas l'air trop crispé. Roger sourit, un peu guindé, lui aussi.

— D'ici là, je te serais vraiment reconnaissant si tu ne parlais pas autour de toi de… tu sais… de ce que tu as vu à Lexington.

— Bien sûr que non ! s'exclama-t-elle en s'approchant du comptoir pour récupérer son café. Je ne dirai à personne que j'ai aperçu le plus jeune avocat de Bluelick dans un sex-shop de Lexington, si tu me promets de ne pas révéler que tu y as vu le docteur…

Il trinqua doucement avec son café.

— Marché conclu, Sparky. À lundi !

Mon plan fonctionne enfin ! pensa-t-elle en traversant la place pour rejoindre son cabinet. Ni la caféine ni le parfum des magnolias n'aurait pu expliquer son regain d'énergie. La perspective d'un rendez-vous avec Roger réveillait plus son organisme que toute l'aromathérapie ou toute la caféine du monde. Elle était tellement occupée à réfléchir à ce qu'elle allait lui dire quand ils se retrouveraient enfin seuls pour parler librement qu'elle en oublia l'autre raison de sa nuit agitée.

Enfin… jusqu'à ce qu'elle entre dans la salle d'attente pour rejoindre son bureau et manque de heurter Melody qui rangeait les magazines sur la table basse. La jeune femme blonde se redressa aussitôt en lissant sa jupe fleurie.

— Bonjour, Ellie. Désolée, je suis un peu en avance.

Elle jeta un regard autour d'elle, comme si elle ne savait pas trop quoi faire, puis reprit :

— Je suis venue tôt, au cas où tu voulais… euh…

Elle détourna de nouveau les yeux avec un petit sourire gêné.

— Tu sais… Me virer.

— Oh non ! s'exclama Ellie en lui prenant la main. Je craignais justement que tu ne veuilles démissionner !

— Non, non ! J'adore ce boulot. Je ne veux pas le perdre.

Elle ferma les yeux en faisant la grimace.

— Je n'arrive pas à croire que j'aie fait quelque chose de si stupide et peu professionnel.

— Hum… Ce ne serait pas toi qui m'as surprise en train d'embrasser Tyler dans la salle d'auscultation, il n'y a pas une semaine ? Ce serait un peu hypocrite de ma part de parler de manque de professionnalisme…

— Mais c'était pire ! Je ne sais pas ce qui m'est passé par la tête. Non, en fait, je le sais. Je pensais que ça faisait vraiment trop longtemps qu'un jeune homme séduisant, sexy et incroyablement attentif n'avait pas eu envie de m'arracher mes vêtements pour se rouler dans le foin avec moi. Après ça, mon cerveau a tout simplement cessé de fonctionner.

— Je ne peux pas t'en vouloir, la rassura rapidement Ellie, tout en se demandant une fois de plus quel était le problème entre Roger et elle. D'ailleurs, je crois qu'aucune femme saine de corps et d'esprit, entre dix-huit et quatre-vingt-dix-huit ans, ne pourrait t'en vouloir non plus. J'ai même entendu dire qu'il y a une recrudescence douteuse de petits incendies domestiques dans les cuisines de Bluelick, depuis que le capitaine Bradley est arrivé.

Un sourire dansa sur les lèvres de Melody, puis la jeune femme se dirigea vers le secrétariat pour préparer les dossiers des patients du jour.

— Je suis sincèrement désolée, et je te promets que ce qui s'est passé hier soir ne se reproduira plus.

— Hum, j'espère pour toi que cela se reproduira très souvent, au contraire. Mais pas dans un endroit où une courge comme moi risque de te surprendre.

— Oh, tu n'as rien d'une courge. Tu as dû être terrifiée, puis horrifiée.

— Plutôt surprise, puis soulagée. Vraiment, Melody, oublie cet incident. Je sais que tu n'avais pas de mauvaises intentions.

— C'est vrai. Je n'avais même pas prévu de voir Josh hier soir, encore moins de me retrouver toute nue avec lui. Mais je suis tombée sur lui au supermarché et c'était tellement agréable de discuter avec lui, de voir cette étincelle dans ses yeux quand il me regardait et de ressentir cette attirance mutuelle... Quand il m'a proposé de me faire visiter la caserne, je savais qu'on cherchait tous les deux un prétexte pour passer plus de temps ensemble. Le problème, c'est qu'il y a toujours beaucoup de monde à la caserne, alors je lui ai proposé de visiter mon lieu de travail. Mais dès qu'on s'est retrouvés seuls, les choses ont un peu... dérapé. Je suis vraiment désolée. Et Josh aussi.

— Pas de souci.

Ellie s'apprêtait à gagner son bureau, mais elle se retourna pour demander :

— Alors... Tu vas le revoir, le capitaine Bradley ?

— Tu l'as vu dans le plus simple appareil, Ellie. Étant donné les circonstances, je crois que tu as gagné le droit de l'appeler Josh.

— Vous ne répondez pas à ma question, mademoiselle Merritt.

— Oui, répondit-elle doucement. Il m'a invitée à dîner vendredi soir et je me suis empressée d'accepter avant que mon cerveau n'essaie de me faire changer d'avis.

— Pourquoi voudrais-tu changer d'avis ?

— Voyons… C'est un peu comme si je me baladais avec un panneau « phase de transition » accroché dans le dos. Je le sais. Je sors tout juste d'une relation longue et j'ai rompu mes fiançailles. Mon cerveau me crie des trucs du genre : *Vas-y mollo. Amuse-toi. Ne te lance pas dans un truc sérieux tout de suite.*

— Ça me paraît logique.

— Ouais… Le problème, c'est qu'il m'a suffi de poser une fois les yeux sur Josh pour que mon cœur se mette à crier : *À moi ! À moi !*

— C'est une caractéristique médicale souvent ignorée. Le cœur a une volonté propre. J'imagine que le tien s'est déjà remis de Roger ?

La lumière des néons se reflétait sur les boucles blondes et soyeuses de Melody.

— Depuis longtemps. Nous avions glissé vers l'amitié bien avant de nous séparer. Il nous a juste fallu du temps pour l'admettre.

Ellie réfléchit rapidement. Elle commençait à envisager Melody comme une amie. Que dictaient les lois de l'amitié dans une situation pareille ? Devait-elle prévenir Melody qu'elle avait rendez-vous avec son ex ? Sa conscience lui indiquait que oui.

— D'accord. Le truc, c'est que…

Elle inspira profondément et se lança :

— Roger et moi avons rendez-vous lundi soir, après son week-end.

Sa phrase resta un instant en suspens, puis Melody ouvrit des yeux grands comme des soucoupes.

— Roger t'a invitée à dîner ? s'exclama-t-elle, visiblement plus stupéfaite qu'autre chose.

Merde. Elle aurait mieux fait de se taire.

— En fait, c'est lui qui vient dîner chez moi…

Décidant que l'honnêteté était la meilleure politique, elle poursuivit :

— J'ai toujours bien aimé Roger. Au lycée, j'avais même carrément le béguin pour lui. Depuis que je suis revenue à Bluelick, je me suis rendu compte que mon béguin n'avait pas disparu et qu'il avait même évolué. Je crois aussi que Roger me voit différemment, maintenant.

Ellie s'arrêta, car le teint de crème de Melody avait pris une nuance cramoisie féroce.

— Tu es fâchée, constata Ellie, mortifiée.

— Pas contre toi, non. Mais contre lui, oui ! Parce que… Parce que…

Elle ferma les yeux et prit une lente inspiration avant de poursuivre :

— Je ne peux même pas t'expliquer pourquoi je suis fâchée, parce que je ne trouve aucune façon de le faire sans briser une promesse que j'ai faite. Mais ce n'est pas parce que je suis l'ex folle de jalousie, rassure-toi.

Elle se passa une main sur le front et fixa longuement le mur devant elle, pesant visiblement ses mots.

— C'est juste que… Je n'aimerais pas qu'une autre fille perde son temps.

Melody craignait-elle qu'Ellie ne parte en courant dès qu'elle se rendrait compte que Roger aimait les choses un peu… épicées ? Elle s'éclaircit la voix et fixa à son tour un point sur le mur.

— Je… euh… Je sais dans quoi je mets les pieds.

La porte de la salle d'attente s'ouvrit et la première patiente de la journée, la gentille Mme Van Hendler, entra avec sa canne. Avec un regard peiné, Melody tendit le dossier à Ellie :

— Je sais que tu le crois, mais tu te trompes. Ce que je dis n'a pas de sens, j'imagine, mais souviens-toi simplement que je suis là pour t'aider, si tu as besoin.

— Qu'est-ce que vous dites, mon petit ? demanda Mme Van Hendler en tendant l'oreille.

— Je dis qu'on va pouvoir vous recevoir, madame Van Hendler, répondit Melody d'une voix plus forte en invitant d'un geste la patiente à entrer dans le cabinet.

Ellie poussa un long soupir et se passa la main dans les cheveux. *Bon, ça ne s'était pas trop mal passé.*

12

— Prête, doc ? demanda Tyler en jetant sans ménagement Ellie sur son lit.

Le spectacle était loin d'être désagréable : Ellie, allongée sur ses draps, simplement vêtue d'un soutien-gorge en satin et d'une culotte assortie, ridiculement petite. Voyant qu'elle acquiesçait en souriant, il posa une main sur sa cheville et entreprit de se tracer un chemin à coups de baisers jusqu'au chapitre 3. Avec un peu de chance, ils iraient jusqu'au bout, cette fois. Malheureusement, il n'était pas parvenu au genou qu'elle retira son pied pour s'asseoir.

— Attends… Qu'est-ce que tu fais ?

Il savait pertinemment où elle voulait en venir, mais il ne put s'empêcher de la taquiner :

— Doc, si tu me poses la question, c'est qu'il faut vraiment que tu potasses ton manuel.

Il avança de nouveau la main vers sa cheville, mais elle se tortilla comme une anguille pour descendre du lit.

— Tu as tout compris de travers, une fois encore. C'est moi qui suis censée te le faire, à toi. Tyler, tu as promis de me laisser prendre les rênes.

Avec un soupir, il s'allongea sur le matelas.

— J'ai dit que j'essaierais.

— Oui ? Eh bien, essaie un peu plus, s'il te plaît.

— Bon, d'accord, finit-il par consentir en s'adossant à la solide tête de lit en chêne sculpté. C'est toi qui mènes la danse.

— Parfait.

Elle était adorable, avec ses petits bouts de satin rouge et ses cheveux ébouriffés, radieuse comme si elle venait de gagner un championnat de catch. Soudain, son sourire victorieux s'estompa.

— Un problème ?

Le front soucieux, elle se mordit la lèvre et il fallut à Tyler toute sa volonté pour ne pas la hisser de force sur le lit, presser sa bouche sur sa moue boudeuse et prendre les choses en main jusqu'à ce qu'ils tombent tous les deux d'épuisement.

— Oui. Selon l'illustration de mon manuel, tu es censé être assis au bord du lit.

— Et toi ?

— Je dois m'installer par terre, là, expliqua-t-elle en s'agenouillant près du lit.

La fermeture Éclair de son jean se transforma en instrument de torture devant ce spectacle, mais il ne put s'empêcher de la faire marcher encore un peu.

— Ça ne semble pas très confortable pour toi. Il y a plein de place sur le lit, ajouta-t-il en tapotant le matelas pour l'inviter à s'installer entre ses jambes écartées.

Elle considéra sa proposition un instant, sans laisser de répit à sa lèvre, puis fit lentement signe que non.

— Non. Je crois qu'il faut suivre le manuel.

— D'accord.

Il s'installa comme on le lui demandait et la serra doucement entre ses genoux.

— Mais pour une femme libérée, je te trouve affreusement à cheval sur la logistique, fit-il remarquer, d'un ton gentiment moqueur.

Il sentit pourtant son sens de l'humour lui échapper quand elle posa les mains sur ses cuisses.

— Apprentie femme libérée, corrigea-t-elle en avançant les doigts vers la boutonnière de son jean.

Tyler arrêta son geste.

— Une seconde. Ton manuel, là… Il te dit juste de faire asseoir le gars, de sortir le matos comme ça et de te mettre au boulot ?

Elle fronça de nouveau les sourcils. Il pouvait presque entendre les rouages de son esprit tourner, tandis qu'elle repassait rapidement en revue le contenu du manuel.

— Euh… Il n'était pas vraiment question de préambule pour amener la chose. Il y a quelque chose que je devrais faire avant ?

— Tu pourrais essayer de me toucher.

— Où ça ?

— Où tu veux. Doucement, ajouta-t-il, en voyant qu'elle lorgnait aussitôt son entrejambe.

Elle hocha la tête. À sa grande surprise, elle posa les mains sur ses genoux, puis remonta lentement, en suivant la couture sur l'intérieur de ses cuisses. Lorsqu'elle arriva au sommet, il retint son souffle, puis le relâcha doucement quand ses doigts glissèrent de nouveau vers le bas.

— Tu vois ? Ce n'était pas si difficile…

Elle leva les yeux vers lui.

— Non, ça va. Pour être honnête, j'ai un petit faible pour tes jambes.

Elle recommença son ascension, laissant cette fois ses pouces ouvrir le chemin. Tyler sentit son sexe se mettre à frémir d'impatience.

— Ah oui ? marmonna-t-il d'une voix un peu enrouée.

— Mmh-mmh. Longues et musclées. Je me demandais si tes cuisses étaient aussi agréables à toucher qu'à regarder.

Arrivée au bout de sa course, elle fit glisser ses mains sur le dessus et appliqua une légère pression.

— J'ai la réponse à ma question, conclut-elle.

Bordel, il allait mourir sur place.

— Autre chose que tu voulais vérifier ?

Avec un hochement de tête, elle s'approcha pour tirer le bas de son T-shirt. Sans se faire prier, il leva les bras. Ellie le lui retira et le jeta par terre, sans cesser de le regarder. Puis elle posa les mains à plat sur ses pectoraux. Enfin, elle baissa les yeux et un petit soupir lui échappa.

— Bon sang, Tyler…, marmonna-t-elle. On dirait une sculpture classique.

L'admiration dans sa voix déclencha une vague de chaleur qui lui remonta jusqu'au cou.

— On m'a traité de tous les noms, doc, mais jamais de « sculpture classique ».

— C'est pourtant vrai, insista-t-elle en faisant glisser ses paumes jusqu'à son ventre.

Là, elle s'arrêta pour profiter un peu de ses abdominaux cruellement bien dessinés.

— Qu'est-ce qui t'est arrivé, ici ? demanda-t-elle en passant le doigt sur une cicatrice pâle qui lui barrait le flanc. Encore une soirée agitée au Rawley's ?

C'était un souvenir de Big Joe, mais il n'avait pas l'intention d'inviter son cher papa à la fête.

— Non, c'est vieux…

Son explication se termina dans un gémissement, lorsqu'elle se baissa pour laisser courir ses lèvres le long de la ligne irrégulière. Plongeant les doigts dans ses cheveux, il l'attira à lui pour un long baiser ardent. Lorsqu'il s'écarta enfin, elle appuya le front contre son cou et inspira doucement.

— Tu voulais toucher autre chose, doc ?

Elle baissa les yeux vers son entrejambe.

— Maintenant ? demanda-t-elle.

— Maintenant, ce serait fantastique.

Elle glissa une main dans son jean, puis sous l'élastique de son boxer, l'effleurant de ses ongles. Tyler sentit son sexe se dresser à la rencontre de ses doigts inquisiteurs et, soudain, ce fut comme si son sang ne parvenait plus à circuler. Avec un grognement agacé, il commença à tirer sur la boutonnière de son jean. La main d'Ellie le rejoignit aussitôt et leurs doigts s'emmêlèrent dans une course folle pour défaire les boutons. Enfin, son jean fut ouvert, son boxer baissé et les mains d'Ellie se refermèrent sur son sexe douloureusement tendu. À mi-chemin entre l'amusement et l'agonie, il la vit baisser les yeux et retenir un gémissement de surprise.

— Je viens juste de me souvenir du surnom dont tu avais hérité au lycée…

Il éclata de rire, alors même que les mains agiles d'Ellie le privaient de sa capacité à réfléchir.

— Quel surnom ?

— Longfoot… « Un pied de long ».

— Et moi qui croyais que les autres parlaient de ma pointure…

Elle rit comme il l'espérait, puis caressa lentement, presque timidement, la longueur de son membre. Se rappelant que le rôle d'un enseignant était d'enseigner, Tyler couvrit sa main de la sienne pour lui montrer comment il aimait être touché. Au bout d'une minute d'extase divine, Ellie murmura :

— Tyler... Je crois que mes experts envisageaient... euh... des dimensions plus conventionnelles, quand ils ont rédigé le chapitre 3. Je ne suis pas sûre de pouvoir faire exactement ce qui est indiqué.

— Ça fonctionne très bien pour l'instant...

Avant qu'il ne comprenne vraiment de quoi elle parlait, elle baissa la tête et embrassa le bout de son sexe.

— Alors, d'accord..., gémit-il. Ça aussi, ça fonctionne très bien...

Écartant les lèvres juste assez pour l'accueillir sans relâcher son étreinte, elle commença à descendre, centimètre par centimètre. Tyler ferma à demi les paupières et sa vision se troubla.

— Encore, supplia-t-il, alors même qu'elle devait approcher de sa limite.

Il lui caressa doucement la mâchoire, et alléluia ! elle descendit encore. Lorsqu'elle revint en arrière avec un ronronnement grave, il ressentit les vibrations jusque dans la plante de ses pieds et dut faire un effort considérable pour ne pas retenir un petit cri plaintif. Cela dit, il n'était pas certain d'avoir réussi, car elle leva soudain les yeux vers lui :

— Ça allait ?

Il parvint tant bien que mal à retrouver sa voix.

— Ellie, si tu fais ça à n'importe quel homme, il te promettra des boucles d'oreilles en diamant... un week-end à Paris... tout ce que tu veux.

Avec un sourire, elle baissa de nouveau la tête et ce fut tout aussi magique la seconde fois. À la seule différence que, grâce à son petit commentaire, il s'imaginait à présent Ellie en train de faire la même chose à un autre que lui. Impossible de se défaire de cette foutue image. Elle lui pourrissait le cerveau. Soudain, il se mit à haïr l'idée même d'être son tuteur, son cobaye, son trampoline vers un objectif plus grand et plus noble. Avec la vague détermination de lui prouver que c'était lui le plus grand et le plus noble, il la fit se relever et la poussa sur le lit. Elle atterrit sur le dos et se redressa aussitôt.

— Hé ! Je n'avais pas fini…

— Tu as saisi le principe du chapitre 3, grommela-t-il en terminant à la hâte de retirer son jean et son boxer. On n'a qu'à dire que c'est une leçon « deux-en-un ».

*

— Deux-en-un ? répéta Ellie en le voyant fondre sur elle. Comment ça ?

Elle aurait aimé comprendre pourquoi elle se sentait toute chose chaque fois que Tyler prenait la tête des opérations sans lui demander son avis. Elle en avait presque les jambes qui flageolaient, bon sang ! Soudain, alors qu'il commençait à lui enlever sa culotte, un détail lui revint.

— Attends ! s'écria-t-elle en s'éloignant.

— Qu'est-ce qui ne va pas ?

— Rien, c'est juste qu'un bon vieux missionnaire ne figure pas dans les chapitres que j'ai marqués. J'ai déjà pratiqué.

Il la regarda une longue seconde, le visage impénétrable.

— Chapitre 10, gronda-t-il enfin en la retournant d'un geste sans appel.

Plaçant un bras puissant sous son bassin, il la mit à quatre pattes sur ses coudes. La soudaineté de ses actions tira à Ellie un petit cri de surprise.

— Chuuuut, chuchota-t-il en passant sa main sur ses hanches, comme s'il avait pris sa réaction pour de l'inquiétude. On va y aller en douceur.

Pour Ellie, au point où ils en étaient, il pouvait y aller comme il voulait, du moment qu'il y allait. Elle ne put cependant s'empêcher de faire remarquer :

— Tu fais tout dans le désordre.

Quand il se redressa pour attraper un petit emballage dans sa table de nuit, Ellie sentit son ventre frémir.

— Grande nouvelle, doc : l'ordre, c'est très surfait. D'ailleurs, tu as déjà passé assez de temps à me mater les fesses. Il est grand temps que je te rende la politesse.

Sur ces mots, il lui arracha sa culotte. Ellie manqua de s'étouffer, mais lorsque la langue de Tyler glissa lentement le long de son dos jusqu'à la naissance de ses fesses, son exclamation de surprise se mua en un gémissement plaintif. Il traça une ligne de baisers sur le haut de ses fesses nues, tandis que ses doigts plongeaient entre ses cuisses pour la caresser, l'agacer… la laissant pantelante.

— Tyler… Je t'en supplie…

— Je suis là pour ça, chuchota-t-il entre deux baisers. Dis-moi ce que tu veux.

— Toi. En moi. Maintenant.

— À vos ordres, répondit-il avec une tendresse si joyeuse qu'elle ne sut pas si elle devait rire ou éclater en sanglots.

Puis elle sentit le membre brûlant de Tyler glisser contre ses fesses et un sentiment d'urgence s'empara d'elle. Elle ne put s'empêcher de se cambrer vers lui pour l'accueillir, tout comme elle ne put retenir un long cri affamé quand il se glissa entre ses cuisses – un cri qui se mêla au grognement de plaisir qu'il poussa en s'avançant doucement, la pénétrant à peine.

— Oh mon Dieu, dépêche-toi ! parvint-elle à articuler.

Il lui embrassa une épaule, puis la nuque, et sa voix résonna à son oreille :

— Lentement, mais sûrement.

Quoi ? Elle n'avait pas le temps de faire les choses « lentement mais sûrement ». Elle allait perdre la tête dans moins de trente secondes, s'il ne faisait rien pour soulager cette douleur qui la menait vers un paroxysme d'une insupportable douceur. Elle se recula pour l'accueillir plus profondément en elle, mais il la maintint fermement par les hanches.

— C'est moi le boss, tu te souviens ?

— Le prof, haleta-t-elle.

— Peu importe.

Ellie se concentra pour ne pas oublier de respirer, tandis qu'il s'évertuait à aller lentement mais sûrement, s'insinuant en elle en de longues poussées maîtrisées. Prenant appui sur un bras, il glissa une main vers sa poitrine pour emprisonner un sein et en tourmenter le bout jusqu'à la faire gémir. La douleur sourde qui grandissait à l'endroit où leurs deux corps se joignaient était telle qu'elle consumait tout et qu'Ellie ne ressentait plus rien d'autre.

— Bon sang, comme c'est bon. Tu es si chaude et si étroite.

Ses doigts se glissèrent entre ses cuisses.

— Si humide.

Pour rien au monde elle n'aurait pu se retenir de bouger. Le front contre l'oreiller, elle ondulait des hanches à petits coups saccadés, faisant de son mieux pour forcer le rempart du corps de Tyler pressé contre le sien.

Mais Tyler refusait d'accélérer. Enroulant un bras autour de sa taille, il continua ses mouvements lents, l'emplissant lentement, l'étirant lentement, jusqu'à ce qu'elle craigne de mourir de plaisir. Enfin, alors qu'il était enfoui au plus profond et qu'elle sentait chaque centimètre de son membre brûlant battre en elle, il lui chuchota à l'oreille :

— Tu es prête, Ellie ?

Avec un grondement féroce, il se retira et plongea de nouveau en elle dans une série de va-et-vient puissants qui la propulsèrent tout droit aux portes du paradis. Le choc rythmé de leurs deux corps résonnait à ses oreilles, tandis qu'elle restait agenouillée là, froissant le drap dans ses poings fermés, le visage enfoui dans l'oreiller. Au diable la retenue et la bienséance, car l'extase frémissait, à portée de doigts. Cherchant désespérément une issue à sa folie, elle ondula des hanches de plus belle, puis se cabra en ravalant un sanglot de rage, car, malgré tous ses efforts, elle ne parvenait pas à franchir cette frontière subtile.

Avec un gémissement compatissant, Tyler glissa une fois encore la main entre ses cuisses et elle s'offrit à cette caresse secourable avec reconnaissance. Du bout du pouce, Tyler actionna ce détonateur sensible qui la fit basculer dans un néant d'oubli d'une volupté incroyable. Avec un cri, Ellie se jeta à corps perdu dans le vide.

Quelques minutes plus tard – ou plusieurs heures –, elle s'extirpa de la torpeur du plaisir pour faire le point. Elle était nue, allongée sur des draps d'une fraîcheur bienfaisante et semblait avoir perdu tout tonus musculaire. Elle n'était plus qu'une petite flaque repue. Des lèvres chaudes et légères lui mordillaient l'épaule, tandis que des doigts agiles dessinaient des volutes dans son dos. Lorsqu'elle les sentit descendre vers ses fesses, elle se força à ouvrir les yeux et se retrouva aussitôt aspirée par le regard d'un vert limpide de Tyler.

Pourquoi toutes les relations n'étaient-elles pas simples ? Celle avec Frank était encombrée de problèmes peut-être sans solution. Elle n'avait pas réussi à maintenir la barrière employeur/employée avec Melody. En revanche, avec Tyler, cela fonctionnait parfaitement. Illuminée par la simplicité à toute épreuve de leur arrangement, elle lui sourit.

— Doc, qui est le crétin absolu de ton passé qui t'a convaincue que tu avais besoin de travailler tes compétences au lit ?

Elle soupira et sa félicité s'estompa un peu, car elle savait qu'elle ne pouvait pas être totalement honnête avec lui sur ses motifs.

— Ce n'est pas ça. Personne ne s'est jamais plaint. J'ai juste senti qu'il était temps que je sorte un peu de mes retranchements.

Pour éviter un inévitable « pourquoi », elle poursuivit à la hâte :

— N'as-tu jamais ressenti le besoin de changer, afin de réaliser tes rêves ?

Tyler roula sur le dos pour contempler le plafond, un bras posé sur le front.

— Ouais. Il n'y a pas longtemps, d'ailleurs. Je crois que c'est en gros le message que la banque a essayé de me faire passer. « Vous voulez un prêt ? Commencez par vous comporter comme un adulte responsable. »

— Ils sont complètement à côté de la plaque.

Il sourit à demi.

— Non, ils n'ont pas entièrement tort. J'ai tendance à n'en faire qu'à ma tête et je me fous un peu du lendemain. Le genre de trucs qui ne plaît pas beaucoup aux banquiers. Ils veulent me voir m'investir dans ma vie personnelle et professionnelle, avant de se décider à investir en moi.

Ellie se redressa sur un coude pour regarder son profil séduisant.

— Je persiste à penser qu'ils n'ont pas vraiment compris ce que tu apportais à Bluelick. Tu as ouvert ta société ici et tu crées des emplois au sein de la communauté. C'est un investissement. Le volontariat que tu fais aussi peut être qualifié d'investissement.

Tyler l'attira contre lui.

— Tu devrais aller le leur expliquer, Sparky.

— Je suis sérieuse ! s'indigna-t-elle en repoussant une mèche de cheveux.

— Je sais.

Son sourire disparut. Il lui prit la main et déposa un léger baiser au creux de son poignet.

— J'apprécie ton opinion. Cela compte, pour moi.

Ellie sentit son cœur se prendre les pieds dans le tapis à ses mots et elle en resta sans voix. Le sourire de Tyler réapparut.

— Junior et moi devons présenter de nouveau notre dossier à la commission des prêts, mardi prochain. Tu veux nous servir de référence morale ? Tu pourrais venir leur expliquer quel genre de gars fiable je suis. Que quand on me confie une mission, je l'accomplis avec le plus grand sérieux.

Elle ne put retenir un éclat de rire.

— Je ne suis pas certaine d'être la bonne personne, étant donné que je n'ai qu'une leçon et demie à mon compteur…

— Une et demie? s'offusqua-t-il en se redressant, une lueur vive dans les yeux. Où est-ce que tu as vu cette moitié? C'étaient deux leçons complètes, tu peux bien dire tout ce que tu veux.

— D'accord, d'accord. Deux leçons. Qui ont d'ailleurs été incroyablement instructives. Je n'avais pas la moindre idée de ce que je faisais, avant. Grâce à toi, je comprends enfin pourquoi on en fait tout un plat. Qui sait? Je vais peut-être même réussir à épater la galerie, la prochaine fois…

Tyler laissa retomber sa tête sur l'oreiller.

— Ravi d'avoir pu t'aider, doc.

Il n'avait pourtant pas l'air ravi. Il semblait même plutôt agacé. Sans trop savoir où elle avait fait un faux pas en essayant d'exprimer sa gratitude, elle s'empressa de réparer son erreur. La dernière chose qu'elle voulait, c'était le vexer. Surtout quand elle espérait le convaincre d'accélérer la fréquence de leurs leçons.

— Je suis désolée. Est-ce que je peux retirer ce que je viens de dire et le remplacer par un simple « merci » ?

Avec un soupir, il tourna de nouveau la tête vers elle, le front soucieux.

— Oui, mais seulement si je peux faire pareil. Tu as été très claire sur la nature de notre accord, dès le départ. Et j'ai accepté. Je ne sais pas ce qui m'a pris, tout à l'heure.

Il tendit une main pour jouer avec une de ses boucles.

— La chaleur, sans doute…

Une pensée déprimante jaillit de l'esprit d'Ellie et s'échappa par sa bouche avant même qu'elle n'ait le temps de réfléchir.

— Tu dois te sentir piégé. Coincé avec moi pour encore trois semaines à cause de cet accord.

Il lui tira doucement les cheveux, mais ses yeux restèrent sérieux.

— Ce n'est pas ça.

— C'est gentil de dire ça, mais je sais que ce n'est pas trop ton truc, de rester avec la même fille pendant des semaines. Les engagements à long terme te mettent mal à l'aise. Je comprends. (Voyant qu'il s'apprêtait à répondre, elle se dépêcha de reprendre :) On pourrait resserrer le programme, si tu es disponible. Comme ça on aura fini à la fin de la semaine. Je pensais : chapitre 6 demain, puis les deux derniers chapitres samedi et dimanche. Comme ça, tu peux voir la lumière au bout du tunnel.

Un vide douloureux s'installa dans sa poitrine à l'idée que leur dernière leçon approchait déjà. Les moments passés avec lui étaient rapidement devenus les plus agréables de la semaine. Certes, il était un formateur exaspérant, têtu et… parfois ingérable, mais il était aussi drôle, plaisant et d'abord facile. Elle ne s'était jamais sentie complètement libre avec quelqu'un, avant lui. Même avec ses copines les plus proches, en fac de médecine, elle avait passé sous silence certains aspects de sa vie – principalement ceux qui concernaient Frank –, parce qu'elle se sentait trop vulnérable quand elle en parlait. Tyler, lui, savait tout cela sans qu'elle ait même besoin de l'exprimer, sans pour autant lui débiter des platitudes ou chercher à nier l'évidence. Cela aurait dû la rendre méfiante. Il comprenait simplement, ce qui allégeait curieusement le poids que lui causaient ces questions. Pas étonnant qu'elle ait envie de plus.

Terrain glissant, l'avertit son cerveau. « Plus » avec Tyler ne figurait pas au programme. Ni celui de Tyler ni le sien. Il ne cherchait pas à trouver une femme et à fonder une famille. Bon sang, il était tout juste capable de calmer quelque temps ses penchants pour rassurer la banque. Tyler et elle ne partageaient simplement pas les mêmes buts. Et même si cela avait été le cas, on n'aurait pu envisager deux personnes moins qualifiées pour les atteindre ensemble. Roger, en revanche…

— Je ne guette pas la lueur au bout du tunnel, Ellie, dit Tyler d'une voix calme, interrompant ses pensées. Mais on peut poursuivre les leçons au rythme qui te conviendra. Je suis libre demain soir. Tu peux compter sur moi pour le chapitre 6.

13

Agenouillée sur le lit, le cœur battant, Ellie observait Tyler sortir les menottes du sac posé sur la table de chevet. Lorsqu'elle fit mine de s'approcher pour les prendre, il la regarda d'un air surpris et recula sa main.

— Il y a une erreur dans le scénario, doc. C'est toi l'otage impuissant et moi, je suis ton ravisseur impitoyable.

Pendant une seconde, elle se contenta de le fixer sans rien dire. Était-il sérieux ? Dans tous les fantasmes qu'elle avait pu nourrir sur le chapitre 6, c'était elle qui l'attachait pour abuser de lui. Le scénario opposé ne lui était même jamais venu à l'esprit.

— Non, non, protesta-t-elle en s'emparant du manuel sur la table de nuit. Selon le livre, c'est toi qui portes les menottes et le bandeau.

— Je ne crois pas.

Il lui prit l'ouvrage des mains, tourna quelques pages, puis le lui tendit en tapotant une illustration du doigt.

— Tu vois ce personnage, là ? Avec de longs cheveux et des seins, les yeux bandés et les poignets attachés au lit ? C'est toi. Celui qui est dessus, avec un pénis ? C'est moi.

— Ça ne veut rien dire, répondit-elle en lui arrachant le livre des mains. Si tu avais lu le chapitre, tu saurais que cette illustration n'est là qu'à titre d'exemple. Il faut déterminer qui dans le couple est le dominant et qui est le soumis, en termes de personnalité sexuelle.

Au lieu de s'incliner devant la supériorité de ses recherches rigoureuses, Tyler haussa les épaules et entreprit de lui retirer sa culotte en satin prune.

— C'est ça. On va d'abord se débarrasser de ça, puis tu pourras attraper les barreaux au-dessus de ta tête. Je vais te passer les menottes et…

— Ce n'est pas moi la soumise dans notre duo !

— Ellie, mon petit…, soupira-t-il avec une indulgence amusée, comme si elle venait d'affirmer qu'elle pouvait le battre à la lutte.

— Ne me prends pas de haut, s'il te plaît. Je suis sérieuse.

— Il n'y a pas trois jours de ça, tu m'accusais de toujours vouloir tout contrôler. Et maintenant, c'est moi le soumis ?

— Tu es presque un cas d'école. Regarde…

Elle parcourut la page du bout du doigt, jusqu'à trouver le paragraphe qu'elle cherchait.

— Ah voilà : « Dans vos scénarios, veillez à ne pas confiner votre étalon au rôle de dominant. »

En voyant qu'il s'approchait avec les menottes, elle le chassa de sa main libre et poursuivit, vaille que vaille :

— « Même si cela peut sembler contradictoire, un homme physiquement puissant pourra trouver un plus grand plaisir dans le rôle du soumis, précisément parce qu'il perçoit l'alternative – à savoir dominer une femme plus menue et plus faible – comme inéquitable. »

— Tu es en train de dire que je suis trop bien élevé pour te passer les menottes ?

— Ce n'est pas moi qui le dis, mais les experts.

— Je vais te montrer ce que je pense de tes experts.

Dans un geste de domination parfaite qui aurait pu mettre la culotte d'Ellie en danger de combustion spontanée si elle en avait encore porté une, Tyler lui prit les deux poignets d'une seule main. Avant qu'elle ne puisse envisager de protester, il lui plaça les bras au-dessus de la tête, passa les menottes autour du barreau central du lit et les referma sur elle. Satisfait, il se recula pour admirer son travail.

— Je me fous bien de tes experts, ma belle.

Allongée devant lui, simplement vêtue d'un soutien-gorge et d'une paire de menottes, elle se demanda un instant s'il n'avait pas raison. Puis elle tira un peu sur les menottes.

— Tu n'as rien compris, Longfoot. Elles ne sont pas du tout assez serrées. Si je voulais, je pourrais les enlever comme ça.

— Je ne te retiens pas contre ta volonté, répondit-il en retirant son T-shirt, soumettant ainsi Ellie au fascinant jeu de la lumière sur le terrain musculaire de son torse. Si je fais correctement mon boulot… (Il jeta le T-shirt par terre.)… tu n'auras pas envie de te sauver.

Pas envie de se libérer pour lui arracher son jean ? Pour le toucher partout ? Peu probable. Et c'était exactement pour cette raison que ce n'était pas lui le dominant. S'il n'hésitait pas à lui enlever sa culotte et ne rechignait jamais devant un petit étalage de muscles, jamais il ne se permettrait de prendre de force. Cela aurait été contraire à son code moral personnel, même pour jouer. Ellie, elle, n'avait pas autant de scrupules.

— Embrasse-moi, ordonna-t-elle.

Il se pencha vers elle dans l'intention d'obtempérer. Lorsque sa bouche fusionna avec la sienne et que leurs langues s'embarquèrent dans un duel pour la suprématie, elle se libéra des menottes. Profitant pleinement de l'élément de surprise, elle se redressa en l'agrippant par les épaules et le fit rouler sur le dos pour grimper à califourchon sur lui. Enfin, d'un geste rapide, elle lui passa les menottes aux poignets et l'attacha aux barreaux du lit.

— Tu cherches à prouver quelque chose, Sparky ?

Son sourire aguicheur s'estompa très légèrement lorsqu'il se rendit compte qu'il était bel et bien prisonnier. Impossible de glisser ses grandes mains pour se libérer.

— Tu peux m'appeler « maîtresse Ellie », répondit-elle en attrapant le bandeau que Tyler avait préparé sur la table de nuit.

Elle se pencha vers lui, sa poitrine recouverte de dentelle dangereusement proche de sa bouche.

— Mmh. Venez ici, « maîtresse Ellie ».

Elle les tortura tous les deux en positionnant un de ses seins assez près pour qu'il puisse passer la langue sur le bout érigé, bien visible sous la barrière de dentelle.

— Plus près, demanda-t-il en la léchant de nouveau.

— « Plus près, s'il vous plaît, maîtresse Ellie », corrigea-t-elle, sans pouvoir retenir un sourire, alors même que le bout de son sein se dressait davantage vers sa bouche.

Évidemment, aucune des réactions de son corps n'échappait à Tyler. Au lieu de lui donner ce qu'elle voulait, il reposa la tête sur l'oreiller et la regarda avec un sourire confiant.

— Enlève-moi ces menottes et je lécherai bien plus que le bout d'un sein.

Elle haussa un sourcil et joua un instant avec l'écharpe de soie noire, avant de la tendre devant son visage.

— Ne dis pas à maîtresse Ellie ce qu'elle doit faire.

— Si maîtresse Ellie me met ce bandeau, elle va devoir attendre très longtemps avant que ces jolis petits seins reçoivent l'attention qu'ils réclament.

— Maîtresse Ellie n'apprécie pas beaucoup les menaces, rétorqua-t-elle de sa voix la plus stricte, en commençant à lui nouer le bandeau autour des yeux.

— Aïe ! s'écria-t-il en cherchant à se libérer. Si tu essaies de me scalper, c'est réussi !

Oups.

— Si tu voulais bien te tenir tranquille une minute…, grommela-t-elle en défaisant le nœud pour recommencer.

Un long soupir résigné signala que Tyler capitulait.

— Doc, dans le genre excitant, j'ai connu mieux, franchement…

Une fois le bandeau en place, elle posa sans cérémonie la paume de sa main contre son front et le repoussa sur l'oreiller. Puis elle recula jusqu'à se retrouver à califourchon sur ses hanches, où elle découvrit que, malgré ses protestations, Tyler n'était pas complètement rebuté par la situation.

Elle s'arrêta une seconde pour apprécier le spectacle : Tyler allongé sur son lit, les yeux bandés, torse nu, menotté et passablement agacé. Il poussa un soupir résigné. Avec une moue blasée, Ellie défit l'attache de son soutien-gorge. Le petit « clic » résonna dans la chambre, suivi d'un doux bruissement du tissu quand elle retira le sous-vêtement.

— Bon, d'accord, admit-il de mauvaise grâce. Ça, c'était peut-être vaguement sexy.

La réaction entre ses cuisses suggérait qu'il avait trouvé ça plus qu'un peu excitant. Rassurée, elle se pencha en avant, jusqu'à ce que la pointe de ses seins entre en contact avec son torse. Il poussa un grognement douloureux.

— Chut. Tais-toi.

Pour souligner son ordre, elle l'embrassa par surprise sur la bouche, avec un peu plus d'ardeur que prévu. Tyler redressa aussitôt la tête pour lui répondre avec une ferveur égale, se servant de sa langue et de ses dents pour transformer sa ravisseuse en captive.

Déterminée à pousser son avantage, Ellie laissa courir sa bouche vers son menton, puis remonta en mordillant le long de sa mâchoire. Lorsqu'elle s'approcha de sa gorge, il marmonna « Ellie », comme un avertissement. Loin d'être intimidée, elle glissa jusqu'à sa pomme d'Adam, puis descendit en direction de la ceinture de son Levi's. Il frissonna, sans doute autant à cause des cheveux qui lui chatouillaient le ventre que des caresses de sa bouche.

Il était temps de passer aux travaux manuels. Une fois encore sans lui donner le moindre indice sur ce qu'elle allait lui faire – une merveilleuse invention, ce bandeau –, elle posa la main sur son sexe, à travers le tissu du jean.

— Oh putain…, protesta-t-il dans un souffle, mais il planta ses talons dans le matelas pour tendre le bassin vers elle et se frotter contre sa main.

Sans cesser de le caresser de sa paume, elle descendit sa fermeture Éclair de l'autre. Elle vit les muscles de ses bras se bander quand il agrippa les barreaux du lit.

— Assez ! haleta-t-il, les mâchoires serrées. C'est bon, tu as gagné. Ça m'excite. Détache-moi, maintenant.

*

Maîtresse Ellie se contenta de rire – un rire grave et dépourvu de pitié – et continua à le toucher, tandis qu'il tressaillait sous elle comme un adolescent inexpérimenté. Puis son jean disparut et la bouche chaude d'Ellie se referma sur lui. Ensuite, tout devint brumeux et confus.

Son incapacité à réfléchir ne l'empêchait pourtant pas de parler, pendant qu'Ellie s'amusait entre ses jambes. Impuissant, il s'entendait prononcer des propos contradictoires. *Bon sang, continue… Ne t'arrête surtout pas. Non, arrête ! Tu me tues…* Peu importait, car elle l'ignorait pour n'en faire qu'à sa tête, poursuivant cette douce torture jusqu'à ce qu'il envoie valser ses bonnes manières en donnant des coups de reins frénétiques pour essayer de s'enfouir plus profondément dans sa bouche.

Une fois encore sans le moindre avertissement – maîtresse Ellie n'était visiblement pas une grande fan des préavis –, elle s'éloigna.

— Patience, Tyler, chuchota-t-elle.

Elle traça un chemin brûlant de sa langue, depuis son nombril jusqu'à son oreille. Son parfum doux et érotique saturait ses sens. Un cri qui ne pouvait être décrit que comme une longue supplique impuissante lui échappa quand Ellie prit le lobe de son oreille entre ses dents et le mordit.

— Il nous reste un accessoire…

Miséricorde ! Quel genre de folie son manuel avait-il encore prescrit ? La réponse ne se fit pas attendre. Il ne sut pas s'il devait la remercier ou la maudire lorsqu'elle empoigna son membre douloureux pour y enfiler tranquillement un préservatif, faisant de cette simple tâche une douce agonie. Sans lui laisser le temps de se remettre de ses émotions, elle se redressa et s'empala lentement sur lui sans autre forme de préambule.

Un éclair de jouissance remonta depuis son sexe jusqu'à la base de son cerveau et une gerbe d'étincelles explosa derrière ses paupières closes.

— Ellie…, gémit-il.

Il n'était pas un petit format. Ellie, en revanche, était menue et étroite. Délicate. Jamais il ne l'aurait pénétrée sans d'abord s'assurer qu'elle était prête – à l'aide de ses doigts et de sa bouche. Mais ce soir, il ne pouvait faire ni l'un ni l'autre.

— Doucement, conseilla-t-il, la mâchoire crispée, en s'efforçant de se contenir, alors même que le corps d'Ellie frémissait autour de lui.

Ces paroles la firent rire de nouveau, un rire étouffé, mais triomphant. Elle commença à bouger – de bas en haut, d'avant en arrière, vite et profond – et Tyler en oublia ses inquiétudes, ainsi que tout le reste. Seule comptait la sensation d'Ellie sur lui.

— On a déjà parlé de ça, Tyler. Tu ne dis pas à maîtresse Ellie ce qu'elle doit faire. Maintenant, je vais devoir te punir.

Certes, c'était une forme de préavis, mais à quoi bon ? Impossible de prévoir que la punition en question impliquait de lui prendre les testicules dans le creux de sa main et de serrer. Fort. Assez fort pour le précipiter à la frontière entre l'enfer et le paradis.

— Je te jure, si tu recommences ça, je vais…

— Tu vas quoi ? le provoqua-t-elle en recommençant aussitôt.

Jouir, en fait. Jouir sans fin, sans qu'il puisse rien y faire, une avalanche de sensations qui le laissèrent vidé et frissonnant.

— Bon sang, Ellie… C'était…

Il était tellement rincé qu'il n'arriva même pas à terminer sa phrase. Hallucinant ? Paralysant ? L'expérience la plus voluptueuse et la plus dévastatrice de sa vie ?

Ellie lui retira le bandeau d'un geste sec et lui adressa un sourire plein d'une supériorité féline. Elle se pencha en avant pour lui murmurer à l'oreille :

— Je t'avais bien dit que c'était toi, le soumis.

Il aurait voulu protester, mais, lorsqu'elle se redressa pour détacher les menottes, son pénis épuisé glissa de sa cachette favorite et il se sentit encore moins dominant. Ça n'allait pas du tout. Dès que ses poignets furent libres, il fit basculer Ellie d'un coup de bassin et, en un clin d'œil, reprit le dessus. Lui maintenant les mains au-dessus de la tête, il gronda :

— Qui est la soumise, désormais ?

— La force brute ne prouve rien.

— Ne t'inquiète pas, doc. Je vais te montrer plus que de la force brute.

Elle leva un sourcil en ondulant des hanches contre lui.

— Tout de suite ? Je ne crois pas. Le temps de récupération chez l'homme me garantit mon statut de dominante pendant encore au moins dix minutes.

Un lent sourire illumina alors le visage de Tyler.

— Je ne compterais pas trop là-dessus, si j'étais toi. J'ai amené un copain.

L'air arrogant d'Ellie se fit soudain soucieux. C'était adorable.

— Un copain ?

— Parfaitement.

Il fouilla dans le sac et en sortit le rabbit rose.

— Dis bonjour à mon pote le lapin. Il s'appelle… Pan-pan !

Enclenchant du pouce l'appareil, il l'approcha de son visage. Ellie poussa un petit cri et tenta de se dégager, mais Tyler avait de bons réflexes. Ellie ne se sauva pas bien loin et, quand il fit les présentations en bonnes et dues formes avec Panpan, ses protestations se muèrent en cris de plaisir qu'il connaissait bien.

— J'adore ces bruits que tu fais, commenta-t-il en rapprochant le sex-toy du point qui ne manquerait pas d'augmenter le volume et la fréquence de ses gémissements. Je pourrais t'écouter chanter toute la nuit.

Il descendit Pan-pan vers des régions moins sensibles et les cris d'Ellie se muèrent en gémissements sourds et langoureux.

— Toute la nuit, répéta-t-il en remontant de nouveau, ravi de découvrir qu'elle était capable, à condition d'être correctement motivée, de ponctuer ses cris de jouissance de suppliques très convaincantes.

Une heure plus tard, ils étaient allongés pêle-mêle sur le lit, pantelants et repus. Tyler ressentait également une douleur étrangement satisfaisante dans toute une série de muscles de choix.

— Tu peux marquer un 20/20 à côté du chapitre 6, marmonna-t-il en savourant la sensation des ongles d'Ellie qui couraient sur ses épaules.

— Merci. Puisqu'on est sur le sujet, j'espérais que, la prochaine fois, on puisse couvrir le chapitre…

Un tambourinement violent à l'entrée vint l'interrompre, puis quelqu'un brailla d'une voix éraillée :

— Ellie ! Ouvre ou je défonce cette putain de porte ! J'en ai plein le dos que tu me critiques partout en ville. Ouvre cette porte !

Les coups reprirent de plus belle. Avec un grognement, Ellie se cacha le visage dans son bras.

— Va-t'en, Frank, murmura-t-elle, sans se rendre compte à quel point elle avait l'air complètement égarée et seule, à cet instant.

Habituellement, c'était un signal d'alarme pour Tyler. En temps normal, il aurait pris la tangente le plus rapidement possible – en embarquant Frank au passage. La vérité, c'était qu'il ne savait pas rester pour soutenir quelqu'un qui en avait besoin. Rigoler ? S'amuser ? Pas de problème. Mais affronter un problème qu'on ne pouvait résoudre ni avec un outil ni par le sexe ? Il n'était pas équipé pour. Or, pour une raison démente qu'il ne comprenait pas encore, il avait envie d'essayer avec Ellie. Juste pour voir. Pas simplement parce que l'irruption de son père éveillait en lui des instincts protecteurs, mais parce que, pour une fois, il avait envie d'être là pour quelqu'un… et que quelqu'un soit là pour lui. Soudain, ce fut comme une gifle : il était en train de tomber amoureux. Amoureux de ce mélange à la fois amusant et troublant de force, d'intellect, de volonté et de vulnérabilité, le tout placé dans une tête de mule de première catégorie. Il s'était laissé séduire par ce cocktail complexe et savamment dosé, avec le père taré en bonus.

Frank martela de nouveau la porte.

— Je vais aller lui dire deux mots, annonça-t-il en attrapant son jean.

Il ne savait pas comment Frank réagirait en le voyant ouvrir la porte, mais, à vrai dire, il s'en foutait royalement. Père ou pas, ce type n'avait aucun droit de se pointer comme ça au milieu de la nuit en criant et en jurant.

— Non ! s'écria aussitôt Ellie en bondissant pour attraper sa robe de chambre à la patère derrière la porte. Ne le prends pas mal, mais, si tu y vas, ça ne fera qu'envenimer la situation. S'il te plaît, reste ici.

Il enfila son jean et s'apprêtait à lui répondre qu'il y avait des limites à la soumission lorsqu'il leva les yeux vers elle et vit son expression. Un mélange déchirant de chagrin et de mortification. Il sut alors que s'il tentait d'une façon ou d'une autre de se mêler de la situation, cela ne ferait qu'ajouter à l'embarras d'Ellie. Peut-être aurait-il dû s'en moquer, car en cherchant à sauver les apparences Ellie ne faisait rien pour régler ses problèmes. Pourtant, il n'avait jamais oublié l'humiliation cuisante qu'il ressentait autrefois, quand Big Joe se pointait devant lui en public, ivre d'alcool et de colère. Pour l'instant, ce qu'Ellie désirait pardessus tout, c'était que Frank se taise et rentre chez lui, en ameutant le moins de témoins possible. Et ça, il comprenait.

Il attendit donc patiemment qu'Ellie ose enfin lever les yeux vers lui, puis répondit avec autant de douceur et de fermeté que possible :

— Va lui dire que je sors dans une minute pour le raccompagner chez lui.

— Tyler, je t'en supplie… Reste ici.

— Pas moyen. Je ne sais pas comment il est arrivé jusqu'ici, mais il est hors de question qu'il reste, tout comme il est hors de question qu'il aille où que ce soit par ses propres moyens, vu l'état dans lequel il est.

— Je vais le ramener.

— Bien tenté. Tu crois que tu pourrais le forcer à monter dans ta voiture ?

Ellie entrouvrit ses magnifiques lèvres encore gonflées de leurs baisers, se préparant visiblement à discuter, mais il n'avait pas l'intention de lui laisser le choix.

— Mon petit, si tu le raccompagnes chez lui, c'est comme si tu jetais une friandise à un chien qui vient de pisser dans un coin de la maison. Il cherche à attirer ton attention. Si tu réagis, tu le dresses à suivre ses pires instincts. Rien de tout cela n'est ta faute, ajouta-t-il, parce qu'il se souvenait d'avoir passé de trop nombreuses heures à se demander pourquoi diable il ne parvenait jamais à échapper bien longtemps au radar de Big Joe. En revanche, si tu as besoin d'une ou deux minutes pour lui parler avant que je le ramène en pick-up, vas-y maintenant.

Pour adoucir ses paroles, ou peut-être simplement pour se distraire de ce regard de chien battu qu'elle avait, il lui caressa la joue du bout des doigts.

— Tyler, soupira-t-elle, imprégnant son nom d'un océan d'émotions refoulées.

— Ellie, répondit-il d'une voix calme mais résolue.

Elle le regarda encore, comme si elle essayait de se décider, puis elle tourna les talons et disparut dans le couloir sans se retourner.

Tyler s'habilla en toute hâte, gardant une oreille sur la conversation qui se déroulait à la porte d'entrée. Frank commença par se plaindre qu'Ellie avait demandé à Rawley de ne plus le servir. Ellie nia avoir jamais fait une chose pareille et suggéra que c'était peut-être simplement parce que Rawley en avait assez de le supporter dans cet état, quand il avait l'alcool mauvais. Elle lui expliqua ensuite qu'il se sentirait mieux s'il rentrait chez lui pour manger quelque chose et dormir un peu.

Plus la voix d'Ellie devenait calme et froide, plus Frank s'agitait et criait. Lorsque Tyler arriva enfin, Frank en était à hurler des reproches. Il n'avait pas besoin qu'elle vienne chez lui pour lui dire ce qu'il devait faire. Elle lui manquait de respect, se baladait en ville comme si elle valait mieux que les autres, tout simplement parce qu'elle avait un diplôme de docteur en médecine.

Tyler sortit en laissant la porte-moustiquaire claquer violemment derrière lui. Dans la lumière ambrée du perron, Frank tourna brusquement la tête vers lui et le scruta de ses yeux injectés de sang.

— C'est l'heure de rentrer, Frank, annonça-t-il.

Il fallut une dizaine de secondes au vieil homme pour comprendre la situation, puis il se tourna de nouveau vers sa fille et remarqua enfin ses cheveux ébouriffés, ses pieds nus et sa robe de chambre.

— Tu ne vaux pas mieux que moi! hurla-t-il. Tu n'es qu'une…

— Dans le pick-up, Frank, interrompit Tyler, à bout de patience.

Comme Frank ne semblait pas décidé à bouger, il le prit par le bras et l'entraîna vers les marches.

— Enlève tes sales pattes de là, gronda Frank.

Il tenta de se libérer, mais perdit l'équilibre. Tyler s'efforça tant bien que mal de le soutenir, ce qui lui valut un coup de poing dans la mâchoire, qui lui projeta la tête en arrière. Il entendit ses dents s'entrechoquer, puis un goût de sang lui inonda la bouche.

Il poussa un juron sonore.

— Allez, viens! le mit au défi Frank, les dents serrées, en titubant autour de Tyler comme un boxeur refusant de jeter l'éponge. Viens te battre.

Ellie se précipita pour s'interposer, prouvant ainsi que l'entêtement était bien un trait génétique.

— Je suis désolée, bafouilla-t-elle à Tyler en inclinant la tête pour examiner sa mâchoire meurtrie.

— Arrête.

Il se tourna, la forçant à rester derrière lui et fit un rempart de son corps pour qu'elle soit hors de portée de Frank. Elle s'approcha de nouveau, regardant sa blessure d'un air inquiet.

— Tu saignes…

Et j'espère bien être le seul à saigner ce soir, alors s'il te plaît, éloigne-toi de cet ivrogne mal embouché. Au lieu d'aboyer cette réponse, il prit une profonde inspiration et compta jusqu'à dix. Puis, d'une voix mauvaise qu'il ne se connaissait pas, il maugréa :

— Ne te sens pas obligée de jouer au docteur avec moi. (Puis, voyant qu'elle s'apprêtait à objecter quelque chose, il pointa un doigt vers elle.) Toi, tu rentres. Tout de suite. Et vous..., ajouta-t-il en se tournant vers Frank. Dans le pick-up.

Ils le regardèrent tous les deux, les yeux grands comme des soucoupes.

— Tout de suite !

Cela sembla les décider. Frank s'installa tant bien que mal sur le siège passager du camion, tandis qu'Ellie battait en retraite vers la porte d'entrée. Satisfait de voir que la soirée n'allait pas se terminer en bain de sang, Tyler sortit les clés de sa poche et se glissa derrière le volant.

— Je t'appelle, lança-t-il à Ellie, avant d'enclencher la marche arrière.

14

Ellie referma la porte, appuya sa tête contre le bois lisse et laissa couler les larmes brûlantes qu'elle retenait depuis de longues minutes. Certes, ce n'était pas la fin du monde. Elle savait qu'il existait de pires catastrophes que de voir son père débarquer chez soi, complètement ivre, pour frapper l'homme avec qui on couchait. Pourtant, aucune ne lui venait à l'esprit.

Plusieurs autres pensées les bousculaient dans sa tête. Comme le fait qu'elle ne savait plus du tout comment s'y prendre avec Frank. Que leur relation restait aussi boiteuse que jamais, mais qu'à présent, avec le diabète et un problème d'alcool galopant en prime, elle ne pouvait plus se contenter de « faire son devoir ». Elle avait besoin d'une nouvelle approche. Malheureusement, à moins d'embaucher une aide à domicile vingt-quatre heures sur vingt-quatre – ce que Frank n'accepterait jamais –, elle ne voyait pas trop ce qu'elle pouvait faire.

Elle regagna sa chambre en reniflant. Grossière erreur. Le vibromasseur d'un rose ridicule gisait sur le lit, comme pour mieux lui rappeler la soirée passionnée, excitante et tout simplement géniale qu'elle avait passée avec Tyler. Elle laissa échapper un hoquet, à mi-chemin entre le rire et le sanglot. Une main serrée sur la poitrine, elle regarda la situation bien en face.

Elle pourrait s'estimer heureuse si Tyler acceptait de lui reparler. Quant à avoir de nouveau le moindre contact physique avec elle… Même s'il l'appelait, qu'allait-elle bien pouvoir lui dire ? *Désolée pour ce qui s'est passé avec mon père ? Je te promets que ça ne se reproduira plus ?* Mais bien sûr. Il était assez clair qu'elle ne pourrait jamais tenir une pareille promesse. Si elle avait eu le pouvoir de forcer Frank à se comporter correctement, un tel incident n'aurait jamais eu lieu.

Elle s'approcha du lit, rangea le vibromasseur dans sa table de nuit et referma le tiroir d'un geste sec. Une autre vérité la taraudait : la douleur qui lui oppressait la poitrine n'avait rien à voir avec le fait que son grand projet avait sérieusement déraillé, ni au fait qu'elle avait perdu son instructeur. Non, c'était simplement parce qu'elle avait perdu Tyler. C'était ce qui lui faisait le plus mal. Ce qui n'avait aucun sens, étant donné que leur accord était, par nature, temporaire. Pourtant, chaque fois qu'elle se trouvait en sa compagnie, il parvenait à lui embrumer les neurones, à lui faire perdre pied et à oublier son objectif premier.

Il n'aurait pas dû avoir un tel pouvoir sur elle. En temps normal, son cerveau était équipé d'un système de dégivrage automatique pour prévenir ce genre d'inconvénient. Elle ne s'écartait jamais de ses objectifs et ne perdait jamais pied – jamais.

Un bout de tissu violet roulé en boule attira son regard près d'un oreiller, comme pour mieux se moquer de ses prétentions. Elle s'empara de sa culotte et la fourra dans la poche de sa robe de chambre d'un geste rageur. Une chose était certaine, Tyler parvenait à se frayer un chemin jusqu'à sa culotte avec une régularité effrayante.

Et pourquoi ça, à ton avis? demanda soudain une petite voix inquiète dans son esprit.

Parce qu'il maîtrise l'art de se glisser dans la culotte des filles depuis le lycée, voilà pourquoi. Il est doué et c'est d'ailleurs pour ça que tu l'as embauché comme instructeur. Dommage que la soirée qu'ils venaient de vivre l'ait sans doute fait fuir en courant. À cause de son incapacité flagrante à canaliser son propre père, elle n'apprendrait jamais à séduire Roger. Adieu, les mouflets blondinets pédalant sur des vélos rouges devant une demeure Tudor en brique, au bord de la rivière. Adieu, les dimanches matin à l'église, assise au quatrième rang.

Peut-être devait-elle considérer cette soirée comme un coup de semonce. Elle n'était sans doute pas taillée pour faire partie d'une grande famille aimante, tout comme elle n'était pas faite pour être une furie sexuelle, pensa-t-elle en se laissant tomber sur le lit, d'humeur maussade.

Incapable de rester tranquille, elle se releva aussitôt et se dirigea vers sa penderie. Cela ne servait à rien de se terrer chez elle à monologuer. Elle ferait mieux d'aller voir si Frank allait bien. Autant que son diplôme de médecine soit utile à quelque chose.

Quinze minutes plus tard, alors qu'elle sortait de la voie express pour rejoindre le quartier où elle avait vécu pendant dix-huit ans, elle croisa un pick-up noir qui lui fit des appels de phare.

Tyler.

Elle se gara sur le bas-côté. Tyler devrait se contenter de ce décor pour lui annoncer qu'il annulait le reste de leurs leçons. Son cœur battait tellement fort qu'il marquait un violent contretemps au pas de Tyler qui approchait sur le gravier.

Il s'accouda à sa portière et la regarda.

Elle leva les yeux vers lui et, la gorge serrée, inspecta sa mâchoire meurtrie. Elle mourait d'envie d'examiner la blessure, pour s'assurer qu'il n'avait rien de grave, mais, au prix d'un effort monumental, elle parvint à garder ses mains sur le volant. Tyler dut cependant comprendre son intention, car il dit :

— Ce n'est rien, Ellie.

Quelque chose dans sa voix calme et grave fit céder une digue en elle, libérant sa colère. Avec un détachement stupéfait, elle vit ses poings s'abattre avec rage contre le volant et une voix qu'elle reconnut à peine comme la sienne jaillit de sa gorge :

— Ce n'est pas rien ! Mon père t'a frappé. Tu es blessé. Tu vas mal. Lui aussi. Et moi aussi !

En un instant, il la fit sortir de la voiture pour la prendre dans ses bras, enfouissant son visage contre son torse. Sentant les battements réguliers et sûrs de son cœur contre sa joue, elle frissonna malgré la touffeur de la nuit et la chaleur qui émanait du corps de Tyler. Pire encore, elle se mit à sangloter comme une hystérique.

Tyler la serra contre lui, patient et silencieux, se fichant bien du fait qu'ils se trouvaient tous les deux au bord d'une route, à minuit passé. Il la laissa pleurer tout son soûl. Cela prit du temps. Enfin, étourdie et la gorge nouée, elle se redressa et essuya ses yeux rougis du dos de la main.

— Oh là là, je suis désolée, marmonna-t-elle en voyant la tache humide qu'elle avait laissée en plein milieu de son T-shirt.

Des larmes, de la sueur et Dieu sait quoi encore…

— Je te dois un T-shirt.

— Et moi, je te dois une culotte. Comme ça, on est quittes.

Il lui prit le menton.

— Tu te sens mieux ?

— Oui.

Si on oubliait l'humiliation… Elle s'écarta de lui.

— Encore une fois, je suis désolée...

— Ne t'excuse pas. Ce qui s'est passé avec Frank ce soir ? Ce n'est pas ta faute.

— Il boit trop.

— Pas ta faute.

— Il est furieux, parce que... comment dire... (Elle soupira.) Parce qu'il est toujours furieux.

— Il est en colère contre Dieu, contre le destin, contre le monde entier. Ça non plus, ce n'est pas ta faute.

La vérité profonde qui imprégnait ces paroles donna à Ellie l'envie de fondre en larmes de nouveau, mais elle s'efforça de sourire tant bien que mal.

— Tu essaies de me dire que rien de tout ça n'est ma faute, c'est ça ?

Tyler sourit aussi.

— C'est un peu l'idée, oui.

— C'est gentil de ta part, reprit-elle en détournant le regard, mais les relations père-fille ne sont pas vraiment ton domaine d'expertise.

— Tu seras peut-être surprise d'apprendre que mon « domaine d'expertise », comme tu dis, ne se limite pas au cul.

Son ton un peu sec lui fit lever les yeux. Avec étonnement, elle comprit que Tyler était sur le point d'aborder un sujet qu'il aurait visiblement préféré éviter. Son impression se renforça lorsqu'elle le vit soulever un pan de son T-shirt pour révéler la cicatrice qui lui barrait le flanc.

— Tu m'as demandé l'autre jour comment c'était arrivé. Tu es toujours intéressée par ma réponse ?

Elle fit signe que oui.

— Quand j'avais douze ans, Big Joe m'a frappé avec la petite lame d'une double hachette, parce que je n'avais pas empilé le bois correctement. Il avait bu, parce qu'il buvait toujours, et il était déjà de mauvais poil, parce qu'il était toujours de mauvais poil. Ce n'était pas la première fois qu'il me faisait comprendre de façon aussi limpide qu'il n'était pas très satisfait de ma conduite. Ça n'a pas été la dernière, non plus.

Une vision de Joe Longfoot se forma dans l'esprit d'Ellie : une masse imposante, avec des yeux vifs et durs, et une bouche en permanence tordue par un rictus. Sans pouvoir s'en empêcher, elle s'approcha pour toucher doucement la cicatrice. Elle en avait les larmes aux yeux, rien que d'imaginer Tyler, à douze ans, sans défense contre son père, l'homme qui aurait dû le protéger, prendre soin de lui… l'aimer.

— C'est atroce, chuchota-t-elle.

— Ouais, approuva-t-il en lui prenant la main. Quand ta mère te dépose à l'école pour ton premier jour de maternelle et se barre ensuite pour ne jamais revenir, et que ton père te tabasse chaque fois que tu fais un pas de travers, tu finis par te demander si ce n'est pas toi le problème.

Outrée qu'il puisse simplement envisager une chose pareille, elle s'écria :

— Évidemment que ce n'était pas toi le problème ! C'était eux, le problème. Tu n'étais qu'une victime innocente.

Il lui lança un regard entendu.

— Moi, ce n'est pas pareil, protesta-t-elle. Ma situation est différente…

— Non. C'est exactement la même chose. J'ai gâché des années à essayer de savoir ce que j'avais bien pu faire pour mériter d'être abandonné par ma mère et cogné par mon père. Finalement, j'ai compris que les problèmes de mes parents n'avaient rien à voir avec moi. Ma mère s'est barrée parce qu'elle ne supportait plus le tempérament de mon père. Elle m'a sacrifié pour se sauver, parce qu'elle savait sans doute que, si elle le laissait tout seul, sans personne à malmener, il se lancerait à notre recherche. Peut-être avait-elle raison, mais cela n'a pas vraiment d'importance. J'aurais pu être le gosse le plus adorable du monde, cela n'aurait rien changé. Idem avec Joe. Ce n'est pas moi qui l'ai transformé en un salopard vicieux. Il était déjà comme ça avant même que je sois né, et il est resté le même jusqu'à sa mort.

Son esprit logique et rationnel comprenait le point de vue de Tyler, mais une part plus faible et plus émotive d'elle refusait d'établir un parallèle entre la famille de Tyler et la sienne. Il existait des différences. De grosses différences. Sa propre mère était morte et rien ne pourrait jamais changer ça. Celle de Tyler était peut-être encore en vie et, allez savoir… peut-être rongée de remords, espérant un jour renouer avec ce fils qu'elle avait abandonné ?

— Ta mère... a-t-elle jamais... ? Ou bien toi ?

Une boule dans sa gorge l'empêchait de formuler clairement sa question.

— Non. Je n'ai plus jamais entendu parler d'elle depuis ce jour, expliqua-t-il tranquillement. Je n'ai jamais cherché à la retrouver.

— Est-ce que tu la détestes ?

— Ce n'est pas ça... Aujourd'hui, je suis capable de cerner sa situation un peu plus clairement que quand j'étais gosse. Elle n'avait que vingt-trois ans et elle était coincée dans une relation d'amour-haine, avec un homme qui allait finir par la tuer si elle restait. Alors, elle a pris la sortie de secours. Je comprends pourquoi, même si je n'arrive pas vraiment à lui pardonner. Elle n'a jamais cherché à me joindre. Pourtant, je ne suis pas difficile à trouver, étant donné que je suis à peu de choses près resté à l'endroit où elle m'a laissé. J'imagine donc qu'elle n'est pas très pressée de rétablir le lien. Quant à moi... (Il haussa les épaules.) C'est terminé. Je n'ai plus vraiment besoin d'un parent.

— Moi, si.

Cet aveu lui permit de comprendre ce besoin qu'elle avait d'endosser une part de responsabilité dans les problèmes avec Frank. Si elle faisait partie du problème, alors elle pouvait faire partie de la solution. Autrement, c'était Frank qui tirait toutes les ficelles et il risquait de ne jamais faire un pas vers elle.

Elle leva les yeux vers la lune.

— C'est idiot, je sais.

Du coin de l'œil, elle vit sa mine compatissante et sentit son cœur se tordre.

— Je ne l'ai jamais avoué à personne, mais la principale raison pour laquelle je suis revenue ici pour ouvrir mon cabinet, c'est parce que j'espérais pouvoir arranger les choses, entre Frank et moi. Je me disais qu'il avait besoin de moi, à cause du diabète. Que j'allais pouvoir l'aider et, ainsi, lui prouver que je ne suis plus un fardeau indésirable que ma mère lui a légué en mourant. J'espérais qu'il se montrerait reconnaissant, qu'il admirerait l'adulte que je suis devenue et aurait envie de former une vraie famille…

— C'est peut-être le cas.

— Mais bien sûr… Il déteste quand je passe le voir et répète que je ne suis bonne qu'à lui faire la morale, alors que j'essaie de l'aider.

— Pourtant, il est toujours là quand tu viens, non ?

Elle ne sut que répondre.

— Les gens changent. Tu lui as montré ce qui était en jeu en revenant. Il est peut-être temps de prendre un peu le large pour voir s'il est capable de mettre les choses au clair et s'il est prêt à changer.

— Il faut que j'aille vérifier sa glycémie.

— Non.

— Il pourrait…

Le regard appuyé de Tyler la fit taire.

— Frank va bien. Il a mangé, puis nous avons discuté d'homme à homme sur les choix qui s'offraient à lui. Il a besoin de rester seul un moment pour réfléchir à ce qu'il veut faire.

— Je ne comprends pas. De quels choix parles-tu ?

— Je lui ai promis que ça resterait entre nous. Il t'en parlera s'il en a envie.

— C'est…

Perdue, elle donna un petit coup de pied dans son pneu.

— Tu voudrais que… En gros, tu voudrais que je remonte dans ma voiture et que je rentre chez moi, c'est ça ?

— Tu vas passer le voir demain, de toute façon, non ? Il m'a dit que tu lui apportais des provisions tous les samedis.

— Oui, mais…

— Demain, ce sera bien assez tôt. Qu'est-ce que tu fais après ?

— Pardon ?

— Qu'est-ce que tu fais demain soir, après avoir déposé les courses chez Frank ?

— Euh… rien.

— Tu veux que je vienne t'aider à ne rien faire ?

*

Elle eut l'air tellement sciée par son invitation qu'il faillit éclater de rire.

— Allez, Ellie. Il est trop tard pour me faire croire que tu as poney ou je ne sais quoi. Ça te dirait de venir chez moi après avoir rendu visite à Frank ?

— Tu veux qu'on se revoie ? Après tout ce qui s'est passé ?

— J'ai comme l'impression que la leçon de ce soir s'est terminée un peu prématurément.

À peine eut-il prononcé ces paroles qu'il s'en mordit les doigts. Oui, il voulait la voir le lendemain, mais pas pour qu'ils puissent terminer la leçon je-ne-sais-plus-combien. Il aurait dû l'inviter au restaurant ou au cinéma… Un vrai rendez-vous. Il n'était pas expert, lorsqu'il s'agissait de dire à une femme *je suis en train de tomber amoureux de toi*, mais il soupçonnait que ce genre de phrase s'accompagnait généralement d'un geste romantique quelconque. Il soupçonnait également qu'un orgasme n'entrait pas vraiment dans la catégorie « geste romantique ». Pourtant, lorsque Ellie répondit à sa proposition par un grand sourire – fossettes comprises –, il sut qu'il avait visé juste. Un peu décevant pour lui, mais il était prêt à tout pour la faire revenir vers lui, jusqu'à ce qu'elle prenne enfin conscience qu'elle attendait plus que quelques nuits de sexe échevelé.

— 19 heures ? demanda-t-il.

— 19 heures, c'est parfait. J'apporte de quoi manger ?

Un petit dîner en tête à tête chez lui, c'était presque un « vrai rendez-vous ». Envisageait-elle déjà qu'il puisse être doué pour plus que le sexe ?

— Après…, poursuivit-elle. On pourrait peut-être…

— Tout ce que tu voudras.

— Sérieusement ?

— Sérieusement, doc. Tout ce que tu veux faire.

*

— Tu es sûre de ton coup ? demanda Tyler, sans chercher à cacher son manque d'enthousiasme, déjà exprimé à maintes reprises.

Ellie posa sa tête sur ses avant-bras.

— Pour la énième fois : oui, répondit-elle en le regardant par-dessus son épaule. Et puis, tu as promis.

Tyler sentait bien que son sexe n'avait pas très envie de discuter. La voir ainsi agenouillée devant lui, nue et moite dans la chaleur de l'orage qui s'annonçait, provoquait chez lui l'irrépressible désir d'accepter, mais son cerveau persistait à s'en mêler.

— Tu ne sais pas ce que tu dis. Tu ne l'as jamais fait.

— Je sais que je veux essayer, parce que le manuel affirme que les hommes adorent le chapitre 13. Il a quand même cinq étoiles, bon sang !

— Je suis sûr qu'il ne récolte aucune étoile dans le manuel pour rendre les femmes folles de désir.

— Si jamais tu prends des cours pour apprendre à rendre une femme folle de désir, tu n'auras qu'à éviter celui-là. Écoute, je ne suis pas devenue muette, que je sache ? Si ça ne me plaît pas, je te dirai d'arrêter, d'accord ? Je te fais confiance.

Il se passa une main sur le visage. Que pouvait-il répondre à ça ?

— O.K., tu as gagné. Où est le lubrifiant ?

Elle attrapa le flacon sur la table de nuit.

— Je croyais que tant que tu aurais deux mains et une langue, on n'aurait pas besoin de lubrifiant ?

— Je me suis trompé. Maintenant, tais-toi.

Il s'amusa pendant quelques minutes à étaler du lubrifiant sur elle, se concentrant sur les territoires familiers qu'elle aimait. Concrètement, il la massa entre les jambes jusqu'à ce qu'elle commence à onduler des hanches en gémissant. Évidemment, il cherchait à gagner du temps, mais ça n'avait pas l'air de la déranger…

— Tyler, tout ça est très agréable et…

Il glissa un doigt dans son tunnel étroit et humide.

— Oh la vache… Terriblement excitant, mais…

Oui, mais…. D'accord.

— Très bien, attends une seconde.

De sa main libre, il tâtonna sur le lit jusqu'à trouver ce qu'il cherchait. Après une dernière noisette de lubrifiant, il s'avança vers l'échancrure de ses fesses, direction le cœur de sa cible, puis il appuya doucement. Très doucement.

— Ce n'est pas… pas si atroce que ça, dit-elle en se tortillant pour l'aider dans sa progression.

— C'est Pan-pan.

Elle s'immobilisa.

— Pan-pan ?

— Ouais. Ce bon vieux Pan-pan.

Il put presque entendre son cerveau entrer en action, tandis qu'elle se lançait dans des petits calculs. Il était plus large, plus épais et plus long que le vibromasseur. Heureusement qu'il avait pensé à lui demander de l'apporter ce soir. Il fallait bien un lapin pour lui faire changer d'avis. Il retira le sex-toy.

Ellie se retourna rapidement et remonta ses genoux contre sa poitrine.

— Tu as raison, finalement, annonça-t-elle en le regardant de ses grands yeux. Je n'ai pas envie.

— Tant mieux. J'ai une meilleure idée, de toute façon.

La saisissant par les hanches, il la souleva, une main soutenant ces fesses qu'elle avait été si pressée de lui offrir, l'autre plaquée dans son dos. Ignorant son petit cri de surprise, il se leva. Elle lui passa aussitôt les bras autour du cou et enroula ses jambes autour de sa taille.

— Attrape la couverture, tu veux ? J'ai les mains prises.

— Hum, d'accord.

Incapable de dissimuler son scepticisme, elle se pencha néanmoins pour s'emparer de la légère couverture bleue. Il la porta jusqu'en bas et marcha droit vers la porte de la cuisine, qui donnait sur le jardin. La clarté de la lune presque pleine donnait à sa peau un teint d'albâtre et dessinait un ourlet d'argent sur les nuages qui s'amoncelaient rapidement à la cime des arbres.

— Tyler, tu as perdu la tête ou quoi ? Il va pleuvoir.

Il s'arrêta sur une zone plane de la pelouse, sous les chênes.

— Et alors ? Tu ne vas pas fondre. Lâche la couverture.

Elle obéit. Du bout du pied, il étala les quatre coins, avant de se laisser tomber à genoux pour déposer Ellie. Il resta un instant sans respirer à la regarder, ainsi allongée sous la clarté de la lune. Ce n'était pourtant toujours pas le cadre idéal pour mettre son âme à nue et lui expliquer qu'il voulait représenter plus pour elle que… pfff… que le type qui venait de la convaincre de renoncer au chapitre 13. Cela dit, des paroles n'étaient pas forcément nécessaires. Quand il vint se coller contre elle, elle lui sourit en frissonnant.

— Tu as froid ?

— Non. Je ne me suis pas sentie aussi bien de toute la journée. Tu as raison, je ne vais pas fondre.

Hum. Il espérait bien que si, mais pas à cause de la pluie. Il se pencha vers elle pour couvrir son doux sourire de ses lèvres et lui offrir un baiser interminable et langoureux.

— Je ne me souviens pas d'un chapitre traitant d'une excursion nudiste dans le jardin, dit-elle, le souffle court, quand il redressa la tête.

— On ne peut pas tout apprendre dans un livre, Ellie. Parfois, il faut savoir se fier à son instinct.

Pour le prouver, il lui prit le menton et l'embrassa de nouveau, dévorant sa bouche avec adoration, ne s'arrêtant que lorsqu'elle agrippa ses épaules avec un petit gémissement urgent. Cette fois, elle le regarda, l'air un peu hébété.

— Je ne suis pas certaine de saisir l'objet de la leçon, Tyler.

Cet aveu chuchoté et son regard vaguement inquiet allumèrent dans les reins de Tyler des flammèches qui commencèrent rapidement à grignoter tout son corps. Ellie la forte en thème aimait connaître les règles du jeu à l'avance. Voler à l'aveuglette la déstabilisait. Il avait pourtant bien l'intention de la déstabiliser encore plus.

— Fais-moi confiance.

— Je te fais confiance, mais…

Sa voix mourut quand il posa les lèvres sur sa mâchoire, puis descendit vers sa gorge et la courbe délicate où son cou rejoignait son épaule.

— Je pourrais t'embrasser toute la nuit, murmura-t-il, tout contre sa peau.

— Mais non. Tu finirais par avoir les lèvres gercées, parvint-elle à répondre, en glissant les doigts dans ses cheveux pour se cambrer vers lui quand il passa la langue sur la pointe parfaite de son sein.

En riant, il porta son attention à l'autre sein.

— C'est plus fort que moi. Tu es tellement belle.

Les doigts s'immobilisèrent dans ses cheveux.

— Tu n'es pas obligé de dire des choses comme ça, tu sais…

— Comme quoi ? demanda-t-il en embrassant le doux renflement juste au-dessus de son cœur. La vérité ?

Il était bel et bien obligé de dire des choses comme « tu es belle », se rendit-il soudain compte en caressant du bout des doigts son ventre frémissant. Parce qu'elle n'en avait honnêtement pas conscience. Comment avait-il pu ne pas s'en rendre compte avant ? Il était temps de réparer cet oubli.

— Tu es belle ici…

Il embrassa sa bouche par surprise.

— Tyler, ne…

— Et ici…

Il effleura des lèvres le creux vulnérable à la base de sa gorge, ravalant un sourire satisfait quand il sentit son pouls s'affoler sous sa caresse.

— Arrête…, haleta-t-elle encore en se cambrant malgré elle quand sa langue vint virevolter autour de son nombril.

Il lui fallut quelques secondes pour retrouver sa voix, mais il finit par l'entendre murmurer :

— Ce n'est pas vrai.

— Tu n'en as vraiment pas idée, hein ? demanda-t-il en glissant ses épaules entre ses cuisses pour embrasser le sommet de ses hanches. Tu ne sais pas à quel point tu es belle. Chaque parcelle de toi.

Il se tut pour l'embrasser entre les cuisses, là où elle était déjà brûlante et humide. Ellie rejeta la tête en arrière et une protestation s'étrangla dans sa gorge. Il continua sa caresse, l'embrassant, la léchant, la suçant, faisant tourbillonner sa langue jusqu'à ce qu'Ellie se mette à frissonner de façon incontrôlée. Remontant vers son buste, il mêla ses doigts aux siens et remonta leurs mains jointes de chaque côté de sa tête.

— Regarde-moi, Ellie.

15

Ellie ne s'était pas rendu compte qu'elle avait fermé les yeux, mais lorsqu'elle les ouvrit, elle fut aspirée dans les profondeurs infinies du regard d'émeraude de Tyler. Elle comprit confusément qu'il cherchait à lui transmettre un message, car une vision vacillait aux abords de sa conscience, comme une chandelle dans la nuit noire. Puis il la pénétra, saturant son système de sensations qui soufflèrent cette lueur. Elle sentit à peine les premières gouttes tièdes tomber du ciel sur sa peau fiévreuse.

Tyler imposa son rythme, lent et profond, attisant le désir qui croissait en elle, au creux de son corps, à chacun de ses assauts incroyables. La chaleur se fit brûlure, la brûlure se mua en incendie, mais toujours il la regardait. Son souffle sur sa joue alimentait le brasier. La caresse de la pluie sur sa peau attisait davantage les flammes.

Elle sentit qu'elle perdait le contrôle, comme de l'eau qui lui glissait entre les mains. Ce n'était pas bon. Ce n'était pas ce qu'elle cherchait, initialement. Elle plia les doigts pour tester l'étau tranquille mais inflexible de son étreinte et dut laisser échapper un gémissement frustré en découvrant qu'elle ne parviendrait pas à se libérer, car il chuchota :

— Non. Si tu me touches, tout sera fini en trois secondes. Laisse-moi simplement te prendre.

— Pas comme ça. C'est trop…

Trop intime ? Trop intense ? Impossible de verbaliser ses craintes. L'idée de se briser en mille éclats entre ses bras, sous son regard inéluctable, la terrifiait. Elle sentait pourtant que c'était exactement ce que chaque cellule de son corps réclamait à grands cris.

— Tout à l'heure, dans la chambre, tu as dit que tu me faisais confiance. Fais-moi confiance encore maintenant et lâche prise. Je veux voir tes yeux s'assombrir et ton regard devenir flou. Je veux entendre ce petit cri que tu pousses juste avant de jouir. Je veux sentir ton corps trembler pour moi.

Ces simples paroles manquèrent de la faire défaillir. Ce que Tyler ne semblait pas comprendre, c'était qu'elle n'avait pas le choix. Il la tenait complètement à sa merci et chaque coup de rein puissant et tranquille aiguillonnait son désir, au point de le rendre presque douloureux. Peut-être en avait-il parfaitement conscience, au contraire, mais qu'il s'en fichait, car Ellie avait beau se tortiller, rien ne pouvait altérer son lent va-et-vient mesuré. Elle haletait tant bien que mal, mais il persistait à la torturer par ce rythme placide et doux. Il la caressait, encore et encore… Encore et toujours, jusqu'à ce qu'elle ne soit plus capable de se concentrer sur autre chose que ce contact brûlant contre sa chair gonflée d'un plaisir déchirant.

— Laisse-toi aller, répéta-t-il, en la prenant plus en force et en profondeur. Lâche prise.

Elle ne put retenir un gémissement impuissant, alors qu'une autre vérité la heurtait de plein fouet – aussi implacable et dévastatrice que le corps de Tyler enfoui dans le sien. Lâcher prise ? Elle avait lâché prise depuis longtemps, sans s'en rendre compte. Peut-être même depuis qu'il avait balayé d'un geste insouciant la leçon qu'elle avait préparée avec soin pour l'emmener au restaurant en moto. Ou depuis qu'il l'avait accompagnée jusqu'à Lexington pour cette virée ridicule au sex-shop. Ou encore depuis qu'il l'avait serrée dans ses bras sur le bord de la route, la veille au soir, et l'avait laissée pleurer contre lui. Quelque part en chemin, elle avait donné à cet homme plus que les clés de son corps. Alors qu'elle luttait contre cette révélation, Tyler chuchota :

— Maintenant…

Il la serra contre elle et donna un dernier coup de reins ravageur. Elle lâcha prise. Il la retint. Ils s'envolèrent tous les deux. Trois mots dégringolèrent alors des lèvres de Tyler :

— Je t'aime.

*

Malgré le poids du corps incroyablement chaud de Tyler sur le sien, Ellie frissonna en regardant les étoiles qui jouaient à cache-cache entre les nuages. L'orage était passé. Le tambourinement rythmé des gouttes de pluie avait été remplacé par la cadence frénétique de son propre cœur.

Avait-elle réellement entendu Tyler prononcer ces mots, ou bien son imagination lui avait-elle joué des tours ? Les deux possibilités la terrorisaient. Tyler et elle n'étaient absolument pas faits l'un pour l'autre. Elle avait soif de liens forts. Elle voulait se sentir acceptée par une grande famille unie. Autant de choses qu'elle n'avait jamais connues. Tyler non plus, à vrai dire, mais il avait passé la majeure partie de sa vie adulte à éviter ce genre de connexions. Même s'il décidait brusquement de troquer ses soirées au Rawley's et sa vie sentimentale expéditive contre des engagements et des responsabilités, quelles chances avaient-ils de réussir ? Ce serait un peu un aveugle conduisant un autre aveugle. Que savaient-ils d'une famille heureuse et unie ? Absolument rien.

La famille et le foyer, voilà ce qui définissait Roger de façon presque aussi intrinsèque que ses yeux bleus et son sourire facile. Son enfance pleine d'amour et de soutien contrebalançait tout ce dont elle-même avait manqué. Les liens filiaux, un sentiment d'appartenance et de destinée fondé sur le simple fait d'être un Reynolds – voilà ce qui était presque tissé dans son ADN. C'était cet homme qui frapperait à sa porte lundi soir, prêt à rencontrer une femme expérimentée et confiante, pas une gamine perdue, malencontreusement tombée amoureuse du mauvais type. Elle avait un projet. Comment son cœur avait-il pu s'égarer à ce point ?

Un grognement lui échappa et Tyler se redressa aussitôt en marmonnant :

— Pardon, je t'écrase.

Appuyé sur un coude, il la regarda. Son expression était parfaitement insondable.

— Non, non, ce n'est pas toi. Je dois juste… hum.

Son instinct de fuite prit les manettes.

— Je dois filer, termina-t-elle rapidement, parce que son idiot de cœur avait envie de rester exactement à l'endroit où elle se trouvait.

À côté de Tyler, pour toujours.

— Quelque chose ne vas pas, doc ?

Est-ce qu'il jouait avec elle ? Elle se redressa et s'éloigna de lui, avant que ses mains ne cèdent à la tentation de ses épaules larges et des muscles fins de son torse.

— Non, bien sûr que non…

Il se rapprocha. Elle battit en retraite.

— Tu as l'air un peu nerveuse. On ferait mieux d'en parler.

— Parler ?

Bon sang, on aurait dit un perroquet.

— Oui, parler. Je commence. Il y a quelques minutes, tu…

— Je dois y aller ! lâcha-t-elle précipitamment, en se creusant la tête pour trouver une excuse plausible. Je dois aller voir Frank. Il n'était pas chez lui quand j'ai déposé des courses, après le travail.

— Frank a disparu ? demanda Tyler, en fronçant les sourcils.

— Non, avoua-t-elle, en maudissant sa voix tremblante. Il a laissé un mot disant qu'il avait une réunion.

— Où est le problème, alors ?

Il la regarda d'un air songeur qui laissait comprendre que son excuse n'était pas très convaincante. Elle se leva.

— Frank n'a jamais de réunion. Il passe sa vie entre le Rawley's, quand ils veulent bien le servir, et son canapé. Son message n'avait pas de sens. Plus rien n'a de sens.

Elle perdait la tête. Elle fit un pas en arrière. Puis un autre.

— Bonne chance pour la banque, mardi. À… À la prochaine.

*

Tyler contemplait la grosse lune blafarde, dont le visage semblait se moquer de lui. Tout cela virait véritablement à la farce. Lui, le roi des relations d'un soir, venait de balancer un « je t'aime » à la seule femme qui avait jamais compté. Et celle-ci s'était enfuie si vite qu'elle avait presque laissé des étincelles dans son sillage.

Toutefois, difficile d'apprécier le comique de la situation quand on a le cœur qui saigne. Il ne regrettait pas ses paroles, mais il aurait préféré les prononcer au bon moment, dans un cadre approprié. Il aurait alors été prêt à affronter les doutes d'Ellie, car il savait bien qu'elle en avait. Des doutes sur la possibilité de voir deux êtres n'ayant jamais connu l'amour en bricoler un qui dure toute une vie.

Ellie n'avait pas tort et n'avait même pas eu besoin de le dire à voix haute. Il lui avait suffi de le regarder comme s'il était une sorte d'impasse dans laquelle elle s'était fourvoyée, puis de tourner les talons pour disparaître aussi vite que possible. Quelque part au fond de Tyler, une voix s'élevait pour lui rappeler ce qu'il n'aurait jamais dû oublier depuis le départ de sa mère : les femmes ne restaient jamais longtemps avec un type de son genre. Il n'était pas un investissement à long terme.

Toutefois, il savait aussi que cette petite voix n'était que l'écho de celle de Big Joe, qui lui répétait autrefois sans cesse qu'il n'était qu'un bon à rien. Il avait toujours fait de son mieux pour ignorer son père quand il était encore vivant. Il n'allait quand même pas commencer à prêter attention aux paroles d'un mort !

Il devait se fier à son instinct. Et son instinct lui disait qu'Ellie l'aimait, mais que cette vérité la perturbait. C'était compréhensible, étant donné à quel point cette fille avait besoin de contrôler les choses. Elle ne se sentait en sécurité que si tout était prévu et vérifié, et son amour pour Tyler la propulsait sur des territoires inconnus. Elle avait besoin de temps pour retrouver ses repères et faire le tri dans ses sentiments.

Il lui donnait jusqu'à lundi. Ensuite, qu'elle soit prête ou pas, il faudrait qu'ils parlent.

16

Ellie contempla son reflet dans le miroir de sa chambre et ajusta une fois encore le bustier de la robe moulante rouge qu'elle avait choisie pour séduire Roger – un détail parmi tant d'autres pour cette soirée méticuleusement orchestrée. Au cours des dernières quarante-huit heures, elle avait repris ses bonnes vieilles habitudes en repoussant toute distraction, pour garder le cap et respecter son plan à la lettre. Heureusement qu'elle avait eu un million de choses à préparer.

Pas le temps de se soucier de Frank, qui n'était toujours pas revenu quand elle était repassée devant sa maison, en rentrant de chez Tyler. Elle avait relégué ces inquiétudes au second plan pour organiser sa soirée avec Roger jusque dans les moindres détails : le menu, sa tenue et surtout le numéro des chapitres qu'elle emploierait pour lui prouver qu'elle était la femme idéale.

Chaque fois que son cerveau avait menacé de reprendre le débat irrationnel sur Tyler et la soirée de samedi, elle l'avait fait taire sans la moindre pitié. Ces questions n'avaient absolument pas leur place dans son esprit, ce soir. Tyler n'avait rien à faire dans ses pensées. Pour l'instant, elle devait se concentrer entièrement sur le « Plan Roger », parce que ce dîner représentait une étape décisive vers la victoire.

Tout en retouchant son maquillage, elle passa en revue sa liste mentale. Coiffure sexy ? O.K. Ce décoiffé négligé suggérait qu'elle sortait tout juste du lit et qu'elle se laisserait facilement convaincre d'y retourner. Tenue sexy ? O.K. La minuscule robe moulante risquait de s'envoler au moindre coup de vent. Quant aux escarpins rouges à talons aiguilles qu'elle avait achetés pour l'occasion, c'était presque comme s'ils affichaient en lettres au néon clignotantes : *Prends-moi. Toute de suite*. Bref, elle n'avait jamais rien porté d'aussi aguichant.

Malheureusement, elle ne s'était jamais sentie aussi peu sexy de sa vie. Elle avait la nausée. Une boule d'angoisse froide s'était logée au creux de son ventre et tanguait dangereusement chaque fois qu'elle pensait à Roger chez elle, dans sa chambre, ou qu'elle s'imaginait avec lui, en train d'explorer un des chapitres qu'elle maîtrisait depuis peu.

Le trac ? Peut-être. Elle s'épongea le front en s'efforçant d'apaiser ses nerfs. Lorsque la sonnette retentit, ce fut le coup de grâce. Forçant un sourire sur ses lèvres, elle se précipita pour ouvrir.

Roger se tenait là, un peu pâle malgré son teint hâlé, lissant d'une main nerveuse sa chemise en lin blanc et son pantalon en toile.

— Bonsoir Roger. Entre, je t'en prie.

Bon sang, quel ton de croque-mort !

— Merci. Oh là là… ! s'exclama-t-il en rougissant jusqu'à la racine de ses cheveux. Tu es vraiment… Bigre, comment dire ?

Bizarrement, sa réaction ne fit qu'augmenter le stress d'Ellie, qui avait l'impression d'être au sommet d'une montagne russe, assise dans un chariot sur le point de faire le premier grand plongeon. Et elle se rendit soudain compte qu'elle n'avait pas du tout envie de se lancer. Elle avait suivi son plan à la lettre, tellement obsédée par son objectif qu'elle avait ignoré tous les avertissements de sa conscience qui lui répétait qu'elle s'était engagée sur la mauvaise voie. Le Roger qu'elle désirait n'était qu'un fantasme, le fruit de sa propre imagination. Pas un véritable homme. En réalité, elle connaissait à peine celui qui se tenait à présent devant elle, et elle n'était certainement pas amoureuse de lui.

— Ellie, je crois qu'on s'est mal…

— Roger, je suis désolée, mais je ne peux…

Ils avaient parlé en même temps et s'arrêtèrent brusquement, laissant un silence assourdissant s'installer. Roger le rompit avec un petit rire :

— Désolé. Honneur aux dames.

— Non, c'est moi qui suis désolée, répondit-elle avec un long soupir. Je sais que tu attends une nuit de pure folie sexuelle, ce soir… Et je voulais que tu penses que je suis exactement ce genre de femme, mais ce n'est pas vrai. Je suis désolée, je ne peux pas. Je suis idiote de t'avoir entraîné jusqu'ici sous un faux prétexte.

Elle le regarda timidement et fut surprise de le voir se détendre un peu. Un petit sourire se dessina sur ses lèvres.

— En matière de faux prétexte, je te bats les doigts dans le nez.

— Je ne comprends pas...

— Je sais, mais tu mérites une explication. Est-ce qu'on peut s'asseoir un moment pour discuter ?

Pour le titre de la meilleure maîtresse de maison, elle repasserait.

— Bien sûr, répondit-elle précipitamment en le précédant dans le salon pour allumer la lumière et souffler au passage toutes ces petites bougies ridicules qu'elle avait éparpillées dans la pièce.

Ils s'assirent côte à côte sur le canapé. Si Roger remarqua le saxophone qui gémissait langoureusement sur la platine ou la bouteille de champagne dans le seau à glace sur la table basse, à côté de deux flûtes, il ne fit aucun commentaire. Il lui prit la main et la regarda longuement.

— Si je voulais te voir ce soir, ce n'est pas parce que j'espérais qu'on couche ensemble. Je suis…

Il soupira en détournant le regard.

— C'est plus difficile que je ne l'avais imaginé.

— Tu peux tout me dire, assura-t-elle en posant une main sur son bras.

Il la regarda de nouveau.

— Je suis gay.

Gay ? Roger était gay ? Le vide se fit dans son esprit, puis lui revinrent des scènes qui lui apparurent soudain sous un jour nouveau et évident. Elle se souvenait de cette mélancolie lorsqu'il avait évoqué son ami de New York, le soir où elle lui avait retiré son écharde. Et de son embarras flagrant quand il avait dû lui présenter Doug au sex-shop. Bon sang, comment avait-elle pu être aussi aveugle ?

— Doug et toi ?

Il acquiesça lentement.

— Je suis désolé. Je croyais que tu l'avais compris le soir où tu nous as vus ensemble au sex-shop. Doug m'affirmait le contraire, mais je devenais parano. Nous savions que Tyler avait compris et j'ai cru qu'il t'en parlerait, mais je me suis trompé. Ce n'est pas son genre. Quand on s'est revus chez Jiffy Java, le lendemain matin, tes réponses m'ont laissé penser que tu savais. C'est pour ça que je t'ai demandé si on pouvait se voir pour discuter. Je voulais t'expliquer… Te dire que je fais tout pour rester aussi discret que possible sur mon orientation. Presque personne n'est au courant, ici.

— Mais… Et Melody ?

Roger eut un petit sourire peiné.

— Oui, elle sait. Elle l'a même compris avant moi. Il y a quelques années, elle m'a demandé si je n'étais pas homo. Je ne voulais pas l'admettre et je refusais de renoncer à elle, alors j'ai répondu que non. Mais quand je suis revenu à Bluelick, cette année, impossible de me voiler la face plus longtemps. Doug me manquait trop, même si nous n'avions jamais… Ce que je veux dire, c'est que tant que j'ai été fiancé à Melody, j'ai toujours honoré notre engagement. Physiquement, en tout cas, à défaut de sentimentalement. Elle voyait bien que j'étais malheureux, cependant. Et pour des raisons évidentes, notre relation n'était pas non plus celle dont elle avait rêvé. J'ai donc fini par m'ouvrir à elle et par tout lui révéler. On a beaucoup parlé, on a beaucoup pleuré, on s'est promis de toujours rester amis et puis on a rompu nos fiançailles.

En voyant ses yeux brillants de larmes, Ellie comprit à quel point ces derniers mois avaient dû être difficiles pour lui. Et pour Melody. Bon sang, elle devait s'excuser platement auprès de Melody pour avoir mal interprété sa réaction ! Tout ce qu'elle cherchait à faire, c'était empêcher Ellie de se retrouver dans une situation embarrassante.

Ça t'apprendra à écouter les ragots, se moqua sa conscience, en lui rappelant comment tout cela avait commencé.

— Quand je suis revenue en ville, expliqua-t-elle, l'une des premières choses que j'ai entendues…

Enfin, techniquement, je n'étais pas censée l'entendre, mais bon… C'est que vous aviez rompu parce que tu rêvais d'une vie sexuelle plus aventureuse et que ce n'était pas du tout le truc de Melody.

— Oui. C'est Mel qui a eu l'idée de cette histoire. On savait tous les deux que l'annonce de notre rupture allait affoler la machine à rumeurs de Bluelick. Au bout de dix ans, les gens risquaient de ne pas se satisfaire d'un simple « ça ne collait plus entre nous ». Elle a alors eu l'idée de répandre une rumeur sur mes prétendus appétits sexuels insatiables, en espérant que cela détournerait l'attention des vrais motifs de notre rupture. Je suis vraiment désolé, Ellie. Je n'avais pas la moindre idée que tu t'intéressais à moi de cette façon, sinon j'aurais été honnête avec toi dès le départ.

— Ne t'excuse pas. J'avais la vérité juste sous mon nez et j'ai choisi de ne rien voir, parce que j'étais trop occupée à courir après mon conte de fées.

— À présent, c'est moi qui ne comprends plus.

— C'est dur à expliquer. Moi-même, j'ai du mal à comprendre. Disons que je me suis construit une image idéalisée de toi, uniquement fondée sur mes besoins et mes envies, en refusant de laisser des petits parasites comme la réalité se glisser dans le tableau. Je pensais que si toi et moi, on tombait amoureux, on vivrait heureux jusqu'à la fin de nos jours et que… Pouf ! Toutes les frustrations et les déceptions de ma vie disparaîtraient comme par magie. Tu viens d'une famille tellement parfaite et aimante. Je voulais connaître ça aussi. J'en avais tellement envie que j'ai mis sur pied un plan élaboré pour gagner ton cœur. J'ai tenté de me transformer en la femme de tes rêves.

— Ma pauvre…, soupira-t-il en lui touchant le bras. Ma famille n'est pas parfaite. Loin de là. L'une des raisons pour lesquelles je suis parano à l'idée que mon homosexualité soit découverte, c'est parce que je suis presque sûr que mon père en ferait un infarctus. Quant à ma mère, elle filerait sans doute tout droit à l'église pour prier. Je suis trop lâche pour leur dire la vérité, mais je suis trop égoïste pour rester ici et faire semblant d'être quelqu'un que je ne suis pas. Du coup, je préfère les décevoir en retournant à New York. Ils ne comprendront jamais pourquoi. Ils penseront que je rejette leur amour et tout ce qu'ils se sont efforcés de m'offrir, alors qu'en réalité je ne le mérite pas.

Ellie lui prit les mains et attendit qu'il lève un regard torturé vers elle.

— Tu mérites tout ce qu'ils te donnent, y compris leur amour. Tu es un bon fils, un avocat de talent, un homme plein de compassion. Mais tu es aussi un adulte qui a le droit de mener sa vie comme il l'entend. Avec fierté et honnêteté. Parle à tes parents. Leur réaction te surprendra peut-être. Mais le plus important, c'est de respecter qui tu es.

Il cligna des yeux.

— Tu parles comme Melody.

— Melody a complètement oublié d'être bête, répondit Ellie en lui serrant le bras.

Quand elle se leva, Roger l'imita et la suivit jusqu'à l'entrée. Sur le pas de la porte, il hésita.

— Je me demande juste un truc…

— Quoi ?

— Tu croyais que Melody et moi avions rompu parce que je cherchais une « vie sexuelle plus aventureuse », comme tu le dis si bien. Du coup, tu as décidé de devenir capable de ce genre d'aventures. Je serais curieux de savoir comment tu t'y es prise…

Elle fit la grimace.

— Crois-moi, ça n'a pas été chose facile ! J'avais beaucoup à apprendre.

Le sourire sexy de Tyler surgit dans son esprit.

— Est-ce que ta petite visite au sex-shop en compagnie de Tyler Longfoot n'aurait pas quelque chose à voir avec ça, par hasard ?

Ellie sentit ses joues se mettre à brûler.

— Oui. Pauvre Tyler… Je l'ai convaincu de me donner des leçons pour apprendre à rendre un homme fou de désir.

Roger la regarda, les yeux écarquillés, puis s'éventa le visage en riant :

— Quand tu as quelque chose en tête, tu ne fais pas les choses à moitié, hein ? Tu vas directement voir le type le plus sexy de la ville pour lui dire : « Vas-y, explique-moi les ficelles du métier. »

Il semblait tellement surpris et impressionné qu'elle ne put s'empêcher de rire.

— Je sais, c'est très classe, n'est-ce pas ?

— Tu m'étonnes. Si j'étais célibataire et que je trouvais un moyen de convaincre Tyler de me montrer les ficelles du métier, je n'hésiterais pas une seconde. Malheureusement, je ne suis pas trop son genre. Mais je suis sûr qu'il inventerait une façon délicate de refuser, parce que, sous ses airs de branleur, c'est vraiment un type bien.

C'était vrai. Tyler était fondamentalement un type bien. Et bien plus encore. Elle ne pouvait plus refuser cette vérité. Elle l'aimait. Pourtant, samedi soir, quand ses sentiments pour lui avaient fait surface, elle s'était enfuie comme une gamine effrayée, bien décidée à poursuivre son conte de fées plutôt que d'affronter la réalité et de prendre le risque de connaître le bonheur.

— Ce qui est intéressant, fit remarquer Roger, c'est qu'il n'a pas refusé. J'imagine donc que tu ne le laisses pas indifférent.

— Je ne sais pas…

Réfléchir aux motifs de Tyler déclencha en elle une vague de culpabilité et d'angoisse. Elle pria pour qu'il soit toujours disposé à discuter avec elle, comme il l'avait suggéré.

— Alors, il t'a montré comment on s'y prend ? demanda soudain Roger avec un petit sourire malin.

Elle ne put s'empêcher de sourire à son tour.

— Et bien plus encore…

— Non, là, tu dis ça pour frimer… Bon, je dois y aller. Merci de ta compréhension. J'espère qu'on est toujours amis.

— Absolument.

Debout dans l'encadrement de la porte, elle se hissa sur la pointe des pieds pour le serrer dans ses bras.

— Montre-moi ce que tu as appris et embrasse-moi, Sparky, chuchota-t-il. À défaut d'embrasser Tyler Longfoot pour de vrai…

En riant, elle toucha sa joue de la main, contempla longuement ses beaux yeux bleus et déposa un énorme baiser sur ses lèvres. *Au revoir, mon beau prince charmant.* D'un geste dramatique, il la renversa sur le côté. Avec un cri de surprise, Ellie s'agrippa à lui de toutes ses forces. Roger redressa la tête avec un clin d'œil.

— Wouah ! Tu as vraiment de la chance, ma belle. Et quelque chose me dit que Tyler va aussi avoir beaucoup de chance, s'il se débrouille bien.

Ellie s'apprêtait à répondre, quand le rugissement d'un moteur l'interrompit. Malgré sa position inclinée entre les bras de Roger, elle aperçut une moto qui s'éloignait en trombe.

— Oh merde ! s'exclama Roger en se redressant lentement. M. Chanceux vient de s'enfuir dans la nuit noire. Je crois qu'il s'est fait des idées. Tu veux que je le rattrape pour le lui expliquer ?

Merde. Merde ! Elle tenta d'apaiser la panique qui menaçait de l'étouffer.

— Non. Je dois lui parler, de toute façon. De plein de trucs. C'est à moi de régler ça.

— D'accord, dit-il en lui touchant doucement la joue. Tiens-moi au courant. Tu as tout mon soutien.

— Pareil. Tu peux compter sur moi, toi aussi, quoi que tu décides de faire.

Avec un sourire, il s'éloigna. Dans la maison, les premières notes de la *Cinquième Symphonie* de Beethoven retentirent. Après un dernier signe de la main, Ellie referma la porte. En général, elle ne répondait qu'aux appels d'astreinte, le soir. Cependant, l'écran affichait « numéro inconnu ». Dès qu'elle décrocha, une voix de femme hésitante demanda :

— Docteur Swann ?

— Oui, c'est moi.

— Bonsoir, docteur Swann. Je m'appelle Sharon Greene. Je suis une amie de votre père. Je suis désolée de vous déranger, mais je dois vous informer que votre père a été admis à l'hôpital de Lexington ce soir. Il a fait un malaise lors de notre réunion.

— Oh mon Dieu… Il va bien ? Quel est le diagnostic ?

Elle se maudit de ne pas l'avoir rappelé la veille. Il n'aurait sans doute pas répondu, mais elle aurait quand même dû essayer.

— Je n'en sais rien, docteur Swann. Il m'a donné votre nom et votre numéro de téléphone avant que les ambulanciers l'emmènent. Il m'a demandé de vous contacter. Pouvez-vous venir ?

— J'arrive tout de suite.

17

— N'essaie pas de comprendre les femmes, Ty, lui conseilla Junior. Pas même ta jolie petite toubib. Tout ce que tu gagneras, c'est une migraine. À choisir, je préfère encore un bon coup de pied dans la tête. Le résultat est le même, mais au moins tu sais pourquoi tu as mal.

Satisfait de ces trésors de sagesse, Junior termina sa bière, puis fit signe à Earl d'en apporter une autre. Tyler se passa la main sur le visage. Il avait déjà l'impression d'avoir reçu un coup de pied dans la tête, depuis qu'il avait vu Ellie et Roger s'embrasser à pleine bouche devant la maison. L'image lui brûlait toujours la rétine : elle, complètement irrésistible dans sa robe rouge à peine plus grande qu'un mouchoir, et Roger, tout en blondeur et en muscles, qui ne lui résistait justement pas.

— Déjà, ce n'est pas « ma » jolie petite toubib. Je suis juste passé chez elle pour savoir si elle voulait faire une balade en moto. Je pensais qu'on aurait pu trouver un coin romantique pour discuter un peu, mais quand je suis arrivé, Roger était déjà là et ils s'embrassaient comme s'il venait de rentrer du front.

Bon sang, à l'entendre, on aurait dit une ado hystérique. Il reprit sa bière d'un geste rageur et but une longue gorgée.

— Roger Reynolds ? s'étonna Junior. Ben alors ? Je pensais qu'il avait largué Melody parce qu'il jouait pour le camp adverse.

— Moi aussi. Mais apparemment, il joue dans les deux camps.

— Alors ça, c'est vraiment égoïste de sa part. Il faut savoir partager, un peu.

— Je suis bien d'accord. Tu sais ce qui me fout hors de moi ? Lui, il se barre pendant dix ans et, quand il revient, il commence par larguer Melody. Mais tout le monde le considère comme un genre d'enfant prodigue innocent. Moi, en revanche, j'ai vécu ici toute ma vie, je me tue à faire marcher une entreprise honnête, j'aide mon prochain dès que je peux et… Évidemment, je prends un peu de bon temps à l'occasion… N'empêche que tout le monde me voit comme un hooligan qui ne pense qu'à s'amuser.

Junior se tourna vers lui.

— Ça, ce n'est pas vrai, Ty.

— Mais si. Demande à n'importe qui.

Earl Rawley s'approcha d'eux pour servir une deuxième bière à Junior.

— Hé, Earl ? l'interpella Junior. Tu penses que Tyler est un voyou irresponsable ?

Earl le regarda, l'air songeur.

— Non, je ne dirais pas ça. Peut-être quand il était gamin… Mais pas depuis qu'il a l'âge d'entrer dans mon établissement. Il règle toujours son ardoise, laisse un pourboire généreux et il tient l'alcool comme un gentleman. Et lui, il ne provoque jamais de bagarre, ajouta-t-il avec un regard sévère en direction de Junior. Cela dit, il n'hésite pas une seconde à intervenir si c'est nécessaire. J'aimerais pouvoir en dire autant de tous mes réguliers.

Earl ponctua sa phrase d'un nouveau regard appuyé en direction de Junior, puis s'empara de la bouteille vide et s'éloigna vers un autre client.

— Tu vois ? Earl ne pense pas que tu es un voyou irresponsable.

— Earl m'aime bien parce qu'il ne doit jamais me faire crédit et que je ne fous pas la zone dans son bar. Pas exactement le témoignage idéal.

— Bon, d'accord. On va demander à quelqu'un d'autre. Hé, Gin…

— Tu vas arrêter, oui ? l'interrompit Tyler en voyant qu'il hélait Ginny, mais Junior l'ignora.

— Viens voir un peu ici, ma belle. J'ai une question pour toi.

Ginny glissa jusqu'à eux, aussi vive qu'un missile à tête chercheuse dans une robe fourreau rouge. Tyler pensa aussitôt à Ellie engluée à Roger dans sa robe aguicheuse et serra les dents.

— Qu'est-ce qui se passe, les garçons ?

— Est-il vrai que les filles d'ici pensent que Tyler n'est bon qu'à une seule chose ?

Ginny regarda Tyler d'un air méfiant.

— Eh bien, mon cher Junior… Je ne parle pas d'expérience, évidemment, mais je peux confirmer que Tyler jouit d'une excellente réputation de sex-toy personnel. D'après ce que j'ai entendu, il n'a pas volé son surnom de…

— Magnifique, maugréa Tyler. Merci.

Repoussant sa bière, il fit mine de se lever, mais Ginny le retint.

— Une seconde, je n'ai pas fini. Il y a pas mal de filles qui seraient partantes pour plus qu'une simple roulade dans le foin avec le grand méchant Tyler Longfoot. Mais ça fait quand même un bail que tout le monde a compris que tu n'avais pas envie de plus. Personne ne t'en veut, note bien. Dieu sait si tu as le droit de t'amuser un peu, après l'enfance que tu as passée avec Big Joe dans le rôle du père.

— Génial ! Je me sens beaucoup mieux, tout de suite. Quel soulagement de savoir que les filles couchent avec moi par pitié.

— Oh arrête ton cirque cinq minutes ! Personne n'a couché avec toi par pitié. Je dis juste que toutes les filles qui sont montées à l'arrière de ta moto savaient très bien quel genre de chevauchée les attendait et qu'il ne leur restait qu'à profiter du voyage. Tu es tellement sexy que tu pourrais convaincre ma tante de quatre-vingts ans de te faire un strip-tease, mais tu as toujours été très clair sur tes attentes. Tu ne fais jamais de promesses que tu n'as pas l'intention de tenir et personne ne t'en veut quand tu prends la tangente. Hélas…

Elle battit des cils avec un soupir.

— Je crains que cette belle époque d'insouciance ne soit révolue. C'est d'autant plus dommage que je n'ai jamais eu l'occasion de monter à l'arrière de ta moto, moi…

— Ne renonce pas si vite, Ginny, intervint Junior, avant que Tyler ne puisse le faire taire d'un coup d'œil furibond. Ce brave garçon est toujours partant pour un peu de fun et de frissons.

Ginny secoua la tête d'un air navré, puis elle posa sur Tyler un regard déconcertant.

— Les hommes… Vous êtes tellement à côté de la plaque, des fois. Les seuls frissons qui intéressent ce brave garçon, comme tu dis, impliquent à présent un certain petit bout de femme qu'on surnomme doc. Regarde…

Elle repoussa les cheveux qui cachaient le front de Tyler, dans un geste qu'il trouva étrangement touchant.

— Tu vois cet air éperdu de bête traquée ? On savait que ça finirait bien pas arriver, un jour ou l'autre, mais quand même… Et si tu écoutes attentivement, tu peux entendre le bruit de milliers de cœurs qui se brisent, dans tout le pays. La vérité, c'est que sous ses dessous de mauvais garçon, Tyler a toujours caché un prince charmant.

— Merci, murmura-t-il, sincèrement touché.

— Ou alors cet abruti de Junior t'a vraiment tiré dans les couilles, ajouta Ginny en lui tapotant la joue.

Junior en recracha sa bière par le nez. Tandis que Ginny s'éloignait, il jeta un regard nerveux en direction Tyler.

— Personne ne pense vraiment que je t'ai tiré dans les couilles, si ? Si tu veux que je fasse savoir autour de moi que tu es encore en parfait état de fonctionnement, tu n'as qu'à me le demander. Pas de problème.

— Hum, non merci. Moins les gens de Bluelick parleront de mes parties intimes, mieux je me porterai.

— Ah oui ? Eh bien, je ne sais pas pour les autres, mais pour moi, tu n'as jamais été ni irresponsable ni incompétent. Tu es loyal. Tu soutiens tes amis et tu n'es pas rancunier, même quand l'un d'eux fait une énorme connerie sous l'emprise de la jalousie et de l'alcool. Si Ellie ne voit pas tes qualités, il va falloir que tu trouves un moyen de lui ouvrir les yeux.

Tyler regarda ses bottes. Junior avait tendance à être indulgent avec ses amis, mais il avait raison sur un point : Tyler pouvait être accusé de beaucoup de choses, mais il n'était pas du genre à baisser les bras. Et il n'avait pas l'intention de commencer avec Ellie.

*

— Il devrait acheter un ticket de loto, dit le jeune urgentiste, avec son petit air sérieux. Parce que votre père a vraiment eu de la chance, ce soir. Quelqu'un a appelé le 911 tout de suite. Apparemment, il était léthargique, perdu et il se plaignait sans cesse d'avoir soif et d'être fatigué. Il ne se nourrit pas correctement et ne surveille visiblement pas assez sa glycémie. Pour couronner le tout, il a attrapé la grippe. Le mélange de tout ça a déclenché une acidocétose diabétique. Heureusement, il a bien réagi au traitement. Mais s'il n'apprend pas à mieux gérer son diabète, la chance risque de tourner et, un de ces jours, il va faire un coma diabétique.

D'ordinaire, les couloirs d'un blanc cru des hôpitaux, l'odeur de désinfectant et l'atmosphère étouffante de chaos organisé qui y régnait n'affectaient pas Ellie. Ce soir-là, en revanche, elle sentait la nausée la gagner par vagues et elle se concentra sur les yeux gris fatigués du médecin.

— Je sais, docteur Pendleton. On y travaille.

Une lueur de quelque chose qui ressemblait à de la sympathie passa dans les yeux du médecin.

— Je suis sûr que vous faites tout votre possible, docteur Swann. C'est à lui de faire un peu plus d'efforts. J'irai le voir une dernière fois avant la fin de ma garde et je lui répéterai ce que je viens de vous dire. Après ça, vous pourrez le voir.

— Merci. Merci de…

De quoi ? D'avoir sauvé la vie de son père ? De prendre le temps de lui faire une leçon qu'il refusait d'entendre de la bouche de sa fille ?

— Merci pour tout.

— Aucun problème, répondit-il avec un sourire compréhensif.

Il s'éloigna, mais revint rapidement sur ses pas, comme s'il venait de se souvenir de quelque chose :

— Au fait… Son amie, Mme Greene, se trouve dans la salle d'attente, au bout du couloir. Comme elle n'est pas un membre de la famille, je n'ai pas pu lui dire grand-chose sur l'état de votre père, mais je suis sûr qu'elle serait heureuse d'avoir des nouvelles. Si vous avez envie de les partager, bien sûr.

Ellie espéra que son visage ne trahissait pas trop sa surprise. Depuis quand son père avait-il une amie assez proche pour attendre de ses nouvelles à l'hôpital ? Après avoir remercié le médecin encore une fois, elle s'engagea dans le couloir. Heureusement qu'elle avait pris trois minutes pour retirer sa robe d'allumeuse et enfiler un jean et un T-shirt avant de se précipiter à l'hôpital. Dans la salle d'attente, elle aperçut une femme séduisante aux cheveux auburn, qui devait avoir entre quarante et cinquante ans. Une tasse en plastique à la main, elle avait le regard perdu dans le vide.

— Madame Greene ?

La femme se tourna vers elle. Un léger sourire se dessina sur ses lèvres et elle tendit une main élégante et manucurée.

— Oui. Vous devez être le docteur Swann. Je suis navrée de faire votre connaissance dans de telles circonstances.

— Merci de m'avoir appelée, répondit-elle en lui serrant la main. Pouvez-vous me raconter ce qui s'est passé ?

— Bien sûr.

Elles s'installèrent sur les chaises en métal et vinyle noir de la salle d'attente.

— Frank était épuisé. Il mourait de soif et semblait perdu à la moindre question. Comme nous étions inquiets, nous avons appelé une ambulance. Juste avant d'être emmené par le SAMU, il m'a donné votre carte en me demandant de vous contacter. Je n'ai pas eu beaucoup plus de nouvelles depuis.

Mme Greene hocha la tête en soupirant.

— Est-ce qu'il est… ?

— Il est diabétique, expliqua Ellie. Mais les médecins disent que le pH de son sang s'est stabilisé. Ils vont le garder en observation, sans doute quelques jours.

Elle ravala une remarque grossière sur l'entêtement de son père, avant d'ajouter :

— Lorsqu'il sera de retour tout seul chez lui, il va devoir se prendre en charge de façon bien plus sérieuse. Dites-moi, madame Greene..., reprit-elle, incapable de contenir ses soupçons. Mon père avait-il bu quand c'est arrivé ?

— Appelez-moi Sharon, je vous en prie. Et non. Enfin, au début, j'ai pensé que, peut-être, il avait bu, parce qu'il avait du mal à suivre notre conversation et que son haleine avait quelque chose de fruité. Comme du punch, un peu. Mais je sais que c'est un buveur de bière, si bien que ça n'avait aucun sens.... Maintenant que j'y repense, je crois qu'il était parfaitement sobre, docteur Swann.

— Ellie, corrigea-t-elle. « Parfaitement sobre », ce n'est pas vraiment comme ça que les gens décrivent mon père, habituellement.

Elle tenta de ne pas laisser sa propre amertume transparaître dans ses propos, sans grand succès.

— Il essaie de changer, vous savez, répondit Sharon en lui tapotant la main.

Elle paraissait confiante et rassurante. Deux autres qualités que Frank éveillait rarement chez son entourage. Dans l'ensemble, cette femme semblait bien trop élégante et gentille pour avoir quoi que ce soit en commun avec son père. Elle portait également une alliance incrustée de diamants à l'annulaire gauche.

— Et vous connaissez Frank depuis... ?

— Je devrais peut-être le laisser répondre à cette question lui-même.

Ellie aperçut alors le docteur Pendleton qui passait devant le bureau des infirmières pour rentrer chez lui. Il lui fit signe de venir.

— Je vais lui annoncer qu'il a de la visite.

— Merci, dit la femme avec un sourire teinté de gratitude. Mais seulement s'il en a la force.

— Pas de souci, répondit Ellie en se levant. Je reviens tout de suite.

Ses mains tremblaient quand elle approcha de la porte de la chambre. Un poids brûlant lui oppressait la poitrine. Le soulagement pouvait s'exprimer de bien des façons, notamment la colère, mais elle savait que cela ne servirait à rien de s'emporter. Ravalant la boule dans sa gorge, elle redressa les épaules et entra. Son père était allongé sur le lit, les yeux clos, le teint d'un gris cireux. Une perfusion était accrochée à son bras. Des écrans clignotaient, enregistrant son pouls, sa saturation, sa glycémie. Elle s'avança vers le pied de son lit pour consulter le dossier. Lorsqu'elle releva la tête, Frank la regardait fixement.

— Comment te sens-tu ?

Elle ne risquait rien avec ce genre de questions. Il était à l'hôpital, après tout.

— J'ai soif.

Elle s'empara du pichet qu'une infirmière avait laissé sur le plateau roulant et lui versa un verre. Tandis qu'il buvait, elle enchaîna de la façon qui lui parut la plus logique :

— C'est ton amie Sharon qui m'a appelée.

Elle ne savait pas trop quoi dire d'autre. *Je t'avais bien dit que ça finirait par arriver si tu ne faisais pas plus attention ?* Le docteur Pendleton s'était déjà chargé du chapitre sur le diabète. Pas besoin d'en rajouter une couche.

— Elle est dans la salle d'attente, si tu as la force pour une visite.

— Dans un instant. Il faut d'abord que je te parle.

Il tenta de se redresser. Ellie s'empara du boîtier de commande qui pendait à la rambarde et appuya sur le bouton pour remonter la tête du lit.

— C'est bien comme ça, dit-il lorsqu'ils furent face à face.

— Que se passe-t-il, Frank ?

La visite risquait de tourner court, si Frank se lançait dans une de ses diatribes. Elle avait d'autres soucis en tête. Elle voulait retrouver Tyler pour lui expliquer toute cette histoire de projet stupide avec Roger et le supplier de lui pardonner. Oh, et puis, elle priait aussi pour qu'il ne soit pas furieux ou dégoûté au point de lui dire d'aller se faire voir ailleurs et de sortir de sa vie.

— Je crois que je te dois des excuses.

Elle cligna des yeux. Frank ? Des excuses ?

— Pour quoi ?

— Pour vendredi soir.

Son regard se fixa quelque part derrière elle.

— Selon Tyler, je me suis pointé chez toi à moitié bourré. J'ai failli défoncer la porte et je criais des insanités à tue-tête. Je ne me souviens pas de grand-chose, en vérité.

— En vérité, tu as surtout défoncé la mâchoire de Tyler. C'est surtout à lui que tu devrais présenter des excuses.

— C'est déjà fait. Écoute…

Il la regarda de nouveau.

— Je sais que m'excuser pour l'autre soir ne couvre que la pointe de l'iceberg de conneries que je dois assumer avec toi, mais il faut bien commencer quelque part.

Elle devait avoir un problème aux oreilles. Ou au cerveau.

— Commencer quoi ?

— À me racheter.

Sortez de ce corps ! Qu'avez-vous fait de mon père ?

— Pourquoi ? parvint-elle à articuler.

— Ça fait partie du programme. Présenter des excuses et se racheter, c'est la neuvième étape. J'en suis encore loin, mais je me suis dit que tu étais là aujourd'hui et que tu n'avais sans doute pas oublié mon exploit de vendredi.

Ellie sentit son cœur se mettre à battre un peu plus vite.

— Frank, de quel programme parles-tu ?

— Tu as rencontré Sharon ?

— Oui.

— C'est ma marraine… aux Alcooliques Anonymes. Si je veux surveiller mon diabète, il faut que j'arrête de boire. Ça n'a pas servi à grand-chose aujourd'hui, mais de façon générale, ce serait quand même mieux.

— Oui, oui. De façon générale, tu as parfaitement raison.

Elle se passa une main dans les cheveux et attendit d'avoir la gorge moins serrée pour reprendre :

— Arrêter de boire est une très, très bonne idée.

Une idée qu'elle lui avait suggérée de nombreuses fois, mais qu'il avait écartée à chaque fois.

— Quand Longfoot m'a ramené chez moi, il m'a expliqué que si je ne reprenais pas ma vie en main, il te convaincrait de couper les ponts avec moi. Il m'a aussi averti que, la prochaine fois que je me pointerais quelque part en gueulant et prêt à en découdre, il encaisserait un dernier coup de poing à la mâchoire, puis il porterait plainte et m'enverrait croupir en prison.

Ellie secoua la tête, incrédule.

— Tyler t'a dit ça ?

— Oui. Arrêter de boire et mettre un peu d'ordre dans ma tête, ou bien il me ferait arrêter et je ne te reverrais plus jamais. Il disait que c'étaient les deux choix qui s'offraient à moi. J'ai déjà vu des gens bluffer, dans ma vie, mais j'ai tout de suite compris que Tyler ne plaisantait pas. Je suis allé à ma première réunion samedi soir et Sharon est devenue ma marraine. Je n'ai pas bu depuis…

Il jeta un coup d'œil vers l'horloge accrochée au mur, en face de son lit.

— Bon sang, presque trois jours !

— C'est génial, répondit-elle sincèrement, même si ce qu'elle venait d'apprendre à propos de Tyler la laissait presque aussi stupéfaite que la récente sobriété de son père.

Personne ne s'était jamais mêlé de sa relation avec Frank. Pas même quand elle était petite. Évidemment, elle n'avait jamais demandé d'aide non plus, car il aurait alors fallu dévoiler à un inconnu l'état misérable de sa vie de famille. Et ça, ç'aurait été encore plus humiliant que la relation qu'elle entretenait avec son père. Tyler, lui, avait compris et il était intervenu. Une partie d'elle-même aurait voulu lui reprocher de s'être mêlé de ce qui ne le regardait pas, mais… grâce à son intervention, Frank faisait un effort pour sa santé. En réalité, c'était surtout de la gratitude qu'elle éprouvait envers Tyler.

— Tu étais à ta première réunion samedi soir quand je suis passée pour te déposer les courses ?

— Oui. Je t'ai laissé un mot.

— J'ai vu. Dimanche soir aussi, je suis passée devant chez toi vers 21 heures, mais tout était éteint.

— Une autre réunion. Ensuite, Sharon et moi sommes sortis boire un café. Pour parler encore. Elle m'a raconté son histoire, comment elle a perdu son mari il y a dix ans et commencé à boire beaucoup. Cela fait cinq ans qu'elle n'a pas bu une goutte, mais elle se souvient parfaitement de ce que ça fait, quand on est à ma place.

— On dirait bien que vous avez beaucoup parlé, vous deux.

— Le dialogue, c'est une part importante du programme. Je te jure que je n'ai pas autant bavassé de ma vie que ces derniers jours.

— J'imagine…, répondit-elle en retenant un sourire, à l'idée que son taciturne de père aille de son plein gré s'asseoir en cercle avec des inconnus pour étaler ses sentiments personnels.

C'était pourtant exactement ce dont il avait besoin et le fait de savoir qu'il avait fait ce premier pas vers le bien-être la laissait pleine d'un enthousiasme prudent.

— Sharon t'attend, si tu es prêt à lui parler.

— Oui, oui, dans une minute. Je… euh… Tu le vois souvent, Longfoot ?

Oh non. Pas ça. Elle refusait d'avoir cette discussion avec son père.

— Frank…

— Je veux juste dire qu'il tient à toi. J'espère simplement que je n'ai pas tout foutu en l'air l'autre soir, c'est tout.

Elle contempla le sol sans rien dire, car elle sentait des larmes brûlantes menacer de couler.

— Non. C'est moi qui ai tout foutu en l'air, toute seule comme une grande.

— Tu as déjà accordé beaucoup de secondes chances aux autres, Ellie. Tu peux bien t'en accorder une à toi, pour une fois.

18

— Ça craint, les vestes. Et les cravates. En fait, tout ce costard pue du bec. Je ne sais pas pourquoi je me suis laissé embarquer là-dedans. J'ai l'air d'un pingouin. J'ai dû passer pour un crétin.

Junior chuchotait, comme s'il craignait qu'on l'entende à l'autre bout du couloir moquetté. Derrière la porte close d'une salle de réunions, la commission des prêts de la banque de Bluelick se concertait de nouveau. Tyler croisa les bras sur sa poitrine – principalement pour se retenir de tripoter sa propre cravate – et adressa à Junior ce qu'il espérait être un regard rassurant.

— Tu étais très bien. Tu as répondu à toutes leurs questions de façon congrue et…

— Ty, je ne sais même pas ce que ça veut dire « congru »…

— Ça veut dire que tu avais l'air de connaître ton affaire, expliqua Tyler en retenant un sourire. Tous les deux, d'ailleurs. S'ils ne nous accordent pas ce prêt, ce ne sera pas parce qu'on avait la tête dans le cul.

À cet instant, Grady Landry passa la tête par la porte de la salle de réunions et jeta un coup d'œil dans le couloir. Lorsqu'il les aperçut, il sortit et s'avança vers eux d'un pas lent. Tyler se prépara à une mauvaise nouvelle. Quand Grady s'arrêta devant eux, sa mine d'enterrement s'illumina d'un sourire radieux.

— Félicitations, les gars ! s'écria-t-il en donnant une claque dans l'épaule de Junior, avant de serrer chaleureusement la main de Tyler. Vous avez votre prêt.

Junior poussa un hurlement de joie, puis donna une grande bourrade à Grady, avant de se rendre compte que ce n'était pas une idée géniale. Pour faire bonne mesure, il donna également une bourrade à Tyler.

— Merde, Grady. Je croyais que tu venais nous annoncer que c'était fichu.

Le sourire de Grady s'élargit.

— J'ai bien le droit de m'amuser de temps en temps, non ? s'esclaffa-t-il en les raccompagnant vers la sortie. Vous avez fait une présentation solide et la commission a été impressionnée par le plan de financement, la stabilité et les compétences de votre équipe, ainsi que par les rénovations envisagées. En gros, vous avez réussi à balayer leurs doutes. Allez fêter ça. Tyler, je t'appelle quand les documents seront prêts.

Après une nouvelle tournée de poignées de main, Tyler suivit Junior dehors, sous le soleil de midi. Junior lui donna un coup dans l'épaule.

— Tu penses toujours que tout le monde te prend pour un emmerdeur irresponsable ?

— Un emmerdeur irresponsable, peut-être pas. Malheureusement, la seule personne dont l'avis compte vraiment persiste à croire que je ne suis bon qu'à une seule chose.

— Il va falloir la convaincre du contraire. Va lui annoncer que la banque a décidé de te faire confiance et qu'elle devrait suivre leur exemple. Oh, et demande-lui des nouvelles de Frank.

— J'ai vu Frank vendredi soir. Il va bien.

Junior s'arrêta, puis le regarda de travers, mal à l'aise.

— Hum… Mon pauvre vieux. Il est possible qu'Ellie ne te croie vraiment bon qu'à une chose. Elle a dû filer à l'hôpital de Lexington, hier soir, quand le SAMU a amené Frank aux urgences, à cause d'une complication due à son diabète. J'ai appris la nouvelle par Lou Ann, dont la cousine travaille aux admissions et qui était de service quand ils l'ont amené. Ce matin, l'état de Frank était stable, mais aux dernières nouvelles ils vont le garder quelques jours au chaud.

Tyler contempla Junior sans rien dire pendant quelques secondes, le temps d'assimiler ce qu'il venait d'entendre. Ellie n'avait même pas pensé à l'appeler pour le prévenir que son père était à l'hôpital. Pas même pour un peu de soutien ou une épaule réconfortante. Rien.

— Hé, Tyler ! Attends ! appela soudain une voix derrière eux.

Se retournant, il aperçut Roger qui traversait la rue en courant. Génial. Absolument parfait, pensa-t-il, en sentant une sueur froide lui couler dans le dos. Junior se débarrassa avec peine de sa veste et tira sur sa cravate pour la desserrer.

— Pfiou ! s'écria-t-il en s'essuyant le front du bras. Je boirais bien quelque chose de frais. Je vais faire un saut chez Jiffy Java pour m'acheter un thé glacé. Tu veux quelque chose ?

— Oui, maugréa Tyler. J'arrive tout de suite.

Junior s'éloigna avant que Roger ne les ait rejoints.

— Salut, Tyler. J'espérais justement te croiser. Tu as une minute ?

Tyler fit mine de consulter sa montre avec sérieux.

— Juste une minute. Pas plus.

Le jeune homme blond lui adressa un sourire que Tyler eut envie d'effacer d'un coup de poing.

— Ellie t'a expliqué ce que tu as vu hier soir ?

Tyler se mit à marcher pour éviter de céder à ses pulsions de fauteur de trouble, juste devant la banque.

— Je ne lui ai pas parlé, mais ce que j'ai vu hier soir ne demande aucune explication.

Roger lui emboîta le pas.

— Euh… si, en fait, dit-il en retenant Tyler par le bras. Attends un peu !

Tyler sentit qu'il perdait patience.

— Roger… Crois-moi, il vaudrait mieux que tu enlèves ta main de là. Je ne suis pas d'humeur à être fair-play et à féliciter l'heureux vainqueur.

— Très bien, répondit Roger en levant les mains en signe d'apaisement. Aucun problème, parce que je n'ai rien gagné.

Il se passa la main dans les cheveux en soupirant.

— Je m'y prends comme un manche. Écoute, Tyler. Ellie et moi, on est amis.

— En effet, vous aviez l'air de vraiment bien vous entendre, hier soir.

Il serra les dents pour ravaler le reste de ses paroles. Ellie était libre de choisir ses amis. Il ne lui avait fait aucune promesse au-delà des cinq leçons et il ne lui en avait demandé aucune.

— Hier soir, ce que tu as surpris, c'était juste pour rire. Ça n'avait rien de passionnel. Je venais de lui annoncer…

Roger s'interrompit, puis regarda autour de lui avant de baisser la voix :

— J'étais venu lui annoncer que je suis gay.

D'accord, pensa Tyler. Cela confirmait ses soupçons, mais ça n'expliquait en rien le baiser.

— Du coup, elle a essayé de te faire comprendre ce que tu ratais, c'est ça ?

Roger éclata de rire.

— Si on veut… Mais pas dans le sens que tu crois. Je t'assure, Tyler, elle ne cherchait pas à me faire changer d'avis. C'était plutôt un baiser d'adieu.

Tyler prit une lente inspiration.

— Donc, Ellie et toi, vous ne… ?

— Non, affirma Roger.

— Et elle n'est pas intéressée par toi ?

— Merci d'insister lourdement, mais non. Elle s'était convaincue du contraire. Elle pensait qu'elle devait absolument m'aimer, mais en fait, elle s'est plantée… Et elle a compris tout ça avant même que je lui dise la vérité. Je pourrais être le gars le plus hétéro de toute la ville que ça ne changerait rien. Je ne suis pas fait pour elle. Et tu veux mon avis ? Je crois que son cœur a déjà fait son choix, mais qu'elle a peur d'écouter ce qu'il a à dire.

Il se recula un peu et ajouta avec un sourire :

— En revanche, je connais quelqu'un qui devrait rapidement retrouver les couilles que Junior a éclatées à coups de tromblon et aller lui dire ce qu'il ressent…

— Je commence à en avoir ma claque d'entendre les gens d'ici spéculer sur l'état de mes couilles.

Avec un grand sourire, Roger s'éloigna.

— Tu devrais envisager quelque chose d'audacieux, pour couper court aux rumeurs.

— C'est ça…

Tyler jeta un regard vers le cabinet d'Ellie, de l'autre côté de la place.

— Merci d'avoir clarifié les choses, pour hier soir, conclut-il en jetant un dernier regard à Roger.

— Pas de problème, vieux. Merci de ne pas m'avoir cassé la gueule.

Il partit en lui faisant signe. Tyler sortit son téléphone de sa poche et composa le numéro du cabinet. Lorsque Melody décrocha, il demanda aussitôt :

— Quelles sont les nouvelles, pour Frank ?

— Salut, Tyler. Il va bien. Ellie doit aller le voir cet après-midi. Je suis soulagée que tu sois au courant. Je pensais qu'elle n'en avait parlé à personne. Tu sais comme elle peut être réservée.

— J'ai remarqué, oui, répondit-il laconiquement. Comment va-t-elle ?

— Elle est fatiguée et tendue. Je voudrais pouvoir t'en dire plus, mais on croule sous les patients depuis 7 heures ce matin. On n'a pas vraiment eu l'occasion d'en discuter. Je te la passerais bien, mais elle est avec un patient. D'ailleurs, si elle ne se dépêche pas un peu, elle risque de se retrouver avec juste dix minutes pour manger. Tu veux que je lui dise que tu as appelé ?

— Non, laisse tomber.

Il ne voulait pas glisser une explication avec elle entre un patient et une visite à l'hôpital.

— Je la rappellerai plus tard.

— Je crois qu'elle sera de retour de Lexington vers 18 heures, si tu veux.

— Merci, Mel.

Il jeta un coup d'œil à sa montre et fit un rapide calcul. Il pouvait faire bien mieux qu'un coup de fil, s'il se bougeait un peu les fesses.

*

Ellie se laissa tomber sur sa chaise et étouffa un soupir lorsqu'elle consulta son carnet de rendez-vous. Elle était contente d'avoir des patients, mais le petit quart d'heure qu'elle s'était gardé pour déjeuner se réduisait comme une peau de chagrin. Une pause aussi brève n'aiderait pas beaucoup sa migraine ni sa fatigue grandissante. Ni sa faim. Elle avait besoin de prendre des forces. Elle réfléchissait aux choix qui s'offraient à elle – une barre chocolatée ou un sachet de bretzels qu'elle gardait en réserve dans un tiroir de son bureau – lorsque Melody frappa à la porte et entra aussitôt avec un sac en papier de chez DeShay.

— J'ai pris la liberté de te commander un « poulet-emmental-crudités » avec pain complet, annonça-t-elle en déposant le sac sur le bureau.

Ellie sentit son estomac gargouiller d'approbation.

— Je t'augmente, marmonna-t-elle en se jetant sur le sac. Tout de suite. Ton prix sera le mien.

Melody éclata de rire, puis se percha sur un coin du bureau.

— On va voir comment se présente la recette de ce mois-ci, puis on en reparlera.

Elle se tut un instant, puis reprit d'un ton détaché :

— Au fait, j'ai parlé avec Roger, hier soir.

Ne sachant trop quoi répondre, Ellie se concentra sur l'emballage de son sandwich, qu'elle ouvrit comme un set de table de fortune.

— Il m'a raconté qu'il était passé te voir hier soir et que tu as été incroyablement compréhensive avec lui. Il apprécie beaucoup ton soutien.

— C'est gentil de sa part, mais j'ai réagi comme n'importe quelle amie le ferait.

— C'est important pour lui. Il est persuadé que tout le monde va le détester en apprenant la vérité, si bien qu'il ne s'est pas ouvert à grand monde. J'ai tenté de le convaincre du contraire, mais sans grand succès.

Elle s'interrompit un instant.

— Tu me pardonnes de ne pas t'avoir dit, pour Roger ? Je lui avais promis de n'en parler à personne.

— Il n'y a rien à pardonner. Ce n'est pas ta faute si j'ai refusé de voir des signes qui me crevaient les yeux.

Melody balaya sa remarque du revers de la main.

— Le chemin de l'amour peut être tortueux et semé d'embûches. Et c'est une fille avec un ex-fiancé gay qui te le dit ! Mais j'ai appris que peu importait la pénibilité du chemin. Ce qui compte, c'est d'arriver à destination.

— Et toi ? Tu y arrives ?

Melody hocha la tête en souriant.

— Je crois bien que oui. Et Josh fait un excellent guide. Il m'évite de me perdre.

— J'en suis heureuse, répondit Ellie avec sincérité. Tu m'enverras une carte postale du pays des « happy ends » ? Parce que je crois que ce n'est pas encore demain que je vais m'offrir le voyage…

Melody se leva pour sortir, mais se retourna sur le pas de la porte et jeta à Ellie un regard étrange.

— Quelque chose me dit que tu n'es pas si loin du but.

Avant qu'Ellie ne puisse répondre, le carillon de la porte d'entrée retentit, annonçant l'arrivée du patient suivant. Elle fit mine de se lever, mais Melody la força à se rasseoir.

— Mange. Je dois remplir la fiche de renseignements. Ne t'inquiète pas, je te promets que tu seras partie à l'heure.

— Est-ce que je t'ai déjà parlé d'une augmentation ?

— Il me semble, en effet, répondit Melody en riant, du couloir.

*

Tout l'après-midi, Ellie jongla entre les patients, les ordonnances, les dossiers médicaux… ce qui ne l'empêcha pas de trouver le temps de penser à Tyler. Cela virait à l'obsession. Devait-elle l'appeler pour s'expliquer ou bien passer chez lui pour qu'ils discutent face à face ? Et que devait-elle lui dire, exactement ? *Quand je t'ai demandé de m'apprendre à me libérer au lit, c'était pour devenir la femme idéale de Roger. Je n'aurais jamais imaginé tomber amoureuse de toi*. Si le côté « amoureuse de toi » ne le faisait pas partir en courant à l'autre bout du pays, la « femme idéale de Roger » devrait achever de l'effrayer. Elle se passa une main sur les yeux en retenant un gémissement épuisé. *Bon sang, Ellie… Mais, qu'est-ce que tu avais en tête ?*

Elle n'avait certainement pas envisagé que la compagnie de Tyler serait aussi facile, simple et grisante. Elle s'était sentie attirée physiquement par lui dès le début, mais son sourire sexy et son charme nonchalant lui avaient presque fait oublier sa force de caractère et son grand cœur. Surtout, elle n'avait pas pensé trouver un ami, un confident, une âme sœur. Elle n'avait pas pensé trouver l'amour.

Le trajet d'une demi-heure pour aller voir Frank à l'hôpital de Lexington ne lui permit pas d'y voir plus clair et la visite ne fit que lui embrouiller davantage l'esprit, car Frank passa son temps à se plaindre de la nourriture et des infirmières omniprésentes. Elle n'allait cependant pas faire la difficile : au moins, elle réussissait à parler avec son père.

Sharon passa egalement rendre visite à son père, avec un petit cadeau – un livre de cuisine pour diabétiques. Elle s'assit sur le bord du lit pour le feuilleter avec Frank, qui insista d'abord pour trouver que toutes les entrées « ressemblaient à de la merde ». Pourtant, Sharon ne renonça pas et finit par le convaincre d'en essayer une avec elle, dès sa sortie d'hôpital. Ellie pensa qu'il était temps de s'éclipser. Son père était entre de bonnes mains et elle avait ses propres problèmes à régler, à commencer par le bazar incommensurable qu'elle avait fichu dans sa vie sentimentale. Elle fit ses adieux à son père et à Sharon, et sortit.

Sur le chemin du retour, elle répéta mentalement ce qu'elle voulait dire à Tyler. Pour commencer, elle lui devait une explication pour le baiser qu'elle avait échangé avec Roger, la veille au soir. Ce ne serait pas difficile, comparé aux problèmes plus épineux qu'elle devait aborder. Peut-être Tyler s'en fichait-il – après tout, ils ne s'étaient jamais juré une fidélité absolue –, mais pas elle. Elle voulait qu'il sache toute la vérité. Il le méritait. Y compris les raisons réelles qui l'avaient poussée à vouloir acquérir une certaine expérience sexuelle. Jamais elle n'avait commis une erreur de jugement aussi effroyable. Elle devait également s'excuser de l'avoir manipulé et entraîné dans son projet douteux. Une fois qu'elle aurait mis tout ça sur la table, il y avait de fortes chances qu'il doute de la sincérité de ses sentiments. Ou même qu'elle soit capable de tels sentiments, tout simplement. *Salut, j'ai passé plusieurs semaines à me servir de toi pour essayer de gagner le cœur d'un autre, mais maintenant, je me rends compte que ce n'est pas lui que j'aime… C'est toi.* Il allait rire à s'en faire péter la panse.

Arrivée devant chez elle, elle se gara et se dirigea vers la porte d'entrée, toujours perdue dans ses pensées. Soudain, elle se figea. Tyler était assis sur les marches du perron. Pendant une seconde, elle se contenta de profiter du spectacle, tandis que son cœur martelait sourdement dans sa poitrine. Du coin de l'œil, elle remarqua enfin le pick-up garé entre la maison et le garage.

— Tyler… Qu'est-ce que tu fais ici ?

Lentement, il se leva, sans la quitter des yeux.

— Comment va ton père ?

— Comment sais-tu que… ?

— C'est une petite ville. Les nouvelles vont vite.

De toute évidence. Était-ce pour ça qu'il était là ? Pour prendre des nouvelles de Frank ? Elle s'approcha des marches en essayant de déterminer son humeur. En vain. Comme d'habitude Tyler Longfoot était d'un calme absolu et son expression était impassible.

— Frank va bien. À force d'ignorer son diabète, il a fini par se retrouver aux urgences, mais il faut voir le côté positif des choses : une nuit à l'hôpital l'a apparemment convaincu de prendre sa maladie au sérieux et de changer ses habitudes. Il a aussi rejoint les Alcooliques Anonymes.

Elle parlait d'une voix posée, malgré son cœur qui refusait d'entendre raison. Le poids de tout ce qu'elle avait à lui dire menaçait de l'écraser.

— Tant mieux. J'espère que ça va durer.

— Moi aussi.

Soutenant son regard clair et franc, elle se lança alors avec maladresse dans un sujet qu'elle n'avait pas du tout répété.

— Il m'a aussi parlé des « choix » que tu lui avais présentés.

Une lueur étrange passa dans les yeux verts de Tyler.

— Je n'ai pas l'intention de m'excuser de m'être mêlé de ça, répondit-il.

— Ce n'est pas ce que je te demande. Ça fait des années que j'essaie de le convaincre d'arrêter de boire, sans le moindre succès. Et toi, tu as réussi à l'envoyer à une réunion après une seule conversation. De toute évidence...

Elle déglutit avec peine et se concentra sur la clé qu'elle essayait de glisser dans la serrure pour dissimuler les larmes qui lui brûlaient les yeux.

— De toute évidence, j'aurais dû demander de l'aide depuis longtemps.

Tyler posa une main sur le bras.

— J'avais le bon argument au bon moment, c'est tout. Et je ne parle pas de ma menace de le faire arrêter. Le véritable électrochoc, ça a été de penser que je réussirais peut-être à te convaincre de couper les ponts, s'il ne se reprenait pas. Il a besoin de toi dans sa vie, même si sa fierté ne l'autorise pas à le verbaliser.

Vingt-quatre heures plus tôt, elle aurait juré le contraire, mais, depuis les excuses que son père lui avait présentées la veille, ainsi que les promesses de changements qu'il avait formulées, elle devait bien admettre qu'il tentait bel et bien de réparer leur relation. Incertaine de réussir à exprimer ses remerciements, elle se contenta de hocher la tête et fit signe à Tyler d'entrer. Il reprit la sacoche de son ordinateur posé sur les marches et la suivit.

— En parlant d'aide, tu aurais pu m'appeler pour que je te conduise à Lexington, hier soir. Je n'ai sans doute pas été très clair, mais je suis là pour toi et pas juste pour des leçons de sexe. Tu n'es pas obligée de tout porter toute seule.

Elle se tourna vers lui. Cette facette de sa personnalité ne la surprenait plus. Tyler savait aider ses proches et soutenir ses amis.

— C'est arrivé si vite que je n'ai vraiment pas pensé à appeler qui que ce soit. Et puis, tu devais te préparer pour ton rendez-vous à la banque. J'espère que ça s'est bien passé ?

— Très bien, même. Junior les a épatés et nous avons obtenu le prêt.

Elle lui prit la main sans s'en rendre compte.

— Félicitations. Je sais que c'est important pour toi et je suis heureuse qu'ils aient pris la bonne décision.

Elle se demandait à présent s'il n'était pas venu chez elle pour autre chose que prendre des nouvelles de Frank. Elle s'efforça de lui lâcher la main.

— J'imagine que… J'imagine que tu vas être très occupé, maintenant, avec le projet Browning qui va commencer.

— C'est vrai. En plus du ranch, une autre urgence s'est présentée. Quelque chose que je n'avais pas du tout prévu. Il faut que je revoie complètement mon organisation.

Ellie sentit une boule lui nouer la gorge. Elle hocha la tête. Elle savait ce qui l'attendait. C'était normal.

— Je comprendrais parfaitement que tu doives annuler notre dernière leçon.

Tyler eut un petit sourire.

— J'espérais bien pouvoir esquiver celle-là, c'est vrai. Je n'ai rien à t'apprendre, de toute façon. Tu sais très bien rendre un homme fou de désir toute seule. Et puis, comme je t'ai dit, j'ai d'autres priorités, maintenant.

Ellie ne put retenir un petit rire étranglé. Le seul homme qu'elle aurait vraiment voulu rendre fou se tenait debout devant elle et cherchait l'issue de secours.

— Tu as largement rempli ta part du contrat... D'ailleurs, je n'aurais jamais dû te forcer la main comme ça. Je me suis servie de ta loyauté envers Junior pour parvenir à mes fins. Sans parler du fait que j'ai complètement enfreint les règles de déontologie du médecin. Je suis vraiment désolée.

Avec un soupir douloureux, elle leva les yeux vers lui et ajouta :

— J'espère que tu pourras me pardonner un jour.

— Merde, doc. Tu ne me facilites pas la tâche. J'espérais plus ou moins renverser la situation en te demandant de l'aide à mon tour.

Il souriait toujours, mais ses yeux étaient sombres et sérieux. Ellie se tortilla les doigts.

— Tout ce que tu veux, même si je vois mal en quoi je pourrais t'être utile.

— Cette nouvelle priorité dont je t'ai parlé, c'est à propos de mon cœur. J'aurais vraiment besoin de ton expertise en la matière. J'espérais te convaincre de me donner cinq leçons.

Ellie sentit le souffle lui manquer. Oh non, pas un problème cardiaque. Sans réfléchir, elle posa la main à plat sur son torse, trouvant sans hésiter le bon emplacement pour percevoir les battements lents et mesurés de son cœur. Il semblait si fort, si plein de vie.

— Quel est le problème avec ton cœur ? demanda-t-elle dans un souffle.

— C'est un peu difficile à expliquer et je ne savais pas trop comment me faire aider, alors je me suis inspiré d'une de mes connaissances qui s'est retrouvée récemment dans une situation similaire. J'ai consulté les experts.

Avant qu'elle ne puisse lui demander quels spécialistes il avait consultés, il fouilla dans sa sacoche et sortit un livre, d'où dépassaient cinq petits marque-pages verts.

— Tiens, regarde, dit-il en lui tendant l'ouvrage.

Elle retourna le livre pour regarder la couverture, sans vraiment prendre le temps de lire le titre, puis le regarda de nouveau, l'air peiné.

— Quel que soit le diagnostic qu'on t'ait fait, on peut…

Attendez une seconde… C'était quoi, le titre du livre ? Elle vérifia. *101 façons de gagner son cœur.*

— Je ne comprends pas…

— C'est simple, doc. Quand tu as voulu développer tes compétences sexuelles et te libérer au lit, tu t'es dégotté un manuel et un instructeur. Moi, je dois trouver le moyen de gagner le cœur d'une fille pour qu'elle m'aime pour toujours. Et je veux que tu me conseilles. En fait, ta participation est essentielle.

Ellie sentit son cœur se transformer en plomb et couler à pic dans sa poitrine. Elle le méritait, sans aucun doute, et félicita en silence le destin ou le karma pour cette revanche douloureusement mordante. Elle qui espérait convaincre Tyler qu'elle l'aimait ! Au temps pour elle. Pendant qu'elle perdait des semaines à ignorer et étouffer les sentiments qu'elle avait pour lui, il était tombé amoureux d'une autre. Malheureusement, il lui était impossible de l'aider dans sa conquête. Toute l'énergie cosmique de l'univers ne l'aiderait pas à mener à bien une mission pareille.

Elle lui rendit le livre d'un geste un peu brusque, le regard vide.

— C'est impossible. Je suis désolée. Demande à quelqu'un d'autre. Je sais que j'ai dit que je ferais tout pour t'aider, mais, quand tu as parlé d'un problème de cœur, j'ai pensé à un problème d'ordre médical.

Elle contempla les boutons de sa chemise blanche et il lui fallut quelques secondes pour se reprendre.

— D'ailleurs, tu n'as pas vraiment besoin d'aide en la matière. N'importe quelle fille aurait de la chance de gagner ton cœur.

Il lui prit le menton pour la forcer à le regarder. Le coin de sa bouche se redressa en un petit sourire.

— On dirait bien que non. Parce que j'essaie de gagner le tien depuis un moment, mais je n'arrive à rien.

Le cerveau d'Ellie refusait de coopérer avec ses cordes vocales. Tyler la regardait en souriant patiemment.

— Le mien ? parvint-elle enfin à chuchoter.

— Oui, le tien. Donc, tu vois…

Il posa le livre sur une petite table dans l'entrée et prit Ellie par les poignets pour l'attirer contre lui.

— Ça n'aurait pas vraiment de sens que je m'entraîne avec quelqu'un d'autre que toi.

Elle sentit la joie se répandre en elle, balayant inquiétudes et incertitudes. Elle le serra avec force, savourant le contact de ses bras autour d'elle, la chaleur de son torse contre sa joue. Puis elle s'écarta pour le regarder.

— Tu as raison, approuva-t-elle sérieusement. Ce serait ridicule. D'autant plus que tu n'as pas du tout besoin de t'entraîner. Tu as déjà gagné mon cœur. Sans doute même depuis le soir où tu es venu ici avec du rouge à lèvres sur ton col et une balle dans les fesses. Mais j'étais trop obsédée par mon projet stupide de « happy end » pour voir la vérité qui me crevait les yeux. C'est toi que je veux. Toi que j'aime. C'est toi, mon « happy end ».

Il la fit taire d'un baiser qui rendit le chapitre 2 du manuel aussi torride qu'un entretien d'embauche. Lorsque Ellie sentit sa vision se troubler et la tête lui tourner – soit à cause du baiser, soit à cause du manque d'oxygène –, Tyler releva la tête.

— Je t'aime, Ellie. Je sais que je ne suis pas le prince charmant de compétition dont tu as toujours rêvé, mais…

— Le problème, avec le prince charmant, c'est qu'il n'existe pas. C'est un fantasme pour petites filles.

Elle renonça à lutter contre ses larmes, qui débordèrent allègrement pour lui inonder le visage, répandant sans aucun doute des coulées de mascara sur ses joues. Elle s'en fichait bien. Ce qu'elle avait à dire était bien plus important.

— Toi, tu es bien réel. Le rêve de toute femme adulte. Sexy, imprévisible, un peu «*bad boy*» sur les bords, mais profondément bon. Tu es tout ce que je veux. Tout ce dont j'ai besoin. Je suis trop grande pour les contes de fées.

Tyler la regarda d'un air amusé.

— Et ton manuel de la femme libérée? Tu es trop grande pour ça aussi?

— Ça dépend. Pourquoi?

Sa question se termina dans un cri aigu quand il la prit dans ses bras pour s'élancer dans le couloir en direction de la chambre.

— On n'a jamais abordé le chapitre 9, qui, je te le rappelle, reste un de mes préférés.

Elle lui adressa son sourire le plus aguicheur, malgré ses larmes et son mascara qui devaient la faire ressembler à un raton laveur.

— Ce que je veux savoir, c'est si le chapitre 9 est capable de te rendre fou de désir.

— C'est toi qui me rends fou de désir. À chaque fois.

Il la déposa sur le lit et se mit à l'embrasser.

— Et j'entends bien passer le reste de ma vie à te le prouver, murmura-t-il entre deux baisers.

En riant, elle se laissa tomber à la renverse en l'entraînant dans sa chute.

— Dans ce cas, on ferait bien de s'y mettre tout de suite.

Remerciements

Écrire son premier livre, ça n'arrive qu'une seule fois. C'est un peu comme perdre sa virginité, mais avec un peu moins de téquila et *beaucoup* plus de monde. Soyez patient, car je veux remercier toutes les personnes qui ont fait de ma « première fois » une expérience aussi excitante et géniale (je parle du livre…). Alors, énormes bisous baveux de remerciements à…

Mon mari, qui n'a pas appelé un avocat ou un psychiatre quand je lui ai annoncé que je voulais quitter mon travail pour devenir écrivain.

Mon petit gars qui m'a fait découvrir les joies de la maternité… et les compotes en gourde.

Sheila Tenold qui a lu mon tout premier jet de cette histoire et m'a dit : « Vas-y, fonce ! »

L'adorable Maggie Kelly pour son enthousiasme constant et sincère que je ne pourrais moi-même connaître qu'à travers l'usage de substances hautement surveillées.

Mon mentor en écriture, Lynne Marshall, et mes collègues Robin Bielman et Hayson Manning, qui m'ont préparée sans que je m'en rende compte pour la suite du voyage.

Cari Quinn, parce que 1) elle est Cari Quinn et 2) elle a dit des trucs super sympas en quatrième de couverture.

L'infatigable Sue Winegardner… lectrice nocturne, éditrice supersonique, surveillante de logique narrative et grande prêtresse du rappel à la réalité.

Heather Howland, qui a dit « oui ! ». Qui m'a aussi dit quelles questions poser et qui y a ensuite répondu. Et aussi, pour une couverture tout droit sortie de mes rêves les plus fous. On dirait que tu vis dans ma tête (désolée).

Et enfin (surtout), ma maman.

Déjà parus dans la collection &moi

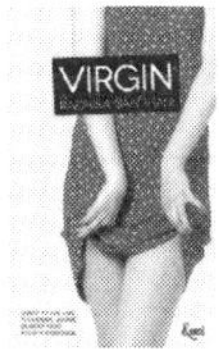

COMPOSITION DATAMATICS
CET OUVRAGE A ÉTÉ ACHEVÉ D'IMPRIMER
PAR GRAFICA VENETA
EN JANVIER 2017

PAPIER À BASE DE FIBRES CERTIFIÉES

JC Lattès s'engage pour l'environnement en réduisant l'empreinte carbone de ses livres. Celle de cet exemplaire est de : 325 g éq. CO_2
Rendez-vous sur www.jclattes-durable.fr

N° d'édition : 01
Dépôt légal : janvier 2017
Imprimé en Italie